大考英文
寫作與中翻英
高分攻略

崔正淑 著

51回練習+教學
153個核心動詞用法解說

▶ 指導美國大學生寫作的作文專家
▶ 針對初學者傳授的英文寫作技巧

EZ叢書館

掌握核心動詞字義與用法 就是英文寫作的關鍵

很多人的文法、字彙、會話能力為中等或高於平均水平，但英文寫作的實力卻總是難以提升，不斷經歷挫折與失敗。其實寫作本來就是語言實力的結晶，必須具備包含文法、字彙、語言習慣和寫作規則的廣泛知識，才能寫出正確傳達意圖的句子。

我們必須銘記在心的是學習英語的出發點乃是生活而非學問。語言從模仿開始，就像小孩子暴露在語言環境中，藉由無意識地反覆說著聽見的句子牙牙學語一樣，**外語學習者也要儘可能地多加背誦，掌握把詞性放在適當位置的方法，進而逐步說出流暢的外語。**當然，背誦的句子越多，溝通就越容易，儲存在腦海中的句子也將決定我們所擅長的是生活英語還是學術英語。英文寫作的道理也一樣，要讓自己儘可能多接觸寫作範本，背誦佳句，再試著應用與改寫，經歷這些過程就可使能力提升至中等甚至優秀。對於開始嘗試英文寫作的初學者而言，教導基礎溝通法和自我表達法的美國小學教材可以說是最佳的參考書。

本書參考自美國小學教材，重點放在加強日常生活必需的基礎文法，並加以應用於寫作中。初學者一看到動名詞、不定詞、分詞等文法用語，總是壓力灌頂到想把書闔上，**但實際情況是文法是讓英文書寫實力提升至中等甚至優秀的核心基礎，如果不能翻越這座山嶺，英語實力就無法提升。**不過，我們只要對英文寫作時所需使用的文法全面掌握，就游刃有餘了。

掌握基礎文法之後，必須熟悉由核心動詞構成的代表句型。開始學英文時，通常從【主詞＋動詞】或是【主詞＋動詞＋補語】的句型入門，這是為了讓學習者熟悉英文的基礎架構。**句型和動詞密不可分，而且句子的型式是由動詞決定。**如果基本句型學習是 1%，那麼動詞學習就是 99%。因此，**必須正確了解特定動詞的字義與用法，清楚該字義可以用於哪些句型，往後才能隨心所欲地造出自己想要的句子。**

名詞、形容詞、副詞等構成句子的其他要素，重要性也不亞於動詞。只要學會自由運用動詞及此三要素的方法，就能解決絕大部分的英文作文。在學習初期，很多初學者因為疲於機械式的造句而中途放棄學習英文。然而，在學會造句的基本原理後，如何加以變形寫出有感覺的句子才是關鍵。**讀者們透過本書學習動詞、名詞、形容詞、副詞的各種形態，再經過直接試著用英文寫作的過程，將喚醒各位沈睡中的英語寫作靈感。**

本書將從使用頻率高的基本句型開始學習，文法章節依照學習先後順序安排，必須先學好前面的文法，才能跟上下一章的內容，因此建議讀者循序漸進地學習。不論學什麼，都必須了解基本原理才能進入下一個階段。與其盲目地埋頭趕路，不如先評估自己的實力，找出正確的方向，再不間斷地反覆執行，這麼做才能期待自己的實力真正提升。有了英文文法的基礎，加上腳踏實地的努力，各位自然會看見英文寫作實力的成長。

使用説明

中翻英寫作練習 1

當氣壓低時，空氣上升到天空。空中的水蒸氣變成液體和雲的型態。隨著上升的空氣越多，氣壓逐漸變低，雲漸漸變得越來越大，顏色越來越暗。當氣壓低時，可能會降下大量的雨或雪。幸好大多數的情況下氣壓都很高。當氣壓高時，空氣向地面下沉。

❶ 當氣壓低時，空氣上升到天空。

> 提示 連接詞 when、現在進行式

❷ 空中的水蒸氣變成液體和雲的型態。

> 提示 句型 1 動詞 turn

❸ 隨著上升的空氣越多，氣壓逐漸變低。

> 提示 連接詞 as、句型 2 動詞 get、比較級＋ and ＋比較級

❹ 雲漸漸變得越來越大，顏色越來越暗。

> 提示 句型 2 動詞 get、比較級＋ and ＋比較級

❺ 當氣壓低時，可能會降下大量的雨或雪。

> 提示 連接詞 when、助動詞 may

❻ 幸好大多數的情況下氣壓都很高。

> 提示 動詞片語 most of the time

❼ 當氣壓高時，空氣向地面下沉。

> 提示 連接詞 when、現在進行式

字詞連鎖
air 空氣、大氣 / pressure 壓力 / rise 上升、升起 / water vapor 水蒸氣 / liquid 液體 / form 型態 / sink 下沉 / toward 往、朝向 / earth 地、地面

26 │母語者說讀寫的基本句型

把連貫式段落切分成短句，降低中翻英難度。每句提供提示，提供翻譯時初步構想。

提供字詞與片語的英文表達方式，作為翻譯參考。

寫作技巧教學

第 1 句同時出現「時間」和「條件」，因此需要引導副詞子句的從屬連接詞 when。要點是把副詞子句放在句首，加上逗點後再接主句。英文的副詞子句主要位於句子的後面，但如果內容上需要加以強調，或是副詞子句先出現有助於內容理解的時，可以放在句首再加個逗號。由於主句是描寫某種進行中的現象，很適合使用進行式。附帶一提的是，當 air 表示「空氣、大氣」時，前面不加定冠詞，表示空間範疇的「空中」時，前面要加 the。

是否有人在看到第 2 句的「水蒸氣變成～」時想起 change ? change 主要用於溫度從 1 度轉變為 5 度等對象的細部改變，或人的個性等發生變化，如果是對象本身發生變化，就要使用 turn。這裡是表達水蒸氣變身成雲的意思，所以要用句型 1，動詞 turn 加上介系詞 to，突顯轉變的對象。

該如何表達第 3 句裡「逐漸變～」的用法呢？「比較級＋ and ＋比較級」正好適合。此時主要用句型 2 動詞 get 或 grow 表達「變得～」，不過 grow 用於數量增加或改變，這裡應用 get，寫成 the pressure gets lower and lower。

第 5 句，最好把副詞子句「當氣壓低時」放在後面，因為主句「陣雨量增加」在句中的意義較為重要。副詞子句的位置會根據意義的比重和功能而有所不同。

PART 1 │ 6

針對部分句子，提供寫作技巧教學，幫助讀者理解。

此為連貫式段落的中翻英解答，其中挑出三個核心動詞以色字標示做字義用法解說。

| 中翻英寫作練習 1 解答

When air pressure is low, air is rising into the sky. Water vapor in the air turns to liquid and clouds form. As more air rises, the pressure gets lower and lower. And the clouds get bigger and darker. Lots of rain or snow may fall when the air pressure is low. Luckily, the air pressure is high most of the time. When air pressure is high, air is sinking toward earth.[1]

✦ 核心動詞字義用法解說

turn 的核心概念是「轉動」和「轉換【改變】」。

當「轉動」時，可用於句型 1：The wheel turns on its axis.（輪子繞著軸轉動。），以及加入受詞的句型 3：He turned the doorknob and opened the door.（他轉動門把，打開了門。）

「轉換」是指方向改變或對象本身的變化。用於表示方向轉換的句子。如句型 1：Plants turn toward the sun.（植物朝向陽光。），以及句型 3：The police turned the water canon toward the crowd.（警察把水砲轉向群眾。）

對象本身發生變化時，用於句型 1：如 The water bottle turns into an instrument.（水壺變成樂器。）或隨著改變而變化的句型 2：His father turned 75 last year.（他父親去年 75 歲了。）用於加入受詞的句型 3：如 The company turns waste into resource.（那家公司把垃圾變成資源。）或表示「使～變得…」的句型 5：Her rejection turned me down.（她的拒絕讓我情緒低落。）

get 的核心概念是「得到、到達、做」。

當「得到」時，可用於獲得的情況，例如 I like a room that gets plenty of sunshine.（我喜歡採光好的房間。）或用於積極爭取的情況，例如 He was in trouble but got the money

---

		事物	句型 3	What were you doing while she **gathered** her belongings? 她在收拾她的東西時，你在做什麼？
		資訊　資料	句型 3	How long does it take to **gather** all the data? 收集所有的數據需要多久？
		推測	句型 3	From these notes, I **gathered** that it is not true. 從這些筆記來看，我認為這不是真的。
		速度／力量	句型 3	The train began to **gather** speed. 火車開始加速。
		增加	句型 1	The sky turned dark as the clouds were **gathering**. 隨著烏雲的聚積，天空變暗。
		手臂　人	句型 3	He **gathered** his son up and left in a hurry. 他抱起他的兒子後急忙地離開。
		衣服	句型 3	The weather was so cold that she **gathered** her coat around her. 天氣很冷，她把她的外套緊緊地裹在身上。

把核心動詞字義用法歸納，並整理在索引，方便記憶背誦，另提供頁碼，可輕鬆比對。

| 目次

Part 3：誰來當形容詞

✦ 必讀：

掌握動詞意思與
對應句型用法，
才算習得基礎文法

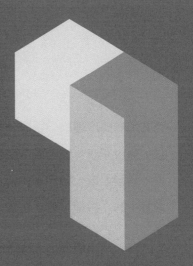

動詞的知識為英文的基礎，我們必須知道各個動詞可以形成的句型，才能寫出正確的英文句子。**<u>可以造出越多種句子形式的動詞，其重要性和活用度越高，我們把這樣的動詞稱為核心動詞。</u>**例如，具有多種字義的 get，可以造出句型 1～5 的句子，便屬於核心動詞。要了解動詞的意思以及對應的句型用法，才能建立起句子構造和寫作體系。如果只是大概知道動詞在字典裡的字義，不求甚解，終究將忽略英文寫作的本質，停留在只學一半的狀態。因此，掌握句子組成的條件，了解動詞和句子之間的關係，是非常重要的第一步。

造句的基本原理：
文法是拼圖遊戲

英文造句的原理就像拼圖一樣。拼圖是將各個形狀不同的拼塊放入正確位置，最後完成一幅圖畫的遊戲，而英文造句是把各個英文單字放入適當位置，最後形成一個句子的過程。那麼，在英文造句中，什麼是相當於拼圖遊戲中的「拼塊」和「位置」呢？

「拼塊」是「語塊」，也就是各個單字，一般分成名詞、代名詞、動詞、形容詞、副詞、介系詞、連接詞、感嘆詞等「八大詞類」。「位置」是指主詞、述語、受詞、受詞補語、主詞補語等五個位置。**每個單字是根據其詞類來決定句中的位置，所以一定要知道單字的用途為何種詞類。**

主詞的位置放名詞／代名詞，述語的位置放動詞，受詞的位置放名詞／代名詞，受詞補語的位置放名詞／代名詞／形容詞，主詞補語的位置放名詞／代名詞／形容詞。眼力好的人應該能看出奇怪的地方。八大詞類中只用到名詞／代名詞／動詞／形容詞，不是很奇怪嗎？那麼為什麼還有其他詞類呢？從結論來看，其他詞類都是為了「修飾」而存在的。「修飾」是為了能夠更清楚傳達意思而用其他的字為文句進行修飾。

句子大致上分成中心語位置和修飾語位置。中心語（主詞、述語、受詞、受詞補語、主詞補語）有一定的放置位子，修飾語位置則是在想要修飾特定中心語時隨意安排。在需要修飾語時，可使用剩下的四種詞類。

延伸句子的深層原理：語塊和位置的型態

語塊的型態

在八種語塊中，名詞／形容詞／副詞尤其重要，因為它們總是在不同的情況下變身登場。其他詞類是以單字的型態出現，而名詞／形容詞／副詞則是以片語和子句的形式，隨時變換型態出現在句中。

不太清楚「片語」和「子句」的差別嗎？「片語」是由兩個以上的單字結合後形成名詞／形容詞／副詞的語法單位，用來表達特定意思。「子句」也是由兩個以上的單字結合後形成名詞／形容詞／副詞的語法單位，但不同的是具有主詞和述語。從以下例句可看出兩者之間的差異。

I like the <u>tree</u> **in your garden**. （我喜歡你院子裡的那棵樹。）

in your garden 扮演什麼樣的角色呢？沒錯，負責修飾 tree。像這種負責修飾名詞 tree 的語法單位稱為「介系詞片語」，扮演著在眾多樹木中限定某一特定樹木的形容詞角色。

The building <u>stands</u> **across the street**.（那棟大樓在街道對面。）

across the street 修飾動詞 stands，是修飾 stands 的介系詞片語，扮演「副詞」的角色，具體說明大樓以何種「方式」存在。介系詞以「片語」的型態出現時，可做形容詞（修飾名詞）或副詞（修飾名詞以外的詞類）使用。那麼，包含主詞和述語的「子句」有什麼不同呢？

That you made a lot of money appeared to him.（你賺很多錢的事實吸引了他的注意。）

That you made a lot of money 位於句子的主詞位置，扮演名詞的角色，但 that 後面又有主詞位置 (you) 和述語位置 (made)，相當於句子裡面有另一個句子。這裡的 that 扮演引導「子句」（名詞子句）的功能，子句的本質具有名詞的特性。這裡的 that 不是代名詞，意思上並不是我們熟知的「那個」，而是做「連接詞」，負責連接句子和句子或單字和單字、片語和片語、子句和子句。不過，子句並非只有扮演名詞的角色。

<u>Jack cannot go out</u> **because he is sick**.（傑克因為生病不能外出。）

because he is sick 修飾 Jack cannot go out 整個句子，扮演副詞的角色，因此稱為「副詞子句」，從主詞 he 和述語 is 可以得知這是個子句。在這裡，because 是「引導副詞子句的連接詞」。比想像中簡單吧？但問題是，當名詞／形容詞／副詞的片語和子句型態不只這些，還有很多，因此一定要根據詞類認識各式各樣的片語和子句型態。從下一章開始，本書將依次分析當名詞／形容詞／副詞使用的各種片語和子句型態。

位置的型態

位置也隨時在改變，也就是説，主詞／述語／受詞／受詞補語／主詞補語的位置會隨著句子形式而不同。舉例來說，有的句子只有主詞和述語兩個位置，有的句子有主詞／述語／受詞／受詞補語四個位置。

那麼，決定位置數量的要素是什麼？一般認為是句子的形式（句型1～5），然而句子的形式是指最終出現的型態，不是決定形式的原因。從結論來說，句子的形式取決於動詞的種類。例如「吃～」的波浪符號位置有【及物動詞】，或是沒有【不及物動詞】省略的語詞，如果有，就取決於有幾個（一個受詞還是兩個）語詞。我們看以下的例句。

ⓐ He **runs**. （他跑步。）

ⓑ He **runs the factory**. （他經營工廠。）

ⓐ、ⓑ 的述語都是 run，但意思不一樣。在 ⓐ 句是「跑」，在 ⓑ 句是「經營～」的意思。仔細看字義，兩者不同之處在於經營後面有波浪符號（～），表示省略了什麼對象，而「跑」則是沒有對象。ⓑ 句必需在波浪符號填上省略的語詞，才算是完整的句子，也就是在「～」位置填上需要對應的受詞。名詞 factory 放在受詞位置之後，產生句型 3「主詞＋述語（動詞）＋受詞」的句子。

反觀 ⓐ 句裡的動詞 run，字義「跑」的前後沒有波浪符號，即沒有省略的語詞。「主詞＋述語」就是這種句子的結構，也就是「句型 1」。像這樣，動詞的詞義中是否隱藏著空格以及空格的數量等，將會決定句子的形式。以這種方式形成的句型共有五種，稱為「5 大句型」。

ⓐ He **is** <u>there</u>. （他在那裡。）

ⓑ He **is** <u>smart</u>. （他是聰明的。）

這次我們來看上面的 be 動詞。這裡的 be 動詞 is 有「在」和「是～」兩種意思。ⓐ 句的 is 表示「在」，是句型 1 的動詞，副詞 there 表示「那裡」，用來修飾 is。相反的，表示「是」的用法有些麻煩。動詞必須表現出主詞的動作或狀態，若僅以「是～」表達並不夠，必須在波浪符號（～）填入相應的語詞，才能充分表達語意。這種用來補充說明主詞的位置稱為「主詞補語」位置，最終形成的句構為「主詞＋述語＋主詞補語」，是 ⓑ 句型 2 的句子。此時，主詞補語位置只能放名詞／代名詞／形容詞。比方說，句中的形容詞 smart 扮演著補充說明主詞的角色。可以形成句型 2 的動詞，除了 be 動詞之外還有其他動詞。

be 動詞	**is, am, are/was, were** ⓐ He **is** smart.（他是聰明的。）
感覺動詞	**look, sound, smell, taste, feel** ⓑ The music **sounds** good.（音樂聽起來很棒。）
似乎、好像～	**seem, appear** ⓒ He seems busy.（他似乎很忙。）
保持～狀態	**keep, remain, stay** ⓓ They keep silent.（他們保持沈默。）
變成、成為～	**become, come, go, turn, grow, get, fall, run** ⓔ She became a doctor.（她成為一名醫生。）

例如，sound 的意思是「聽起來～」，使用時必須在空格（～）裡填入省略的話來補充說明主詞，是屬於句型 2 的動詞。正如在例句 ⓑ 的主詞補語位置放入形容詞 good，藉此更具體說明主詞的意涵。seem 的意思是「似乎～」，在 ⓒ 句裡是將形容詞 busy 放在主詞補語位置，替意義不完整的動詞補充說明。keep 的意思是「保持～狀態」，因著同樣的理由在 ⓓ 句的主詞補語位置使用了形容詞 silent。become 的意思是「成為～」，ⓔ 句的主詞補語位置使用的是名詞 a doctor，句子因此變得完整。由此可見，光是經常靈活運用句型 2 的動詞，就能寫出不亞於母語者的自然句子。

接下來是句型 4，也就是除了主詞和述語之外，句中的動詞需要兩個受詞位置。這裡的兩個受詞指的是根據動詞的字義所省略的兩個內容【給～（對象）】、【把～（事物）】。

He **gave** <u>me</u> <u>a book</u>.（他給我一本書。）

動詞 give 的意思是「把～給…（對象）」，字義中省略了兩個對象，也就是有兩個受詞位置，一個是直接受詞「把～」，另一個是間接受詞「給…（對象）」，這種句構稱為「句型 4」。不過，give 也可以形成只有一個受詞的句型 3 句子，例如，He gave a book to me. 的 to me 不是受詞，而是做副詞的「介系詞片語」，在句型 4 裡兩個受詞一樣重要，但在句型 3 裡，me 不是中心語而是退居修飾語，重要度也跟著降低。除了 give 之外，具有兩個受詞的動詞還有 bring（把～帶來給…）、send（寄送～給…）、show（向…展示～）、buy（買～給…）、make（做～給…）等。

現在來談談句型 5。形成句型 5 的動詞，字義上也是省略了兩個部分，但和句型 4 動詞的性質不太一樣。讓我們透過例句來了解有什麼不同。

He **drives** <u>me</u> <u>crazy</u>.（他讓我瘋狂。）

說到 drive，讓人想到「駕駛」。當做「駕駛」時，可以形成句型 1【I can drive. 我會開車】和句型 3【He drives a truck. 他開卡車】的句子。不過 drive 也有「迫使～不得不陷入某種處境」的意思，第二個省略內容「不得不…」具體說明「迫使～」所指的受詞。也就是說，「迫使～」是受詞位置，「不得不…」是說明受詞的受詞補語位置，形成「主詞＋述語＋受詞＋受詞補語」的句型 5 句構。在上面的例句中，crazy 是做補充說明 me 的受詞補語。

ⓐ He **keeps** <u>the room</u> <u>warm</u>.（他讓房間保持溫暖。）

ⓑ They **see** <u>him</u> <u>running</u> along the street.（他們看見他沿著街跑步。）

ⓒ The story **makes** <u>me</u> <u>laugh</u>.（那個故事讓我笑了。）

ⓓ My parents **encourage** <u>me</u> <u>to continue the plan</u>.（我的父母鼓勵我繼續這項計畫。）

ⓐ 句的 keep 可以當句型 2 的述語使用，表示「保持某狀態」，此外也可用來表示「讓～保持在某狀態」，形成句型 5 的句子。句中的形容詞 warm，具體說明了 room 的狀態。see 是 ⓑ 句的述語，現在分詞 running 補充說明 him 的狀態。make 是 ⓒ 句的述語，原形動詞 laugh 補充說明 me。encourage 是 ⓓ 句的述語，to 不定詞片語 to continue the plan 具體說明 me 的狀況。keep、see、make、encourage 的共同特色是在受詞後面需要補語補充說明受詞，因而形成句型 5 的句子。

但是，有個地方很奇怪，各位是否注意到了呢？前面英語寫作的原理明明提到受詞補語位置只能放名詞／代名詞／形容詞，這裡除了形容詞 warm 之外，還放了現在分詞 (running)、原形動詞（原形不定詞）(laugh)、to 不定詞 (to continue) 等在補語位置上，應該有讀者對此感到困惑。乍看之下好像是錯誤的用法，但文法上其實完全沒有問題，正如之前說過的，除了單字之外，片語和子句也可以變成名詞／形容詞／副詞。也就是說，running 是形容詞，laugh 和 to continue 是名詞的功能。

Part 1

母語者說讀寫的基本句型

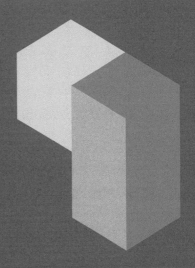

許多人寫作時喜歡用句型 1、句型 3、句型 4，不太知道如何運用句型 2 和 5。相反地，母語者卻很喜歡用句型 2 和句型 5 表達，因為這兩個句型可以造出簡潔不囉唆的句子。例如，用英文表達「因為天氣不好，我們便待在家裡」時，大部分的人會寫出 We stayed home because the weather was bad.（句型 1＋ 句型 2）的句子，但母語者更常說 The bad weather made us stay home.（句型 5）。如果想說出更自然的英語，就應該持續鑽研、背誦並練習使用我們不太熟練的句型。為此，一定要記住以句型 2 和句型 5 動詞為中心的句型。

用英文動詞造句①：變成、變得～

一說到表示「變成、變得～」的動詞，立刻想到句型 2 的動詞 become 吧？「變成、變得～」是表示「狀態改變或出現變化」，就像「變冷、變熱」一樣，表示「變成某種狀態」的中文是「變～」，因此許多人習慣將「變成、變得～」直接用 become 表示。然而，母語者除了 become 之外，還會根據文意脈絡選用不同語感的動詞，例如 come、go、turn、grow、get、fall、run、break 等。

變成、變得	become	成為	ⓐ He **became** a doctor. 他成為一名醫生。
	come	來到	ⓑ Your dream **came** true. 你的夢想成真了。
	go	前進	ⓒ His shoes **went** loose. 你的鞋帶鬆了。
	turn	轉變	ⓓ Her hair **turned** grey. 她的頭髮變白了。
	grow	增大	ⓔ He **grew** angry. 他生氣了。
	get	到達	ⓕ The party **got** exciting. 派對變得令人興奮。
	fall	墜落	ⓖ My cat **fell** asleep. 我的貓睡著了。
	run	跑過來	ⓗ His moods **ran** high. 他的情緒高昂激動。
	break	打破	ⓘ He **broke** free. 他掙脫束縛自由了。

ⓑ 句是用 come 表達「實現」的「變成」。come 的字義廣，是可以造出各種句型的萬能動詞之一，經常用來表示「變成～」，但是和 become 的語意還是有些差別，因為強調了方向性，表現出「在過程中實現／演變」的意涵。這裡使用 come 是為了表達夢想在過程中實現。ⓒ 的 go 是表示「演變成、進展成」某種狀態，呈現出由緊繃到「變鬆了」的狀態改變。ⓓ 的 turn 是常用來表達「轉變」的動詞，這裡是描寫從黑色轉變成白色的情況。ⓔ 的 grow 顯示程度、數量、大小等逐漸增加的狀態變化，例句也傳達出怒氣逐漸湧上的感覺。ⓕ 的 get 表現出到達某個點時出現變化的狀況。ⓖ 的 fall 用在突然改變時，ⓗ 的 run 用於某種狀態快速發展並產生變化時，ⓘ 主要用在打破某種狀態時。

以上例句的結構都是句型 2「主詞＋動詞＋主詞補語」，在主詞補語位置放的是 true、loose、grey、angry、exciting、asleep、high、free 等形容詞，用來補充說明主詞。這種句型 2 的結構很適合用來具體描寫狀態或動作，但是許多人卻不太知道如何使用。接下來請各位試著完成以下中翻英練習，熟悉一下這些表達模式。

當氣壓低時，空氣上升到天空。空中的水蒸氣變成液體和雲的型態。隨著上升的空氣越多，氣壓逐漸變低，雲漸漸變得越來越大，顏色越來越暗。當氣壓低時，可能會降下大量的雨或雪。幸好大多數的情況下氣壓都很高。當氣壓高時，空氣向地面下沉。

1 當氣壓低時，空氣上升到天空。

提示 連接詞 when，現在進行式

2 空中的水蒸氣變成液體和雲的型態。

提示 句型 1 動詞 turn

3 隨著上升的空氣越多，氣壓逐漸變低。

提示 連接詞 as，句型 2 動詞 get，比較級＋ and ＋比較級

4 雲漸漸變得越來越大，顏色越來越暗。

提示 句型 2 動詞 get，比較級＋ and ＋比較級

5 當氣壓低時，可能會降下大量的雨或雪。

提示 連接詞 when，助動詞 may

6 幸好大多數的情況下氣壓都很高。

提示 副詞片語 most of the time

7 當氣壓高時，空氣向地面下沉。

提示 連接詞 when，現在進行式

字詞建議

air 空氣、大氣 / pressure 壓力 / rise 上升、升起 / water vapor 水蒸氣 / liquid 液體 / form 型態 / sink 下沉 / toward 往、朝向⋯ / earth 地、地面

第 1 句同時出現「時間」和「條件」，因此需要引導副詞子句的從屬連接詞 when。要點是把副詞子句放在句首，加上逗點後再連接主句。英文的副詞子句主要位於句子的後面，但如果內容上需要加以強調，或是副詞子句先出現有助於內容理解的時，可以放在句首再加個逗號。由於主句是描寫某種進行中的現象，很適合使用進行式。附帶一提的是，當 air 表示「空氣、大氣」時，前面不加定冠詞，表示空間範疇的「空中」時，前面要加 the。

是否有人在看到第 2 句的「水蒸氣變成～」時想起 change？change 主要用於溫度從 1 度轉變為 5 度等對象的細節改變，或人的個性等發生變化，如果是對象本身發生變化，就要使用 turn。這裡是表達水蒸氣變身成雲的意思，所以要用句型 1，動詞 turn 加上介系詞 to，突顯轉變的對象。

該如何表達第 3 句裡「逐漸變～」的用法呢？「比較級＋ and ＋比較級」正好適合。此時主要用句型 2 動詞 get 或 grow 表達「變得～」，不過 grow 用於數量增加或改變，這裡應用 get，寫成 the pressure gets lower and lower。

第 5 句，最好**把副詞子句「當氣壓低時」放在後面**，因為主句「降雨量增加」在句中的意義較為重要。**副詞子句的位置會根據意義的比重和功能而有所不同。**

When air pressure is low, air is rising into the sky. Water vapor in the air **turns** to liquid and clouds form. As more air rises, the pressure gets lower and lower. And the clouds **get** bigger and darker. Lots of rain or snow may **fall** when the air pressure is low. Luckily, the air pressure is high most of the time. When air pressure is high, air is sinking toward earth.[1]

✦ 核心動詞字義用法解説

turn 的核心概念是「轉動」和「轉換【改變】」。

當「轉動」時，可用於句型 1：The wheel turns on its axis.（輪子繞著軸轉動。），以及加入受詞的句型 3：He turned the doorknob and opened the door.（他轉動門把，打開了門。）

「轉換」是指方向改變或對象本身的變化。用於表示方向轉換的句子。如句型 1：Plants turn toward the sun.（植物朝向陽光。），以及句型 3：The police turned the water canon toward the crowd.（警察把水砲轉向群眾。）

對象本身發生變化時，用於句型 1：如 The water bottle turns into an instrument.（水壺變成樂器。）或隨著改變而變化的句型 2：His father turned 75 last year.（他父親去年 75 歲了。）用於加入受詞的句型 3：如 The company turns waste into resource.（那家公司把垃圾變成資源。）或表示「使～變得…」的句型 5：Her rejection turned me down.（她的拒絕讓我情緒低落。）

get 的核心概念是「得到、到達、做」。

當「得到」時，可用於獲得的情況，例如 I like a room that gets plenty of sunshine.（我喜歡採光好的房間。）或用於積極爭取的情況，例如 He was in trouble but got the money somehow.（他遇到了麻煩，但還是設法拿到錢。）取得交通工具的情況，例如 Let's get a taxi, or we will be late.（我們搭計程車吧，否則我們會遲到。）得病的情況，例如 He got terrible headaches.（他有嚴重的頭痛。）或得到處罰的情況，例如 He got five years for fraud.（他因為詐欺罪被判刑五年。）

當做「取得」的意思時，可用在句型 3：You should go and get your son from school.（你應該去學校接你的兒子。）或句型 4：Would you get him some food, please?（可以請你拿些食物給他嗎？）也可用來表示「買到」，用在句型 3：Where did you get this great shirt?（你在哪裡買到這件超棒的襯衫？）或句型 4：Didn't you get your dad a present?（你沒有買禮物給你父親嗎？）

當做「到達」的意思時，可用來說明到達某場所，例如 We managed to get to Los Angeles at 10 o'clock.（我們設法在 10 點鐘抵達洛杉磯。）或表示到達某種特定狀態，例如 He got sick after his dog died.（他的狗死了之後，他生病了。）或到達特定的轉折點，例如 You will be disappointed once you get to know him.（一旦你了解他，你就會感到失望。）或是到達理解的程度，例如 I could not get what he was saying.（我不懂他在說什麼。）

表達「做」的意思時，可用在使他人去做某事，例如 When do you think you will get the work finished?（你認為你什麼時候能完成這項工作？）或說服他人做事，例如 My teacher got Jim to help me with my homework.（我的老師叫吉姆協助我做作業。）

fall 的核心概念是「快速落下」。

主要用在句型 1，表達由上往下快速「降落」的意思，例如 The rain has been falling all day.（雨已經下了一整天。）。此外也有「跌倒」的意思，例如 My mother fell as she reached for the glass.（我母親伸手去拿杯子的時候跌倒了。）。突然轉變成某種狀態時，也可用句型 2 表示，例如 She always falls asleep before midnight.（她總是在午夜前睡著。）

除了物理上的降落之外，也可用於表達大小、水準、程度、數量的減少。主詞不受侷限，可以是價格、薪資、成績、熱情等。例如 The sales in the automotive industry are expected to fall this year.（今年汽車產業的銷售量預計將下滑。）表達的是銷售量減少，而 The temperatures are going to fall due to the recent rainfall.（由於最近下雨，氣溫將會下降。）則表示程度的降低。

當降雪堆積在陡峭的山坡時，整段斜坡可能會突然崩塌，以最高每小時 200 英里的速度滑下山。在聖母峰死於雪崩的登山客最多。聖母峰過於高聳，以致於受到高速氣流的影響。高速氣流是一種狹窄、快速移動的氣流，它在海拔 6 到 10 英里處環繞著地球。

❶ 當降雪堆積在陡峭的山坡時，整段斜坡可能會突然崩塌，以最高每小時 200 英里的速度滑下山。

提示 連接詞 when，句型 2 動詞 break，分詞構句

❷ 在聖母峰 (Mount Everest) 死於雪崩的登山客最多。

提示 使用比較級表現最高級

❸ 聖母峰過於高聳，以致於受到高速氣流的影響。高速氣流是一種狹窄、快速移動的氣流，它在海拔 6 到 10 英里處環繞著地球。

提示 so ～ that 句型，同位語修飾，分詞修飾

字詞建議

snowfall 降雪 / steep 陡峭的 / mountainside 山坡 / slope 斜坡 / avalanche 雪崩 / jet stream 高速氣流 / air current 氣流 / sea level 海平面

首先第 1 個句子提到「堆積」，有些人可能會想到 accumulate，但是這個單字的意思是指長時間累積財富或貨物等，並不符合上面的文意脈絡，而意指堆砌起來使變得堅固的 build up，正好適合用來說明雪。在這個句子，我們可以把它當作同義的不及物動詞使用。整段斜坡可以寫成 the whole section of a slope，在強調整體全部而非某部分時，往往會以 whole 表示。

在表達「崩塌」時，我們可以使用前面學到的 break 來描述「變得～」。大家熟知的 collapse 是「一下子塌下來」，不符合上面的意思。為了呈現緩緩坍塌的感覺，建議可以把形容詞 loose 放在主詞補語位置，以 break loose 表示。「以最高每小時 200 英里的速度滑下山」具有修飾前句的功能，因此比起使用相同的句構，不妨以分詞的形態呈現。

第 2 句我們可以利用比較級來表現最高級，這種用法在國高中時期應該曾經看過。「死於雪崩的登山客最多」使用「比較級＋ than ＋ anything else」的方式造句，文章會顯得格外出色。

當我們想在後面補充說明句中提到的概念時，中文會在尾句後面補上以「這是」開頭的句子，但英文不會以「It is」起頭，因為沒有這個必要，大部分都會使用同位語修飾的句型。所以，我們可以在第 3 句的 the jet stream 後面加上 "a narrow, fast moving air current that circles the world six to ten miles above sea level"，以同位語說明「高速氣流」的概念。

> When snowfall builds up on a steep mountainside, a whole section of a slope may **break** loose suddenly and **slide** down the mountain, moving at speeds of up to 200 miles per hour. More climbers on Mount Everest are **killed** by avalanches than by anything else. Mount Everest is so tall that it's affected by the jet stream, a narrow, fast-moving air current that circles the world six to ten miles above sea level.[2]

✦ 核心動詞字義用法解説

break 是「打破」。

不過字義會依照被破壞的內容而有些不同。首先，若是用於表示破壞特定對象，造成該物毀損，可用於句型 1：My mobile phone fell to the floor and broke.（我的手機摔在地上壞掉了。）和句型 3：Jack fell and broke his leg.（傑克跌倒摔斷了腿。）。若是用於「破壞成某種狀態」，可形成句型 2：The boat broke loose during the storm.（暴風雨來襲時，綁在船上的繩子鬆開了。）和句型 5：They broke the safe open.（他們撬開了保險箱。）的句子。

Break 也表示中斷、中止維持已久的狀況，進而擴大表示「突然改變某種狀態」，例如 We need someone to break the silence.（我們需要有人打破沈默。）也可用來表示打破約定，例如 He has finally broken his promise to me.（他最終違背了對我的承諾。）或表示違反法律，例如 Anyone who breaks the law will be subject to punishment.（任何觸犯法律的人都將受到懲罰。）

表達將整塊擊碎形成碎片時，主要和 down 一起使用，意義擴大後，可用來表示「分解、分開」，例如句型 3：Let me break the cost down into transportation, food, and hotel.（讓我來把費用細分為交通費、餐費、住宿費等。）

此外，也可以用來表示「打破現象，揭露不為人知的事實」，例如用於句型 1：His happy

marriage came to an end when the scandal broke.（醜聞曝光後，他的幸福婚姻生活也結束了。）或句型 3：Do you know which newspapers broke the story?（你知道是哪家報社揭露這條新聞嗎？）

slide 的核心概念是「滑動」。

表達滑過表面時，可用於句型 1，例如 A car slid off the road and hit a barricade.（一台車滑出車道，撞上了路障。）用於句型 2，例如 The door was sliding open of itself.（門自己滑開了。）用於句型 3，例如 Don't slide your hand along the rail—it may hurt you.（不要在扶手上滑動你的手，你可能會受傷。）或用於句型 5，例如 He noticed his boss coming and quietly slid the drawer shut.（他看到老闆走過來，便悄悄地關上抽屜。）

此外也可用於表示「安靜快速地移動，讓其他人無法察覺」，例如 They slid into bed and fell asleep at once.（他們迅速溜進被窩，馬上就睡著了。）也可加入受詞，例如 He was sliding the envelop into his pocket.（他把信封快速地塞進口袋。）

亦可表示「價值或程度逐漸緩慢下降」，例如 The birth rate has slid to the lowest level.（出生率已降至最低。）或是陷入糟糕的情況，例如 The world economy is sliding into recession.（全世界的經濟陷入衰退。）

kill 的核心概念是「殺死」。

表示殺死生命時，可用於句型 1，例如 Driving while intoxicated will kill.（酒後駕車會導致死亡。）或用於句型 3，例如 Car crashes kill hundreds of people every year.（每年有數百人死於車禍。）

也可表示「關係或活動終止」，例如 Lack of trust can kill your relationship with Laura.（缺乏信任會毀掉你與蘿拉的關係。）或表示結束痛苦，例如 It would kill me if I were punished for what I am not guilty of.（如果我因為沒有犯的罪而受罰，我會瘋掉的。）

有趣的是，kill 可以用在非常愉快又逗趣的情況，例如 I couldn't help laughing—they were killing me.（我忍不住地笑了，他們實在太搞笑了。）也可以用在感到非常生氣的時候，例如 My mother would kill me if she knew that I cut class.（我媽如果知道我蹺課，她會殺了我。）

當你感到緊張時，你的肌肉會變得緊繃。你可能會緊咬著牙，聳起肩膀，或握緊拳頭。當你情緒激動時，你的額頭和手可能會出汗。當你情緒高漲時，你可能會臉紅。當你經歷這些身體反應時，不要驚慌。這是正常的。

❶ 當你感到緊張時，你的肌肉會變得緊繃。

提示 句型 2 動詞 feel，句型 2 動詞 get

❷ 你可能會緊咬著牙，聳起肩膀，或握緊拳頭。

提示 助動詞 might，介系詞片語 in tight fists

❸ 當你情緒激動時，你的額頭和手可能會出汗。

提示 句型 2 動詞 run

❹ 當你情緒高漲時，你可能會臉紅。

提示 句型 2 動詞 get/run，介系詞片語 in the face

❺ 當你經歷這些身體反應時，不要驚慌。

提示 否定祈使句

❻ 這是正常的。

提示 代名詞 it

字詞建議

tense 緊張的 / muscle 肌肉 / clench 咬緊、握緊 / hunch up one's shoulders 聳起肩膀 / emotion 情感、情緒 / strong （情緒）激動 / sweat 流汗 / mood 心情 / physical 身體的 / reaction 反應 / freak out 失去理智 / normal 正常的

這篇文章裡的語句都是我們日常生活用語，但真的要轉換成英文時又會感到不知所措。首先，我們回想一下前面學習過的動詞，試著循序漸進完成每個句子。文章裡的述語分別有「肌肉變得緊繃」、「情緒激動」、「情緒高漲」、「臉紅」等，由此可以看出都是使用「變得、變成」類的動詞和句型 2 的結構。當然，造句時必須依照文意使用不同的動詞。

第 1 句的「當～時」要用副詞子句連接詞 when，連接詞後面接主詞和動詞。feel 是句型 2 動詞，在主詞補語位置放的形容詞要能具體表現 feel 的感覺。「緊繃」是到達某種狀態，適合用 get。

clench 的意思是「握緊」某東西，主要用於表現強烈的意志或憤怒等情感，可想像在這種時候緊握拳頭的模樣，是母語者常用的動詞，建議可以把 clench your teeth「緊咬著牙」、hunch (up) your shoulders「聳起肩膀」、hold your hands in tight fists「握緊拳頭」等慣用語一起記起來，未來有機會派上用場。

從「情緒激動」可以感覺到情緒激昂亢奮吧？第 3 句若使用句型 2 動詞 run，更能夠傳達情感極速奔馳的感覺。補語位置適合放 strong，根據文意脈絡，strong 在這裡的意思是「（情緒）激動的」，不是指身體上的強壯。

第 4 句的「情緒高漲」又該怎麼說呢？同樣可以用 moods run high 表示。「臉紅」是表示到達臉變紅的轉折點，因此可以用 get red 表示。

When you **feel** tense, your muscles can get tight. You might clench your teeth, hunch up your shoulders, or **hold** your hands in tight fists. When your emotions **run** strong, your forehead and hands might sweat. You may get red in the face when your moods run high. When you experience one of these physical reactions, don't freak out. It is normal.[3]

✦ 核心動詞字義用法解説

feel 大致可分為三種，首先是形容「身體上、情感上」的感覺時。

例如用於句型 2：I really felt sick.（我真的覺得不舒服。）、句型 3：We are feeling hot air around us.（我們感覺到周圍有熱空氣。），或句型 5：I felt something crawling down my neck.（我感覺到脖子上有東西往下爬。）

當做自覺或領悟到特定立場的意思時，可加入 strongly 等副詞的修飾，例如用於句型 1：Do you feel very strongly about our plan?（你對我們的計畫堅信不疑嗎？）也可以用於將 that 子句當受詞的句型 3：I feel that we should leave right now.（我覺得我們應該馬上離開。）或是在句型 5 使用受詞補語，例如 I feel myself privileged to practice medicine.（我以從事醫療工作為榮。）

表示「為了尋找或了解而觸摸什麼」時，可以使用句型 1，例如 I was feeling in the drawer for the money.（我在抽屜裡翻找著錢。）或用於句型 3，例如 They felt the coldness of their kids' faces.（他們觸摸著孩子們冰冷的臉龐。）

hold 的核心概念是「暫時」，意味著暫時維持、保留或堅持某狀態，不知何時會消失、改變或失去。

當做「暫時維持狀態」時，可用於句型 3，例如 She was holding my bag while I opened the cabinet.（在我打開櫥櫃時，她幫我拿著背包。）和句型 5：Could you hold the door open for me?（你能幫我扶著門讓它開著嗎？）。

當做「暫時保留」時，可用於句型 3，例如 I asked the store to hold this item for me.（我要求店家幫我保留這件商品，不要賣給其他人。）或 The rebels held the town.（叛軍佔領了這座城鎮。）也可用於句型 5，例如 They held a meeting to discuss this matter.（他們開會討論這件事。）或 The rebels held him hostage for a week.（叛軍挾持他作為人質一個禮拜。）。

當做「暫時堅持某狀態或期間」時，可用於句型 1，例如 We hope our good luck will hold.（我們希望我們的好運能持續下去。）或句型 3：The company is holding sales at its present level.（公司維持著目前的銷售量。）此外，也有支撐重量的意思，用法如 I don't think one bag will hold all of the stuff here.（我想一個袋子裝不下這裡所有的東西。）

run 的核心概念是「速度感」。

當「跑」使用時，可以搭配各種主詞，用於句型 1 的例句有 This bus runs every hour.（這輛公車每小時一班。）或 Electricity runs through cables.（電力藉由電纜傳輸。）也可用於句型 2，例如 The gap between the two runs deep.（兩者之間的差距很深。）

此外也有「經營、管理」的意思，表示各個組成元素有條不紊地運轉。可用於句型 1，例如，I had to have the new computer running before noon.（我必須在中午以前讓新電腦運作。）或是 What can we do to keep the economy running?（我們該怎麼做才能讓經濟持續運作？）也可用於句型 3：He has run this restaurant since last year.（他從去年開始經營這家餐廳。）

液體從高處往低處流時也需要速度，因此作「流動」的意思時，可形成句型 3：I turned the tap on and ran the water on my hand.（我打開水龍頭，水順著手流下來。）或句型 1：My tears were running down my cheek.（我的眼淚順著臉頰流下。）等句子。

用英文動詞造句②：保持（～狀態）／持續做～

許多人分不清楚表示「保持狀態或動作」時，要使用 keep 還是 be 動詞，也因為如此，分不清楚 They keep quiet. 和 They are quiet. 差異的大有人在。然而，母語者會根據維持的狀態或動作，選擇使用 keep 或 be 動詞。

表示「保持（～狀態）／持續做～」的動詞有 keep、stay、stand、sit、lie 等，在與其他語詞結合表示具體狀態時，乍看之下雖然與 be 動詞相似，但仔細觀察就會發現兩者截然不同。首先，keep 是表示「維持特定狀態或動作」，舉例來說，如果像下方 ⓐ 句一樣，在補語位置放形容詞，就表示某種狀態維持了一段時間，如果像 ⓑ 句一樣，動詞是～ ing 的形態，就表示「持續做著」某種行為，形成句型 2 的句子。

一直～ / ～著	keep	維持	ⓐ They **keep** quiet. 他們保持安靜。
			ⓑ He **keeps** crying. 他一直在哭。
	stay	持續	ⓒ Mike **stays** healthy. 他保持健康。
	stand	站著	ⓓ The building **stands** empty. 那棟大樓一直空著。
	sit	坐著	ⓔ They **sit** crouched. 他們蹲坐著。
	lie	躺著	ⓕ He **lies** awake. 他清醒地躺著。

stay 的意思看起來和 keep 很像，差別在於只用在保持原有狀態。例如，
ⓒ 句暗示著過去很健康，現在也還保持著健康的狀態，本來就是個健康
的人。此外，keep 可以用於句型 5，例如 We keep the room clean.（我們
保持房間整潔。），而 stay 就無法造這樣的句子，這也是兩者的差別之處。

stand、sit、lie 的意思分別為「站、坐、躺」，如果這些動詞用來代替 be
動詞，就表示某狀態持續一段時間，或者能夠更具體表現特定狀態。例如
ⓓ 句中的大樓不僅存在，而且還是「直立著」存在，表現出具體的狀態。
ⓔ 句描述的是在「坐著」的狀態下屈膝蹲伏的模樣。在 ⓕ 句中，我們可
以看出不只是醒著，而且是處於「躺著的狀態」。根據文意，我們可以將
這些動作解釋為「蹲坐」和「清醒地躺著」。

植物是生物。它們從嬌小的水草到高聳的大樹，有各種的形狀和大小。如同所有的植物一樣，樹木需要葉子以維持生命。葉子是樹木的食物工廠。它們含有一種叫做葉綠素的黏稠綠色物質。像金合歡這樣的樹帶有刺，這是為了防止草食性動物靠近。

❶ 植物是生物。

提示 動詞 live（現在分詞形容詞）

❷ 它們從嬌小的水草到高聳的大樹，有各種的形狀和大小。

提示 句型 1 動詞 come，from A to B

❸ 如同所有的植物一樣，樹木需要葉子以維持生命。葉子是樹木的食物工廠。

提示 介系詞 like，to 不定詞的副詞用法，句型 2 動詞 stay

❹ 它們含有一種叫做葉綠素的黏稠綠色物質。

提示 動詞 call（過去分詞）

❺ 像金合歡這樣的樹帶有刺，這是為了防止草食性動物靠近。

提示 句型 5 動詞 keep

字詞建議

plant 植物 / come in (商品等) 上市 / shape 型態 / size 大小 / tiny 極小的 / waterweed 水草 / tower 高聳的 / contain ～包含 [含有] / sticky 黏稠的 / stuff 東西、物質 / chlorophyll 葉綠素 / acacia 金合歡 / thorn 刺 / keep away 遠離～ / plant-eating 草食性的

第 1 個句子好像很簡單，看起來卻又覺得很難。「生物」的英文該怎麼說？「生物」是指「具有生命，能自行生存的個體」，就像動物或植物一樣。因此，由動詞 live 衍生而來的現在分詞形容詞 living 修飾名詞 thing，形成 living things，意指「自行生存之物」，也就是「生物」。thing 一般指物品、事物或無生物，和形容詞 living 結合後，形成意義完全相反的「生物」。

第 2 個句子適合用動詞 come，意思是「呈現、出現」，和介系詞 in 一起使用，表示「以某種形態出現」。

第 3 句的「維持生命」應該如何表達呢？文意上是現在活著，並且要使這種狀態持續下去，所以不是 keep alive，應該用 stay alive，因為 stay 是表示維持目前的狀態。接著利用表示「目的」的 to 不定詞當副詞用法，寫成 to stay alive，就能表達出「維持生命」的意思。

第 4 句裡的「叫做葉綠素的」是「將～叫做…」的意思，可以使用句型 5「動詞＋受詞＋受詞補語」的結構，動詞用 call，以 a sticky green stuff called chlorophyll 的修飾語呈現即可。

第 5 句裡的「草食性動物」是 plant-eating animals，在兩個單字之間放連接號（dash），可作為形容詞來修飾名詞。這裡第二個單字和前面的名詞是主動關係，因此以現在分詞表示。在表達「像金合歡這樣的」時，使用 such as 比 like 更適合。like 用在表示相似性時，such as 用在舉例說明時。

Plants are living things. They **come** in all shapes and sizes, from tiny waterweeds to towering trees. Like all plants, trees need their leaves to **stay** alive. Leaves are a tree's food factories. They contain a sticky green stuff called chlorophyll. Trees such as the acacia have thorns to **keep** plant-eating animals away.[4]

✦ 核心動詞字義用法解說

come 的核心概念是「朝向基準移動」。

主詞位置是人的時候，可用於句型 1，例如 He came towards me to hand it over.（他走過來把它交給我。）或用於句型 2，例如 Jack came rushing.（傑克衝過來。）另外值得一提的是，"come ～ ing" 是表示「過來的同時正在做～」。

事物出現在主詞位置時，可以使用副詞片語，讓意思更具體化。例如，在「This news came as a shock.（這消息令人震驚。）」中的 as a shock，在「His resignation came at a good time.（他辭職得正是時候。）」中的 as a good time，在「This bag comes in many colors.（這個背包有多種顏色。）」中的 in many colors，更具體展現出動詞的含意。

也可以用來表示「達到某種狀態或結果」。例如表示「變成」的 The window came open with a strong gust of wind.（一陣強風把窗戶吹開了。）或者使用 to 不定詞，表示「變得～（事物的變化）」，例如 I came to know he liked me.（我發現他喜歡我。）亦可使用副詞 out 等表現特定狀態，像是「脫落的狀態」，例如 His teeth came out.（他的牙齒全都掉了。）

stay 的核心概念是「停留」。

表達「一直在同一個地方不離開」時，可用於句型 1，例如 You stay here—I promise I will be back.（你留在這裡，我保證我會回來。）或是 I used to stay at my grandmother's home during vacation.（以前放假期間我常待在奶奶家。）也可將此意義擴大，表示在逆境期間一起克服、行動，例如 He stayed with the group.（他決定和這個團隊在一起。）

也可表示「繼續處於某種狀態」，即「保持～狀態」，這時可以將形容詞放在主詞補語位置，形成句型 2 的句子，例如 They stayed calm despite his constant interruptions.（儘管他不斷打斷他們，他們仍保持鎮定。）或是像「Please stay away from the broken window.（請遠離破碎的窗戶。）」一樣，在句型 1 加入 away 等副詞，使意義更具體。

keep 的核心概念是「保持」。

表示保持狀態時，可用於句型 2，例如 He keeps silent.（他保持沈默。）或是 He keeps saying that.（他一直這麼說。），也可用於句型 3：They kept my belongings.（他們幫我保管我的東西。）或句型 5：The party kept me awake all night.（派對讓我整晚無法入睡。）

將「保持」的意思擴大後，也可表示「遵守」，特別是當做「遵守約定或信任」時，可以用於句型 3，例如 They kept the promise.（他們遵守了承諾。），或 She worked hard and kept her family.（她努力工作養家。）

也可用於阻止、耽誤某人做什麼，意思是「阻攔」、「制止」。此時要在受詞後面放介系詞 from，說明制止的對象。例如 My parents kept me from leaving the town.（我的父母不讓我離開這座城鎮。）

他醒著沒睡，躺著看星星。他想像自己彈鋼琴的樣子。他會坐在天鵝絨凳子上，研讀著樂譜。然後他會坐直身子開始演奏。他想像自己觸摸那光滑的黑白琴鍵。他幾乎能聽見自己演奏的音符發出的清脆聲音。他想像自己成為一名著名的鋼琴演奏家。

1 他醒著沒睡，躺著看星星。

提示 句型 2，動詞 lie

2 他想像自己彈鋼琴的樣子。

提示 句型 5 動詞 imagine，反身代名詞 myself

3 他會坐在天鵝絨凳子上，研讀著樂譜。

提示 助動詞 would

4 然後他會坐直身子開始演奏。

提示 副詞 then，助動詞 would

5 他想像自己觸摸那光滑的黑白琴鍵。

提示 動名詞受詞

6 他幾乎能聽見自己演奏的音符發出的清脆聲音。

提示 助動詞 could/would，受格關係代名詞

7 他想像自己成為一名著名的鋼琴演奏家。

提示 動名詞受詞

字詞建議

awake 醒著的 / velvet 天鵝絨 / stool（沒有靠背和扶手的）凳子 / study 仔細研讀 / music 樂譜 /
sit up 坐直 / straight 筆直的 / smooth 光滑的、平滑的 / key 琴鍵 / crisp（聲音）清脆的 / note 音符

第 1 句描寫躺著但睡不著，處於清醒的狀態，適合用句型 2 動詞 lie，另外加上意思是「醒著的」的形容詞 awake，以 lay awake 表示即可。

表示「想像～」可以用動詞 imagine。imagine 可以用在句型 3，動名詞在受詞位置，也可以用在句型 5，形成「主詞＋動詞＋受詞＋受詞補語」的句子。文意上是想像自己做著特定動作的模樣，所以是 He imagined himself playing the piano.，以句型 5 的形式表現。此時受詞補語位置主要是放 to 不定詞，但由於受詞是反身代名詞，因此也可以接分詞型態。

接下來是描述腦海中的場面，這些句子需要助動詞 would。would 可以表示想像或假想，意思是「會～」，這裡是描述想像中坐在鋼琴椅子上研讀樂譜和演奏的一連貫動作，所以必須以「would ＋原形動詞」表示。

「幾乎能聽見…清脆聲音」要用助動詞 could 和副詞 almost 表達關鍵性的語意。almost 表示「幾乎、將近」，could 表示可能性，could almost hear 可以解釋為「幾乎能聽見、好像已經聽到」。受詞的結構是以「自己演奏的」修飾「音符發出的清脆聲音」，我們可以將關係代名詞子句 (that) he would play 放在 notes 後面進行修飾，形成 the crisp sound of the notes he would play 的句子。

He **lay** awake and **looked** at the stars. He imagined himself playing the piano. He would **sit** on a velvet stool and study the music. Then he would sit up straight and begin to play. He imagined touching the smooth black and white keys. He could almost hear the crisp sound of the notes he would play. He imagined being a famous piano player.[5]

✦ 核心動詞字義用法解說

lie 的核心概念是「在」。

「存在」的意思裡有「在」和「在（～狀態）」兩種意義。當「存在」時，可用句型 1 造句，例如 The strength of this company lies in its healthy corporate culture.（這家公司的優勢在於其健康的企業文化。）當「躺著／擺放著」等意思時，也可以用句型 1 造句，例如 Could you please lie on your side?（可以請你側躺嗎？）或者 The school lies halfway between my house and the subway station.（學校位於我家和地鐵站之間。）

如果後面伴隨著補語，表示「在（～狀態）」時，可以用句型 2 造句，例如 He lay asleep when the thief broke into the house.（當小偷破門而入時，他正在睡覺。）或是 The flag lay flat on the ground.（旗子平躺在地上。）

也可用來表示「說謊」，此時可以造的句子如 Your face tells me that you are lying.（你的表情告訴我你在說謊。）或是和介系詞 about 一起使用，用句型 1 造句，例如 I suspect that he lies about his age.（我懷疑他謊報了年齡。）

look 的核心概念是「看」和「找」。

表示往特定方向看時，可用於句型 1，例如 He looked out of the window and smiled at me.（他看著窗外對我微笑。）

表示「（看起來）似乎～」時，可以用於句型 1，例如 He looks like a good person.（他看起來是個好人。）或是用句型 2 造句，例如 Watch your step!—the path looks icy.（小心腳步！路看起來結冰了。）另外也可表示「注視」，例如句型 1 的 Look at the time! It's getting late now.（看一下時間！現在很晚了。）或句型 3 的 Why don't you look where we are going?（你為什麼不看看我們要去哪裡？）

當「尋找」時，可以用句型 1 造句，例如 He looked everywhere but couldn't find his son.（他找遍所有地方，但是沒有找到他的兒子。）也可和介系詞 for 一起使用，例如 Are you still looking for your key?（你還在找你的鑰匙嗎？）

sit 的核心概念是「坐」。

表示「坐在位子上」時，可用句型 1 造句，例如 He glanced around as he sat at his desk.（他坐在自己的書桌前環顧四周。）或造句型 3 的句子，例如 The child's father lifted her and sat her on the top bunk.（小孩的父親把她抱起來，讓她坐在上舖。）

表示「以坐姿保持特定狀態」時，可用於句型 1，例如 The village sits at the end of the valley.（這座村子坐落在山谷的盡頭。），或者用於句型 2「The letter sat unopened on the table.（這封信沒有拆開，擺放在桌上。）」

座位通常和職位有關，可以用來表示「成為成員、位居要職」，例如 Do you think she is going to sit on the committee next year?（你認為明年她會成為委員會委員嗎？）

哺乳動物用母乳餵食幼子。幾乎全部都有毛髮或毛皮，大多數都精力充沛，好奇心旺盛。哺乳類的身體會自行產生熱能，不管是炎熱或寒冷的日子，牠們的體溫都維持不變。哺乳類為了保持體溫，需要消耗大量能量，因此需要經常進食。

1 哺乳動物用母乳餵食幼子。

提示 句型 3 動詞 feed

2 幾乎全部都有毛髮或毛皮，大多數都精力充沛，好奇心旺盛。

提示 對等連接詞 and

3 哺乳類的身體會自行產生熱能，不管是炎熱或寒冷的日子，牠們的體溫都維持不變。

提示 對等連接詞 and，從屬連接詞 whether，句型 2 動詞 stay

4 哺乳類為了保持體溫，需要消耗大量能量，因此需要經常進食。

提示 對等連接詞 and，句型 2 動詞 keep

字詞建議

mammal 哺乳動物 / fur 毛皮 / lively 精力充沛的 / curious 好奇的 / one's own 自己的 / warmth 溫暖 / temperature 體溫、溫度 / the same （和～）一樣的、相同的 / frequently 頻繁地、經常地

第 1 句可以用動詞 feed 造句，形成 Mammals feed milk to their babies. 即可。breastfeed 這個字只侷限於人類使用。feed 有「使（嬰兒或動物）吃奶」的意思，因此可以用 feed a baby 表示「餵食幼子」。

第 3 句需要一個連接詞來表示自行產生熱能與體溫維持不變的邏輯關係。and 除了「和」之外，還有「所以、然後、因此」等意思，可用於表示同時性、時間前後關係、結果、補充、矛盾等多種用途。這裡也需要用 and 連接句中表示原因和結果的兩個子句。

「體溫都維持不變」該用什麼動詞描述呢？這是說明恆溫動物無論外部溫度如何改變，體溫總是維持一定的「不變」特性，也就是維持現有體溫，所以用 stay 會比較合適。因為是句型 2 動詞，主詞補語位置要放名詞 the same，表示「相同」。作為修飾語的副詞子句，這裡是用從屬連接詞 whether，而文句中的「日子」是指「當日」，因此主詞是用 the day。

在最後一句中，前面的內容是後面內容的根據，所以要用表示「因此」的對等連接詞 and 連接前後兩個子句。前面的句子指的是保持體溫，不讓溫度下降，所以要用句型 2 動詞 keep，寫成 keep warm。保持體溫和消耗能量是同時發生的事，所以用省略連接詞的分詞構句，精簡成 use a lot of energy (while they are) keeping warm 形式的修飾結構表達即可。

Mammals **feed** milk to their babies. Almost all have hair or fur, and most are lively and curious. A mammal's body makes its own warmth and its temperature stays the same whether the day is hot or cold. Mammals **use** a lot of energy keeping warm, and **need** to eat frequently.[6]

✦ 核心動詞字義用法解說

feed 的核心概念是「供應糧食」。

人或動物都需要獲得糧食的供應才能活動，feed 表示「提供食物」時，可以用於句型 1，例如 A lion is a meat-eater and feeds on flesh.（獅子是肉食動物，以肉為食。）或用於句型 3，例如 We should feed the kids first and have ours later.（我們應該先餵孩子，之後我們再吃。）。也可以用句型 4 造句，例如 Did you feed your cat the tuna fish?（你餵你的貓吃鮪魚了嗎？）

同樣的意思也可以引申為「替機器等供應燃料或原料」，例如用於句型 3：It is freezing outside. Please keep feeding the fire.（外面很冷，請繼續給火添柴。），或 Have you fed the meter with coins?（你在計費器裡投幣了嗎？）

將字義再延伸，也可用來表示持續供應訊息，像是數據，例如 The information is fed over satellite networks to base stations.（訊息透過衛星網路提供給基地台。）

use 的核心概念是「使用」。

可用來表示使用工具 / 技術等，例如 You can use scissors to cut them out.（你可以用剪刀把它們剪下。）或是表示持續耗用直到全部用完，例如 You can use the detergent up—we have more in storage.（你可以把全部的洗衣劑用完，我們倉庫裡還有。）也可表示利用某種情況或人，例如 Don't use his mistake to get what you want.（不要利用他的錯誤來得到你想要的。）

need 的核心概念是「需要」。

表示強烈渴望某事物時，可以用（代）名詞或 to 不定詞當受詞，以句型 3 造句，例如 I need you here.（我需要你在這裡。）或 They need to have dinner first.（他們需要先吃晚餐。）也可用於句型 5，例如 We need you to help him move these heavy boxes.（我們需要你幫他搬這些重箱子。）

將「需要」的意思擴大為「必須」後，即表示「必須做的事」，此時可用於句型 3，例如 The house needs cleaning.（房子必須打掃。）或是句型 5：He needs his shirt washed.（他必須洗他的襯衫。）

用英文動詞造句③：讓～處於 / 保持某狀態

「請讓門開著」的英文該怎麼説？大部分的人會回答 Open the door.，但嚴格來說這個答案是錯誤的。「請開門」和「請讓門開著」是完全不同的意思。「請打開」是要求把關著的門開啟，「請開著」是讓門保持開啟的狀態。

那麼，應該用什麼動詞呢？如果是我，會考慮三個單字，就是句型 5 動詞 keep、leave、hold。Keep the door open. 是傳達「留意別讓門關上」的意思，Leave the door open. 是表示「讓門保持開啟」。相反地，Hold the door open. 是「暫時讓門開著」，也就是隨時可以關起來的狀態，所以用手暫時扶著門是 Hold the door open.

讓～處於 / 保持某狀態	keep	管理	ⓐ He **keeps** the house clean. 他保持房子整潔。
	hold	暫時	ⓑ They **held** him hostage for a month. 他們扣留他作為人質。
	leave	留下	ⓒ Don't **leave** your dog alone. 不要把你的狗單獨留下。

如表所示，keep 有「管理」、hold 有「暫時」、leave 有「放置」的意味，所以使用 keep 的 ⓐ 可以解釋為「把房子管理地乾淨整潔」。 ⓑ 句中，使用 hold 是為了表達在履行挾持者的要求前，人質暫時被扣留的狀態。 ⓒ 句使用 leave 是表示在沒有管理監督或照顧下，不要單獨留下小狗。

幾天後，高燒退了，但是還是有什麼地方不對勁。小海倫 (Helen) 再也看不見，也聽不見了。這場病讓她失明耳聾。凱勒夫婦 (Keller) 的可愛小女孩變成一個粗暴的孩子。當她的父母試著碰觸她時，她對他們又踢又抓。她大聲地吼叫尖叫。

❶ 幾天後，高燒退了，但是還是有什麼地方不對勁。

提示 a few days，代名詞 something

❷ 小海倫再也看不見，也聽不見了。

提示 no longer

❸ 這場病讓她失明耳聾。

提示 句型 5 動詞 leave，過去完成式時態

❹ 凱勒夫婦的可愛小女孩變成一個粗暴的孩子。

提示 the ＋姓＋ -s，句型 2 動詞 become

❺ 當她的父母試著碰觸她時，她對他們又踢又抓。

提示 連接詞 when

❻ 她大聲地吼叫尖叫。

提示 介系詞片語 in a loud voice

字詞建議

fever 發燒 / **wrong** 弄錯的 / **blind** 眼瞎的 / **deaf** 耳聾的 / **wild** 粗暴的 / **kick**（用腳）踢 / **scratch** 抓～ / **yell** 喊叫 / **scream** 尖叫

第 1 句的燒「退了」應該如何用英文表達呢？有人想到 disappear，但我會用 be gone。**中文裡許多用動詞表達的用法，在英文常以顯示狀態的形容詞表現。**這裡也是較適合用形容詞 gone 表達「已消失退去，現在不再有的狀態」。disappear 是指從眼前突然消失，與上下文意不符。

在表達「這場病讓她失明耳聾」時，可能有人會想到 because of this illness。但由於是變成失明耳聾的狀態，如果使用句型 5 動詞 leave 表示「使（受詞）處於～情況」，在受詞補語位置放表示狀態的形容詞，就能寫出更簡單俐落的句子。

「小女孩」的是 little girl，不是 young girl。此外，英語圈國家在形容矮小或年紀小的人可愛時，主要用 sweet little 作為修飾語。「凱勒夫婦」是用家族姓的複數形 Kellers，前方加上 the，意味著「總稱」。

表達用於「試著碰觸她時」適合的連接詞是 when，不是 if。從中文看容易讓人想成是條件句，但意義上可以看成是同時表示「假設」和「時間」，也就是「假設」碰觸的「時間點」。在下一句裡，修飾動詞 yell 和 scream 的「大聲地」是副詞片語 in a loud voice，這裡的 in 是表示「手段、方法」。

A few days later, the fever was gone. But something was still very wrong. Little Helen could no longer **see** or hear. The illness had left her blind and deaf. The Kellers' sweet little girl became a wild child. She **kicked** and scratched her parents when they tried to **touch** her. She yelled and screamed in a loud voice.[7]

✦ 核心動詞字義用法解説

see 的核心概念是「看見」和「知道」。

不同於 look、watch 帶有目的、故意地看，see 是視覺本能上的感受，表示「看見」。此時可以用句型 1 造句，例如 I can see now that you turned on the light.（我現在可以看到你把燈打開了。）也可用於句型 3：He looked out of the window and saw her in the crowd.（他向窗外望，看見她在人群中。），或句型 5：Did you see a man playing golf in the yard?（你看到有個人在院子裡打高爾夫球嗎？）

此外，see 有拜訪、探望的意思，表示去拜訪專家等，例如 My mother has to see a doctor every week.（我媽媽每周都要去看醫生。）也可表示與誰見面、交往，例如 How long have you been seeing Mike?（你和麥克交往多久了？）另外也表示見證在特定期間或場所發生某事件，例如 This year has seen unprecedented development of medical science.（今年醫學界有前所未有的發展。）

表示「知道」時，意指「理解、明白」和「認為、看待」。此時可以用句型 3 造句，例如 I don't think you can see my point of view.（我不認為你能理解我的觀點。）或 Do you see this car as a kind of bribe?（你把這輛車看成是一種賄賂嗎？）

kick 的核心概念是「踢」。

表示「舉起腳用力踢」時，可以用句型 1 造句，例如 Can you feel the baby kicking inside you?（你能感覺到寶寶在肚子裡踢妳嗎？）或是用於句型 3，例如 He teaches kids how to kick a soccer ball.（他教孩子們踢足球。）也可用於句型 5，例如 You have to kick the door open when your hands are full.（當兩手都是東西時，你必須用腳把門踢開。）

kick 可以用來表示擊退（用腳踢掉）錯誤的習慣，例如以句型 3 造句：I've been smoking for a decade and need help to kick the habit.（我已經抽煙十年，需要幫助才能戒掉這個習慣。）和反身代名詞一起用，成為 kick oneself，表示「因為失誤或錯失機會而懊惱」，例如 You will kick yourself if you sell your shares this time.（這個時候如果你賣掉股票，你會後悔的。）

touch 的核心概念是「接觸」。

表示「接觸部分表面」時，可以用句型 1 造句，例如 Don't touch them—You are only allowed to look at them.（不要觸摸，你只能用眼睛看。）或是 What if these two ropes touch?（如果這兩條繩子碰在一起會如何？）也可以用於句型 3，例如 Your coat is touching the floor.（你的外套碰到地板了。）也可將意思延伸為「達到某種程度」，例如 Please slow down—your speedometer is touching 80.（請減速，你的速度計快指到 80 了。）

此外 touch 也可表示觸動、感動，例如 We all were deeply touched by her story.（我們都被她的故事深深感動。）或是表示插手介入某件事，例如 Do you know everything he touches turns to a mess?（你知道他碰到的每樣東西都會變成一團亂嗎？）也有比得上、相當於特定水準或實力的意思，例如 When it comes to methodology, no one will touch you.（說到方法論，沒有人比得上你。）

蝴蝶是色彩最豐富的昆蟲之一。大多數只能活幾周。牠們在交配、產卵後死去。當蝴蝶張開翅膀時，會收集太陽的熱能，這有助於帶給蝴蝶飛行的能量。當牠收起翅膀，就是在休息。牠會面對太陽，這麼一來，牠投下的影子很小，敵人較不易發現牠。

❶ 蝴蝶是色彩最豐富的昆蟲之一。

提示 介系詞 among

❷ 大多數只能活幾周。牠們在交配、產卵後死去。

提示 代名詞 most，副詞 then

❸ 當蝴蝶張開翅膀時，會收集太陽的熱能。

提示 連接詞 when，句型 5 動詞 hold

❹ 這有助於帶給蝴蝶飛行的能量。

提示 句型 3 動詞 help，to 不定詞的形容詞用法

❺ 當牠收起翅膀，就是在休息。

提示 連接詞 when，句型 5 動詞 hold

❻ 牠會面對太陽，這麼一來，牠投下的影子很小，敵人較不易發現牠。

提示 連接詞 so，受格關係代名詞，be less likely ＋ to 不定詞

字詞建議

colorful 色彩豐富的 / insect 昆蟲 / mate 交配 / lay 產（卵）/ wing 翅膀 / gather 聚集～ / warmth 暖和 / rest 休息 / face 面向～ / cast 投射（光影）/ spot 認出、發現～

第 1 句「～之一」可以使用 among。在表達「～當中的一個」時，很容易想到「one of ＋複數名詞」，但 be among 也常用來表示「在～範圍內（當中）的一個、在～當中」。這裡描述的是蝴蝶「屬於色彩最豐富的昆蟲之一」，也就是屬於 the most colorful types of insects 當中的一種。

「當蝴蝶張開翅膀時」這句話所指的，比起繼續維持張開翅膀的狀態，更像是暫時維持張開翅膀的狀態，因此要用句型 5，動詞 hold 寫成 holds its wings open。主句描寫的是張開翅膀時進行中的動作，因此要用現在進行式 it is gathering warmth 表示。

接下來的句子是用動詞 help 以句型 3 的結構表示。help 在造句型 5 的句子時，受詞補語位置要放 to 不定詞或原形動詞，同樣地，在造句型 3 的句子時，受詞位置也要放 to 不定詞或原形動詞。這裡受詞位置的動詞 give 要採用句型 4 的構造，以「give ＋間接受詞＋直接受詞」的形式，寫成 help give it the energy to fly。

下一句也是使用 hold，句構與前面句子相同。這裡受詞補語位置是使用過去分詞形容詞 closed，寫成 holds its wings closed。

最後一句間的邏輯關係是「蝴蝶面對太陽」、「蝴蝶投下的影子小」、「敵人較不易發現蝴蝶」，因此應該考慮要使用什麼連接詞來連接三個子句。第一個子句是原因，第二和第三個子句是因果關係，那麼分別用 so 和 and 連結即可。

Butterflies are among the most colorful types of insects. Most live for only a few weeks. They mate, lay eggs, (and) then die. When a butterfly holds its wings open, it is **gathering** warmth from the sun. This helps give it the energy to fly. When it holds its wings closed, it is resting. It **faces** the sun, so the shadow it **casts** is small and enemies are less likely to spot it.[8]

✦ 核心動詞字義用法解說

gather 的核心概念是「聚集」。

表示把分散各地的人或事物聚集在一起時，可以用於句型 1，例如 Union members have gathered in front of the headquarters.（工會成員聚集在總部前面。）也可用句型 3，例如 Toddlers were gathered around the TV to see Pororo.（剛學會走路的幼童們聚集在電視周圍看《小企鵝啵樂樂》。）或是 What were you doing while she gathered her belongings?（她在收拾她的東西時，你在做什麼？）。

可以用來表示收集資訊，例如 How long does it take to gather all the data?（收集所有的數據需要多久？）此外，也可表示以收集的資訊作為基礎，進而理解或推測出某事實，例如 So, from these notes, I gathered that it is not true.（所以，從這些字條來看，我認為這不是真的。）

描述一再聚集之後，速度或力量逐漸增加，或數量越來越多，例如 The train began to gather speed.（火車開始加速。）或是 The sky turned dark as the clouds were gathering.（隨著雲的聚積，天空變暗。）

此外，也可表示用手臂將人抱住，例如 He gathered his son up and left in a hurry.（他抱起他的兒子後急忙地離開。），或是拉緊衣服打摺皺、裹緊，例如 The weather was so cold that she gathered her coat around her.（天氣很冷，她把外套裹緊緊地裹在身上。）

face 的核心概念是「正視」。

表示正面看著對方時，可用句型 1 造句，例如 They were facing each other across the street. （他們隔街相望。）或用句型 3 造句，例如 I would like to book a room that faces the sea. （我想預訂一間面海房。）。

對於討厭的事或困難的情況表示正視或正面迎向的態度時，可以用句型 3 造句，例如 We could face the hassle of moving all these things again. （我們可能會面臨再次移動這些東西的麻煩。）或是 You have to face the truth. （你必須面對現實。）。

cast 的核心概念是「投擲」。

表示朝特定方向用力拋丟，例如 The fisherman cast the net far out into the river. （漁夫把魚網撒到遠處河裡。）或是 The established old tree cast a shadow over our cozy cottage. （那棵老樹在我們舒適的小屋上投下了陰影。）

也可表示投以微笑、視線或疑問。用於句型 3 的例句如 He cast a quick look at me as he passed by. （他經過時快速地看我一眼。）或 New studies cast doubt on the previous analysis on this matter. （針對這個問題，新研究對過去的分析提出質疑。）也可用於句型 4，例如 She cast him a welcoming smile. （她向他露出歡迎的微笑。）

此外，也表示在電影或戲劇裡安排扮演某角色，例如 She was cast as a cool-headed surgeon in the latest movie. （她在最新一部電影中扮演一位頭腦冷靜的外科醫生。）也有把金屬放進模子裡進行鑄造、打樣的意思，例如 Bronze was cast and made into tools. （青銅被鑄造成為工具。）

太陽被一群名為太陽系的公轉行星環繞著。太陽的重力拉著行星，使它們持續圍繞著太陽轉動。地球是唯一有生物的行星。從太空中所見到的地球是藍白相間的行星，擁有極大的海洋和潮溼的雲團。

❶ 太陽被一群名為太陽系的公轉行星環繞著。

提示 動詞 call（過去分詞）

❷ 太陽的重力拉著行星，使它們持續圍繞著太陽轉動。

提示 句型 1 動詞 pull，句型 5 動詞 keep

❸ 地球是唯一有生物的行星。

提示 介系詞 with

❹ 從太空中所見到的地球是藍白相間的行星，擁有極大的海洋和潮溼的雲團。

提示 介系詞 from/with/of

字詞建議

surround 環繞 / **circle** 繞～轉圈 / **planet** 行星 / **Solar system** 太陽系 / **gravity** 重力、引力 / **creature** 生物 / **huge** 極大的 / **wet** 潮溼的 / **mass** 塊、團

「群」是指「聚集在一起的許多人或物」，不同的對象使用不同的名詞。最常見的用法是 a group of，而用於昆蟲群是 a swarm of，鳥或家畜群是 a flock of，魚群是 a school of。a family of 主要指同種類的族群。

主詞「太陽」是被環繞的對象，所以要用被動式。句子結構是「名為太陽系的」修飾「一群公轉的行星」，形成分詞構句 called the Solar system 修飾名詞片語 a family of circling planets。這裡的 circling 是在 planets 前面進行修飾的現在分詞形容詞。

第 2 句的前後子句分別是原因和結果，意思是必須有重力的作用，眾行星才能在一定的軌道上繼續轉動，不會離太陽太遠，所以要用連接詞 and 連接前後文。前句使用句型 1 動詞 pull 和副詞 on，表示「拉～」的意思，後句用句型 5 動詞 keep，表示主詞 gravity 是繼續維持公轉狀態的原動力。

最後一句的核心是使用介系詞片語，特別的是需要 with 片語來代替關係代名詞。修飾語句「擁有極大的海洋和潮溼的雲團」可以簡單地用介系詞 with 表示。如果 with 前面加逗號，with 片語就能像關係子句一樣，扮演補充說明前面名詞的角色。「潮溼的雲團」裡的「雲（cloud）」和「潮溼的團塊（wet masses）」指的是相同的東西，因此這裡可以用表示同位關係的介系詞 of。

The Sun is **surrounded** by a family of circling planets called the Solar system. The Sun's gravity **pulls** on the planets and keeps them **circling** around it. The Earth is the only planet with living creatures. From space the Earth is a blue and white planet, with huge oceans and wet masses of cloud.9

✦ 核心動詞字義用法解說

surround 的核心概念是「圍繞」。

主要描寫對象被圍成一圈的樣子，例如 The village is surrounded by beautiful mountains.（這個村莊被美麗的群山環繞著。）或是 It is good to surround yourself with family and friends.（自己身邊圍繞著家人和朋友是很好的事。）也可表示成為被某種關心或行為圍繞的主角，例如 The scandal is surrounded by suspicion.（這件醜聞疑點重重。）

這個意思也可延伸為「封鎖」，例如用於句型 3 的 The police surrounded the building.（警察包圍了大樓。）

pull 的核心概念是「用力拉」。

表示把物品拉向自己的方向時，可用句型 1 造句，例如 We can move this case. You pull and I'll push.（我們能移動這個箱子。你拉，我就推。）或是用句型 3 造句，例如 He kept pulling her hair.（他一直拉她的頭髮。）也可用於句型 5，例如 He pulled the window closed.（他把窗戶拉上。）

另外也可表示除去、拔掉，例如 They are busy pulling up the weeds.（他們正忙著拔除雜草。）或是表示吸引、引誘，例如 The street concert has certainly pulled in passersby.（街

頭音樂會確實吸引了行人。）

除此之外，也用來表示朝某方向移動，例如 The train was pulling out of the station.（火車正駛出車站。）

circle 的核心概念是「圓形」。

表示反覆畫圓繞圈時，可用句型 1 造句，例如 The bird has been circling for an hour above us.（那隻鳥在我們上空盤旋了一個小時。）或用句型 3 造句，例如 The police circled the building every half an hour.（警察每半小時在大樓周圍巡邏一次。）表示「畫圈標示」、「畫圓形」時，可用句型 3 造句，例如 The teacher circled the correct answer.（老師把正確答案圈起來。）

此外，也可表示繞圈子說話，以迴避的態度談論某個主題，例如 My boss has circled around the idea of paying me more.（我的老闆一直迴避幫我加薪的問題。）

用英文動詞造句④：使／讓～做⋯

當我們用句型 5 造「使／讓～做⋯」的句子時，最具代表性的動詞是 make，但實際上母語者會根據上下文選用 make 以外的各種動詞。首先，**句型 5 動詞分為兩類，區分原則是依據受詞補語位置放的是原形不定詞** (to 省略的不定詞／原形動詞)**還是 to 不定詞** (to ＋原形動詞)。

使／讓～做⋯	原形不定詞（原形動詞）	make	強制	ⓐ His boss **made** him stay late every day. 他的老闆讓他每天加班到很晚。
			原因	ⓑ It **makes** me look about 20. 這讓我看起來 20 歲左右。
		let	許可	ⓒ This software **lets** us create personalized accounts. 這個軟體讓我們可以建立個別帳戶。
		help	幫助	ⓓ They **helped** him (to) find his key. 他們幫他找他的鑰匙。
		have	責任	ⓔ Please **have** your children clear up their desks. 請讓孩子們收拾他們的桌子。
	to 不定詞	get	說服	ⓕ He **got** his daughter to take the medicine. 他說服他的女兒吃藥。
		allow	許可	ⓖ My teacher **allowed** me to leave early. 老師允許我提早離開。
		force	強制	ⓗ The police **forced** him to sit down. 警察強迫他坐下。
		cause	原因	ⓘ The cold weather **caused** him to be sick. 寒冷的天氣導致他生病了。

採用原形不定詞的句型 5 代表性動詞有 make、let、help、have。make 有「強制」和「提供原因」的意思。例如 ⓐ 句是強制將受詞 him 留在公司，ⓑ 句的主詞 it 成為原因，讓受詞 me 看起來像 20 歲左右。let 表示「許可」。例如 ⓒ 句的主詞 this software 讓受詞 us 有條件做某件事。help 是「幫助別人去做～」，ⓓ 句是在主詞 they 的幫助下，受詞 him 找到了鑰匙。help 的受詞補語可以是原形不定詞或 to 不定詞。相反地 have 是表示「責任」，ⓔ 句是要讓受詞 your children 負起責任，把桌子收拾乾淨。雖然也可以用分詞代替原形不定詞，但在這種情況下，句子的語意將因使用的是現在分詞～ ing 型態還是過去分詞 p.p 型態而有所不同。

採用 to 不定詞的句型 5 動詞相當多，其中常用的動詞有 get、allow、force、cause。例如 ⓕ 句中的 get 帶有「說服」的味道，表達誘導女兒吃藥的意思。get 的基本意義是「到達、達到」，就像無論如何都要設法到達讓女兒吃藥的目的地一樣，如此聯想更容易理解背後的語意吧！

allow 和 let 的意思相似，force、cause 和 make 的意思相似，差別在於 allow、force、cause 等採用 to 不定詞的動詞表現出更積極、具體的感覺。例如 ⓖ 句表示老師「允許」提早離開，ⓗ 句表示警察「強迫」他坐下，ⓘ 句顯示出寒冷的天氣是「原因」。

他感到有種鋒利的東西刺入他的眼睛，另一種東西刺穿他的心臟。但是 Kay 和 Gerda 都不知道發生了什麼事。這些刺痛是來自破鏡碎片。Kay 立刻變了一個人，開始變得殘忍。光是看到 Gerda 一臉驚恐，就令他發怒。他跳起身離開。Gerda 難過地聽著他的靴子嘎吱嘎吱地走下樓梯。

1 他感到有種鋒利的東西刺入他的眼睛，另一種東西刺穿他的心臟。

提示 過去完成，現在分詞修飾

2 但是 Kay 和 Gerda 都不知道發生了什麼事。

提示 Neither A nor B，過去完成

3 這些刺痛是來自破鏡碎片。

提示 過去分詞修飾

4 Kay 立刻變了一個人，開始變得殘忍。

提示 連接副詞 at once，句型 2 ～變得 grow

5 光是看到 Gerda 一臉驚恐，就令他發怒。

提示 動名詞當主詞，過去分詞修飾，句型 5 make

6 他跳起身離開。

提示 對等連接詞 and

7 Gerda 難過地聽著他的靴子嘎吱嘎吱地走下樓梯。

提示 listen to ～ ing，介系詞 down

字詞建議

jab 戳（的動作）/ **pierce** 刺穿 / **splinter** 碎片 / **at once** 立刻 / **cruel** 殘忍的 / **frightened** 受驚嚇的 / **creak** 嘎吱作響 / **stairs** 樓梯

第 1 句的「感到～」可以使用句型 5 動詞 feel 描述，但是這麼做就很難接著用「One（一個）」和「another（另一個）」的句子。我建議可以在 One 所指的 a sharp jab 後面加上 another，其他的則用修飾語的結構表示，精簡地寫成 He had felt a sharp jab in his eye and another, piercing his heart.

在表示「A 和 B 都不～」時，Neither A nor B 最適合不過。可以寫成 Neither Kay nor Gerda could see what had happened. 由於是在時間基準點以前發生的事，需要用過去完成式。此外，代名詞也是 neither 的詞類之一，例如 Neither has come.（兩者皆沒來）的用法。

「變得殘忍」就需要用「變得～」的 grow 表達了。

第 5 句可以運用前面所學的「使／讓～做…」造句。將副詞子句改為用事物當主詞，寫成「Seeing Gerda's frightened face」，再將述語處理成「made him angry」。這種方式是母語者愛用的句型 5 中最具代表性的用法。

在最後一句中，由於是專注地聽 Kay 的靴子聲，因此我們需要的是 listen to，不是 hear。和 hear 一樣，listen to 也可以用分詞型態表達聽到的內容，可以寫成 Gerda listened sadly to his boots creaking down the stairs. 由負責表達「嘎吱嘎吱作響」的 creak 和「走下去」的 down 形成的英文結構和中文完全不同，一定要特別記起來。

> He had felt a sharp jab in his eye and another, piercing his heart. But neither Kay nor Gerda could see what had happened. The jabs came from splinters of the broken mirror. At once, Kay began to change and **grow** cruel. Seeing Gerda's frightened face made him angry. He **jumped** up and **left**. Gerda listened sadly to his boots creaking down the stairs.[10]

✦ 核心動詞字義用法解說

grow 的核心概念是「生長」。

表示動物或植物的生長時,可以用句型 1 造句,例如 Bears grow quickly during the first three months of their birth.(熊在出生後的前三個月成長快速。)或用句型 3 造句,例如 Rice has been grown in this region since ancient times.(自古以來這個地區都栽種稻米。)

也表示質逐漸提高或量逐漸增加,例如 Fears are growing as no sign has been found about the missing boys.(由於沒有發現失蹤男孩的跡象,人們越來越擔心。)

表示程度或水準「逐漸變得～」時,可用句型 1 造句,例如 He grew to understand his father as he had his own children.(當他有了自己的小孩,他逐漸了解他的父親。)或用句型 2 造句,例如 They grew bored of the story.(他們對這個故事漸漸感到厭煩。)

jump 的核心概念是「跳」。

可以表示從地面上跳起來,例如 Here are tips for how to keep your kids from jumping in apartments.(這裡有些方法防止你的孩子在公寓裡跳動。)或表示跳躍、躍過,例如用於句型 1 的 I am wondering if you could jump over this fence.(我想知道你能不能跳過這道圍籬。)或句型 3 的 She used to jump rope three to five times a week.(她過去每周跳繩三

到五次。）

jump 的字義也可從跳躍延伸到用來表示突然地行動，例如 He jumped to his feet and saluted.（他突然站起來舉手敬禮。）或是表示暴漲、激增，例如 House prices have jumped this year by 200 percent.（今年房價上漲了 200%。）

此外也表示跳過、省略規定的過程、階段，例如 They have jumped a few important steps of shipment.（他們跳過了幾個裝運的重要步驟。）或從跳躍的模樣延伸出因為受到聲音或行動的驚嚇而猛然一跳，例如 A loud crash of thunder made everyone jump.（巨大的雷聲使每個人嚇一大跳。）

leave 的核心概念是「離開」和「留下」。

當做「離開」時，可用句型 1 造句，例如 I will be leaving at Seven o'clock.（我將在 7 點鐘離開。）或用於句型 3，例如 They left the building yesterday.（他們昨天離開了那大樓。）把離開某個地方的意思加以延伸後，也可用來表示停止做某事，比方說「離職」、「離開學校」等，例如 I will leave work for personal reasons.（因為個人因素，我將會離職。）

當做「留下」時，可用句型 3 和句型 5 造句。用於句型 3 時，受詞除了事物之外，例如 You left a book on the table.（你留下了一本書在桌上。）也可以使用抽象的對象，例如 He left a great mark in history.（他在歷史上留下偉大的足跡。）此外也可表示不在或死亡，例如 He left his wife and two children.（他留下他的妻子和兩個孩子離開了。）將「留下後離開」的意思延伸後，也可用來表示不干涉或放任，例如 Please leave me alone.（請不要打擾我。）或 He leaves his kids playing games.（他讓孩子們玩遊戲。）等句型 5 的句子。

Amelia 為了讓更多女飛行員加入，做了很多努力。到第二年夏天，Ninety-Nines 有將近 200 名會員。這個團體幫助女飛行員找到工作。Amelia 被選為此團體的首位主席。有時 Amelia 覺得她配不上大眾對她的所有稱讚，但是她確實贏得其他女性飛行員的尊敬。

1 Amelia 為了讓更多女飛行員加入，做了很多努力。

提示 句型 5 動詞 get

2 到第二年夏天，Ninety-Nines 有將近 200 名會員。

提示 介系詞 by

3 這個團體幫助女飛行員找到工作。

提示 句型 5 動詞 help，句型 3 動詞 get

4 Amelia 被選為此團體的首位主席。

提示 句型 5 動詞 elect，被動式

5 有時 Amelia 覺得她配不上大眾對她的所有稱讚。

提示 受格關係代名詞 that，句型 3 動詞 deserve，all ＋ the ＋複數名詞

6 但是她確實贏得其他女性飛行員的尊敬。

提示 過去完成式，句型 3 動詞 earn

字詞建議

work 努力 / **join** 加入 / **following** 接下來的 / **member** 一員、會員 / **president** 主席、會長 / **deserve** 值得、應得 / **praise** 稱讚 / **the public** 大眾、民眾 / **respect** 尊敬 / **flier** 飛行員

第 1 句的「做了很多努力」應該如何用英語表達呢？這時可以用句型 1 不及物動詞 work，不過在使用表示「（為了～）努力」的不及物動詞時，後面要跟著 to 不定詞。由於文意上是說服女性使她們加入，所以要用「勸導（說服）某人做某事」的動詞 get，以「get ＋受詞＋ to 不定詞」表示。

「到第二年夏天」適合用什麼介系詞呢？文意是到了下個夏天，會員人數達 200 多名，因此適合用表示「期限」的 by。

第 3 句的動詞是「幫助」，需要用句型 5 動詞 help。由於受詞 women pilots 和受詞補語之間是主動關係，所以要用原形動詞，寫成 helped women pilots get jobs。

「被選為第一任主席」要用句型 5 動詞 elect，並將主動式「elect ＋受詞＋受詞補語」改為被動式，把受詞放到主詞位置，只留補語在動詞後面，形成 Amelia Earhart was elected the first president of the group.

修飾「所有稱讚」的「大眾對她的」可以用關係代名詞子句表示。all the praise 是關係子句的受詞，因此可以寫成 all the praise that the public gave her。

最後一句適合用什麼動詞呢？尊敬不是平白得到的，是透過自己的努力和辛勞爭取來的，所以適合用帶有此含意的 earn。另外，由於得到真心尊敬的時間點比自覺配不上稱讚的時間點還要早，時態應該用過去完成式，寫成 But she had truly earned the respect of the other women fliers.

Amelia worked to get more woman pilots to **join**. By the following summer, the Ninety-Nines had almost two hundred members. The group helped women pilots get jobs. Amelia was elected the first president of the group. Sometimes Amelia felt she didn't deserve all the praise that the public **gave** her. But she had truly **earned** the respect of the other women fliers.[11]

✦ 核心動詞字義用法解說

join 的核心概念是「連接」。

可表示將兩者進行物理上的連接，例如 He used strong glue to join these two pieces together. （他使用強力膠水將這兩塊黏在一起。）或表示將人或事物融入某活動或團體，可用於句型 1，例如 It is a nice club. You should join. （這個社團不錯，你應該加入。）或句型 3，例如 I would like you to join us for dinner tonight. （我希望你今晚能和我們一起共進晚餐。）

此外也有道路或水流在某處交會的意思，例如 Keep walking, this path will soon join a larger track. （繼續走這條路，很快就會和一條大路交會。）

give 的核心概念是「給予」。

當做給予的意思時，可用於句型 1，例如 We are willing to give to charity. （我們樂意捐贈給慈善機構。）或句型 3，例如 The organization gave safety booklets to the participants. （那個組織發給參加者安全手冊。）也可用句型 4 造句，例如 I hope he gives me another chance. （我希望他再給我一次機會。）。

與特定行為的名詞一起使用時，則表示做出那種行為的意思，例如用於句型 3 的 He gave

the speech to the audience.（他對聽眾發表演說。）或用於句型 4 的 My baby gave me a lovely smile.（我的孩子給我一個可愛的微笑。）

give 也有付款的意思，可用句型 3 造句，例如 How much did he give for this second-hand car?（他花多少錢買這輛中古車？）或用於句型 4，例如 We gave him $50 and he kept the change.（我們給他 50 美元，他留著零錢。）。也有對某人的罪行判處監禁的意思，例如 He was found guilty and they gave him five years.（他被判有罪，判處五年徒刑。）

也可作不及物動詞，表示「因重量或壓力而彎曲」，例如 The branch gave under the weight of snow.（雪的重量使樹枝變彎了。）此外也表示「勇氣等受挫或屈服 [順從]」，例如 Don't give up.（不要放棄。）

earn 的核心概念是「獲取」。

表示以勞動或代價換取時，可用於句型 3，例如 She earns $20 an hour working as a babysitter.（她在做保姆，每小時賺 20 美元。），或用句型 4 造句，例如 Car exports earn this country billions of dollars per year.（汽車出口每年替這個國家賺取數十億美元。）。

此外，字義本身帶有「因付出代價而得到應得回報」的含意，例如 After years of hard work, she has finally earned a long vacation.（經過多年的努力工作，她終於獲得一個長假。）也可表示生利、獲利，例如 Put your money in this account where it will earn interest.（把你的錢存放在這個會生利息的帳戶裡。）

就在幾周前，所有的葉子都是綠色的。之前春天的時候，小小的新葉從葉芽中展開。多虧葉子裡的綠色幫助它們吸收或留住陽光。在秋天，光和溫度都起了變化。這一變化帶來了秋天美麗的色彩。陽光使儲存的糖分變成色素，新的色素使一些葉子變成紅色、紅褐色或紫色。

❶ 就在幾周前，所有的葉子都是綠色的。

提示 代名詞 all，數量用法 a few

❷ 之前春天的時候，小小的新葉從葉芽中展開。

提示 副詞 Back，季節介系詞 in

❸ 多虧葉子裡的綠色幫助它們吸收或留住陽光。

提示 句型 5 動詞 help

❹ 在秋天，光和溫度都起了變化。

提示 虛主詞 there

❺ 這一切變化帶來了秋天美麗的色彩。

提示 代名詞 all，片語動詞 bring about

❻ 陽光使儲存的糖分變成色素。

提示 句型 5 動詞 cause，過去分詞 stored 修飾

❼ 新的色素使一些葉子變成紅色、紅褐色或紫色。

提示 句型 5 動詞 make，句型 2 動詞 turn

字詞建議

bud 芽 / absorb 吸收 / hold 保留 / bring about 引起 / pigment 色素 / rust 紅褐色

第 1 句「所有的葉子」有 all leaves、all of the leaves 或 all the leaves 三種表達方式。All leaves 是指一般的所有葉子，All of the leaves 是所有特定的樹葉，all 是代名詞，此時可以省略 of，寫成 all the leaves。由於文章表達的是我們看到的這些葉子，因此可以寫成 all the leaves。

「之前春天的時候」不是用副詞子句 when，要用介系詞 in，並以副詞 back 表示「之前」，簡單地寫成「Back in the spring」。

第 2 句的「多虧綠色」如果用副詞子句「thanks to the green color」表達，就顯得不太妥當。母語者會用句型 5 搭配 help 動詞，寫成 The green color in the leaves helps them to absorb or hold sunlight. Help 的受詞補語位置可放原形動詞或 To 不定詞。值得注意的是，由於是暫時保留住，所以用 hold 表示。

「光和溫度都起了變化」這句話陳述的是一般的事實，不是特定事件的發生，比起動詞更適合利用虛主詞搭配名詞，寫成 There are changes in light and temperature.

表示「帶來、使某事發生」的「bring about」是最常使用的片語動詞，副詞 about 表示「在四周」，修飾 bring，意思是「帶給四周」，也就是「引起」、「導致」的意思。

第 6 句可以用表達原因的句型 5 動詞 cause，寫成 Sunlight causes the stored sugar to change to pigment.

最後一句可以用說明原因的 make，寫成 The new pigments make some leaves turn red, rust, or purple.

Just a few weeks ago, all the leaves were green. Back in the spring, the tiny new leaves uncurled from their buds. The green color in the leaves **helps** them to absorb or hold sunlight. In the fall, there are changes in light and temperature. All of these changes **bring** about the beautiful colors of fall. Sunlight causes the stored sugar to **change** to pigment. The new pigments make some leaves turn red, rust, or purple.[12]

✦ 核心動詞字義用法解說

help 的核心概念是「幫助」。

表示動員資源和人力來提供幫助時，可用句型 1 造句，例如 These measures will help in protecting animals in danger of extinction.（這些方式有助於保護瀕臨絕種危機的動物。）或用於句型 3，例如 Does he help you with the housework?（他會幫你做家事嗎？）也可用於句型 5，例如 The program helps you stay healthy.（這項計畫幫助你保持健康。）

可表示藉由給予幫助而好轉、提升，例如 Professional competence will help your chance of promotion at work.（專業能力會增加你升遷的機會。）或表示因為提供幫助而變得容易，例如 This will help to reduce the expenses.（這將有助於減少開銷。）

此外也能表示幫忙盛裝飲食，例如 Can I help myself to some cake?（我可以吃點蛋糕嗎？）

bring 的核心概念是「帶來」。

表示帶來給特定空間或對象時，可用於句型 3，例如 We are not allowed to bring pets with us in train.（我們不能帶寵物上火車。）或用於句型 4，例如 He hastened to bring her a drink.（他趕緊拿飲料給她。）

將「帶來、拿來」的意思進一步延伸後，可表示提供象徵性的經驗、情感或物理上的財物等。例如 He brought inspiration to us.（他帶給我們靈感。）或 Her novels bring her millions of dollars a year.（她的小說每年為她帶來數百萬美元的收入。）

也可表示促成特定的狀態，例如用於句型 3 的 The scandal brought his career to an end.（這樁醜聞使他的職業生涯結束了。），用於句型 4 的 My daughter brings me so much happiness.（我的女兒為我帶來許多快樂。）以及用於句型 5 的 He finally brought everything normal.（他終於使一切恢復正常。）

change 的核心概念是「改變」和「交換」。

意思是「改變」時，可用句型 1 造句，例如 My life has changed completely since I met you.（自從我遇見你，我的人生完全改變。）或用句型 3 造句，例如 We are studying how technology has changed the way people work.（我們正在研究科技如何改變人們的工作方式。）

意為「交換」時，首先，表示與類似的對象交換，可用於句型 3，例如 I am wondering why he has changed his jobs.（我想知道他為什麼換了工作。）表示為了移動而更換交通工具，可用句型 1 造句，例如 I have changed several times to come here.（我為了來這裡換了好幾次車。）或用句型 3 造句，例如 The train will terminate soon—we have to change trains.（火車即將抵達終點，我們得換車了。）

此外還可以表示更換衣服或床單，例如用於句型 1 的 Please change out of the work clothes before dinner.（請在晚餐前更換工作服。）或用於句型 3 的 How often do you change the bed in the sleeping room?（你多久更換一次臥房的床單？）也有兌換或換成零錢的意思，例如 Could you please change this NT$50,000 bill?（請問你能把這 5 萬新台幣換開嗎？）

我們常用的「知覺動詞」有 see、watch、notice、hear、feel，這裡的「知覺」是指經由感覺器官來區分事物或對象。**這些動詞的共同點是在受格補語位置採用原形不定詞（動詞原形）或分詞，形成句型 5 的句子。**

看	see	認知	ⓐ I **saw** him run[running] around the park. 我看見他在公園周圍跑步。
	watch	觀察	ⓑ He **watched** the bugs crawl[crawling] up the tree. 他看著蟲爬上樹。
	notice	感知	ⓒ She **noticed** her students behave[behaving] suspiciously. 她注意到她的學生行為可疑。
聽	hear		ⓓ I **heard** someone scream[screaming] last night. 昨晚我聽到有人尖叫。
感覺	feel		ⓔ He **felt** something touch[touching] his shoulders. 他感到有東西觸碰他的肩膀。

視覺相關的動詞主要有 see、watch、notice，不過用法有些不同。see 是無意中眼睛自然而然看到後才知道，watch 是仔細觀察後才知道，notice 是突然出現眼前或注意到後才知道。此外還有聽到後才知道的 hear，以及感覺到後才知道的 feel。

當知覺動詞作為句子的述語時，受詞補語位置若是原形不定詞（動詞原形），便強調「事實的傳達」。相反地，出現的若是分詞，語意則因使用的是現在分詞【進行／主動】還是過去分詞【完成／被動】而有所不同。例如 I heard someone call my name.（我聽到有人叫我的名字。）用的是原形不定詞（動詞原形），代表重點放在傳達事實。反觀 I heard someone calling my name.（我聽到有人在叫我的名字。）用的是現在分詞，表示強調現在進行中的情況，而 I heard my name called.（我聽到有人叫我的名字。）用的是過去分詞，語意上更強調被動的意思。

知覺是經由感覺器官，這一點和「感覺動詞」相似，但是用法卻不盡相同。「感覺」是看到、聽到、感覺到外部刺激時，立即的本能反應。簡而言之，指的是經由眼（視覺）、耳（聽覺）、鼻（嗅覺）、皮膚（觸覺）、舌（味覺）感受或察覺外部的刺激。**主要的感覺動詞有 feel、sound、smell、taste、look，這些動詞形成句型 2 的句子**，不同於形成句型 5 句子的知覺動詞。不過 feel 可當做知覺動詞和感覺動詞，因此可用於句型 2 和句型 5 的句子。

feel	感到、感覺起來	I feel tense. 我感到很緊張。
sound	暫時	He sounds sick. 他的聲音聽起來好像生病了。
smell	留下	She smells nice. 她聞起來很香。
taste	暫時	The food tastes good. 這食物很好吃。
look	留下	They look the same. 他們看起來一樣。

透過他們的窗戶，他們看到地球逐漸變得越來越小。那是個美麗的景象。他們可以看到大海的藍、白色的雲和紅色的沙漠。而且，地球是如此明亮！它比月亮明亮得多。三天後，他們將抵達他們的目的地。要掌握確切的時間很困難，中午和午夜看起來都一樣，因為太陽不停地照耀著太空船。

❶ 透過他們的窗戶，他們看到地球逐漸變得越來越小。

提示 句型 5 動詞 see，句型 2 動詞 grow

❷ 那是個美麗的景象。他們可以看到大海的藍、白色的雲和紅色的沙漠。

提示 代名詞 it，助動詞 can

❸ 而且，地球是如此明亮！它比月亮明亮得多。

提示 比較級強調副詞 much

❹ 三天後，他們將抵達他們的目的地。

提示 介系詞 in，未來式

❺ 要掌握確切的時間很困難。

提示 虛主詞／真主詞

❻ 中午和午夜看起來都一樣，因為太陽不停地照耀著太空船。

提示 句型 2 動詞 look，副詞 never，句型 3 動詞 stop

字詞建議

sight 景象、情景 / reach 抵達 / destination 目的地 / keep track of 了解～的動態（或線索）/ shine 發光、照耀 / space craft 太空船

第 1 句裡有「逐漸變得越來越小」的文句，很容易想到 decrease、reduce 等，但如果使用表示「變得」的句型 2 動詞 grow，反而可以輕鬆地表達。句型 2 結構是「grow ＋補語（形容詞／名詞）」，在補語位置重複使用比較級 smaller，就能顯示出漸進的變化。接著再將 grow smaller and smaller 改成現在分詞片語，成為受詞補語，修飾句型 5 動詞 see 的受詞 the Earth。

在「地球是如此明亮」裡，修飾形容詞 bright 的副詞不是 very，也不是 too，而是 so。too 帶有超出必要的、過度的否定意味，very 的感覺又比 so 弱一點。此外，very 後面可以加名詞，例如 It is a very cold day.（這是個非常寒冷的日子。）但是 so 後面只能加形容詞，例如 It is so beautiful.（真的好美。）這也是兩者的差別之處。在「它比月亮明亮得多」中，想要強調比較級時，可以使用副詞 much/a lot/still/far/even 等。

「三天後」是寫成 in three days。從現在的時間點算起的三天後，不是用 after 表示，而是要用 in，表示時間的經過，意思是「經過～之後、在～之後」。

接下來的句子由於主詞較長，真主詞「要掌握確切的時間」以 to keep track of time 表示，前面則是以虛主詞代替。

在最後一句裡，主句使用句型 2 動詞 look，代名詞 the same 放在補語位置，形成 look the same。表示理由的副詞子句動詞是「不停地～」，因此可以在動名詞慣用語 stop ～ ing 前加上 never。不過，stop 的受詞位置必須是動名詞，才能表示「停止原有的動作」。如果是接 to 不定詞，則表示「停下來去做某個動作」，當副詞使用。

Through their windows they see Earth growing smaller and smaller. It is a beautiful sight. They can see the blue of the oceans, white clouds, and red deserts. And the earth is so bright! It is much brighter than the moon. In three days, they will **reach** their destination. It is hard to keep track of time. Noon and midnight look the same because the sun never **stops shining** on the space craft.[13]

✦ 核心動詞字義用法解説

reach 的核心概念是「到達」。

可以表示到達特定場所，例如 This place can only be reached by airplane.（這個地方只能搭飛機去。）或是表示到達特定的水準 [分界點]，例如 He resigned before he reached retirement age.（他還沒到退休年齡就辭職了。）也可以表示得出結論或達成協議，例如 We reached the conclusion that there was no way to go.（我們得出再也沒有解決辦法的結論。）

用來表示為了觸摸或尋找某物而伸出手臂的意思時，可以用句型 1 造句，例如 He reached inside his bag for a receipt.（他伸手進背包裡拿收據。）或用句型 3 造句，例如 She reached the switch and turned the light off.（她手伸向開關，把燈關掉。）

也可以表示透過電話或信件等方式與位於別處的人取得聯繫，例如 We have tried to reach Mr. Park all day but there was no response.（我們一整天試著聯絡朴先生，但是沒有回應。）

stop 的核心概念是「停止」。

表示停止、中斷進行中的事時，可以用於句型 1，例如 Once the phone starts ringing, it never stops.（只要電話開始響，就永遠不會停。）或用於句型 3，例如 Can you stop crying and tell me what is going on?（你可以不要哭並告訴我發生了什麼事嗎？）表示移動中途停止動作時，可用句型 1 造句，例如 She suddenly stopped in front of this building.（她突然在這棟大樓前停下來。）或用句型 3 造句，例如 The police stopped me for speeding.（警察因為我超速而把我攔下。）

當做停止動作的意思時，可用於句型 1，例如 The engine has stopped, so we have to get it repaired.（引擎不動了，我們必須請人修理。）或句型 3，例如 Can you stop the machine? It sounds like something is wrong.（你可以把機器停下來嗎？聽起來好像出了什麼問題。）表示暫時停止的意思時，可用句型 1 造句，例如 I stopped to pick up the handkerchief he had dropped.（我停下來撿起他掉在地上的手帕。）

此外，也可表示阻止某事發生或阻止人做什麼，例如 Nothing can stop him from saying what he thinks.（沒有人能阻止他説出自己的想法。）

shine 的核心概念是「發光」。

可表示散發光芒，例如 The sun was shining brightly in a clear blue sky.（太陽在晴朗的藍天中燦爛地照耀著。）也可表示把什麼擦亮，例如 Why are you shining your shoes and ironing your shirt?（你為什麼在擦皮鞋、燙襯衫？）也有把光照向特定地方的意思，例如 He walked along the hallway and shone a flashlight into every room.（他沿著走廊走，用手電筒照了照每個房間。）

在某領域嶄露頭角時，我們常説「綻放光芒」，英文也有這樣的用法。例如 He is terrible at science but shines in arts.（他在科學方面遭透了，但藝術領域卻表現出眾。）因此 shine 也可用來表示「表現突出、出眾」。

火焰非常接近庫房，Isabelle 的父親用水將庫房打濕。他忙著救庫房，以致於沒有注意到火勢正蔓延過草坪。火焰不斷向房屋逼近。滾滾濃煙遮住了 Isabelle 的父親。煙霧太濃，使他看不見火焰燒到草堆。

❶ 火焰非常接近庫房。

提示 形容詞 close

❷ Isabelle 的父親用水將庫房打濕。

提示 介系詞 with

❸ 他忙著救庫房，以致於沒有注意到火勢正蔓延過草坪。

提示 so ＋形容詞＋ that，句型 5 動詞 notice，動詞 spread（現在分詞）

❹ 火焰不斷向房屋逼近。

提示 句型 2 動詞 keep

❺ 滾滾濃煙遮住了 Isabelle 的父親。

提示 副詞 up，對等連接詞 and

❻ 煙霧太濃，使他看不見火焰燒到草堆。

提示 so ＋形容詞＋ that，句型 5 動詞 see

字詞建議

shed 庫房 / **soak** 把～濕透 / **busy ~ing** 忙著做～ / **notice** 注意到 / **flame** 火焰、火舌 / **spread** 蔓延 / **billow** 洶湧向前 / **hide** 把～藏起來 / **thick**（煙霧等）能見度低的、濃的 / **pile of** 一堆、很多

第 1 句使用形容詞 close，以句型 2 的句子表示。後面加上介系詞 to，意思是「接近於～」，可表現出方向性。此外，close 不僅用於物理上的近距離，也可用於表示親近的關係。

「如此…以致於…」的因果關係可以用 so ～ that 句型表示。表示結果的 that 子句是用動詞 notice，以句型 5 造句，受詞是 the flames，受詞補語是用現在分詞表示與受詞之間的主動關係以及進行中的狀況，寫成 he didn't notice the flames spreading across the lawn。

「不斷向房屋逼近」適合用前面學過的 keep ～ ing 表示。由於是描述火勢逐漸靠近的樣子，適合用表達持續進行或繼續推進的 keep。「向～逼近」可以用 close to 的比較級 closer to 表示。這裡的 closer to 是作修飾 move 的副詞。

最後一句也是用 so ～ that 句型表達「煙霧太濃，使他看不見」的原因和結果。表示結果的 that 子句是用句型 5 動詞 see 造句，受詞是 the flames，在受詞補語位置為能表現出傳達事實的意涵而使用原形動詞，寫成 The smoke was so thick that he couldn't see the flames reach the pile of grass.

中翻英寫作練習 14 解答

The fire was very close to the shed. Isabelle's dad **soaked** it with water. He was so busy saving the shed that he didn't notice the flames **spreading** across the lawn. The flames kept moving closer to the house. Smoke billowed up and **hid** Isabelle's dad. The smoke was so thick that he couldn't see the flames reach the pile of grass.[14]

✦ 核心動詞字義用法解説

soak 的核心概念是「吸收水份」。

可以表示水份吸收後濕透的模樣，例如 The wind may blow the rain in and soak the curtain. （風可能把雨吹進來把窗簾淋濕。）或表示水份滲透某物，例如 I bandaged the cut but the blood soaked through it. （我用繃帶包紮了割傷的地方，但是血還是滲了出來。）

也可用來描述物體為了吸收水份而浸泡在液體中，例如句型 1 的 Leave the rice to soak. （讓米在水裡浸泡一下。）或句型 3 的 Soak the clothes for a few hours and the stain should come out. （衣服浸泡幾小時後，污漬就會掉。）

spread 的核心概念是「擴散」。

可表示展開、鋪開物品，例如 She spread a towel on the ground and sat down. （她在地上鋪一條毛巾，然後坐下來。）或表示某情況擴散到更廣的範圍，例如 The fire spread so rapidly that it was very difficult to put it out. （火勢蔓延如此快速，以致於難以撲滅。）也用於描述分散移動的樣子，例如 The students spread out across the ground. （學生們分散在操場上。）。

此外，也有塗抹果醬等物質的意思，例如。I spread a thick layer of cream cheese on my bagel.（我在貝果上塗了一層厚奶油起司。）或表示張開手腳等，例如 He spread his arms wide.（他張開雙臂。）另外還有散播病菌或謠言的意思，例如 I have found who spread lies about him.（我已經查出是誰散布了有關他的謊言。）。

hide 的核心概念是「躲藏」。

表示為了不讓他人看見或發現而躲起來時，可用句型 1 造句，例如 I felt that I could hide behind sunglasses, so I loved wearing them.（我覺得我可以隱藏在太陽眼鏡後面，所以喜歡戴太陽眼鏡。）或用句型 3 造句，例如 Where did you hide your diary when you were young?（你小時候會把日記藏在哪裡？）

此外也有隱藏情感的意思，例如 I tried to hide my disappointment, but he noticed something not going well.（我努力掩飾我的失望，但他察覺到有什麼不太順利。）

我繼續尋找。我查看了 Steve 的床底下。接著我檢查我的床底下。我找過地下室、車庫和我的壁櫥，都沒有 Steve 的蹤跡。我聽到 Buster 在廚房叫，我跑過去看發生了什麼事。當我到那裡時，狗飼料桶翻倒著，Steve 的頭和肩膀從上面探了出來。

❶ 我繼續尋找。我查看了 Steve 的床底下。

提示 continue + to 不定詞

❷ 接著我檢查我的床底下。我找過地下室、車庫和我的壁櫥。

提示 副詞 then

❸ 都沒有 Steve 的蹤跡。我聽到 Buster 在廚房叫。

提示 形容詞 no，句型 5 動詞 hear，動詞 bark（現在分詞）

❹ 我跑過去看發生了什麼事。

提示 to 不定詞的副詞用法，what 名詞子句

❺ 當我到那裡時，狗飼料桶翻倒著。

提示 連接詞 when，被動式

❻ Steve 的頭和肩膀從上面探了出來。

提示 介系詞片語 out of，過去進行式

字詞建議

search 搜尋 / **check** 檢查 / **basement** 地下室 / **sign** 痕跡、跡象 / **bark** 吠、叫 / **bin**（有蓋儲存用）桶 / **tip over** 使翻倒 / **stick** 伸出、探出 / **top** 上層表面、頂部

看到第 1 句的「繼續～」，大部分的人會想到 keep 或 continue，但兩者意義上的差異是 keep 表示反覆性，continue 表示持續性。從文意脈絡可以知道是繼續尋找的動作，所以應該寫成 continued to search。順道一提，continue 的受詞位置可以是 to 不定詞，也可以是動名詞。

「沒有 Steve 的蹤跡」的「蹤跡」可以用名詞 sign，「～的蹤跡」以 sign of ～表示，「沒有蹤跡」可以在名詞 sign 前面加上意味著「毫無～」的形容詞 no，簡單扼要地以 There was no sign of Steve. 表示即可。

「我聽到 Buster 在廚房叫」是用「hear ＋受詞＋受詞補語」的句型 5 表示。受詞補語位置放現在分詞，形成 heard Buster barking，可表達正在進行的意思。

接著在「發生了什麼事」的句子應該用什麼動詞呢？你是否用了 happen 呢？由於是正在發生的事，適合用描述「（事情）發生、進行」的 go on。接著用疑問詞 what 寫成 what was going on 的名詞子句當受詞即可。

在接下來的句子裡，用表示「當～時候」的連接詞 when 連接兩個子句，the dog food bin 是被翻倒的對象，因此用 the dog food bine was tipped over 的被動式語序表示。

後面的句子是描述只有頭從飼料桶上面探出來的模樣，可以用動詞 stick 和介系詞 out of 的進行式表達。

I continued to **search**. I **checked** under Steve's bed. Then I checked under my bed. I searched the basement, the garage, and my closet. There was no sign of Steve. I heard Buster barking in the kitchen. I ran to see what was going on. When I got there, the dog food bin was **tipped** over. Steve's head and shoulders were sticking out of the top.[15]

✦ 核心動詞字義用法解說

search 的核心概念是「搜尋」。

當做為了尋找某物而翻找查看的意思時，可用句型 1 造句，例如 While searching among some old boxes, I found your diary.（在一些舊箱子裡翻找的時候，我發現了你的日記。）或用句型 3 造句，例如 He desperately searched his pockets for some money.（他拼命地在自己的口袋裡找錢。）此意義也可衍生成使用電腦搜尋資訊，例如 We searched the internet for the best artworks of contemporary artists.（我們在網路上搜尋當代藝術家的最佳作品。）

此外，也有搜查有無藏匿物品的意思，例如 Visitors are regularly searched for any prohibited items.（會定期對遊客搜查是否攜帶違禁品。）或表示煞費苦心地尋找解決問題的方法，例如 Scientists are searching for ways to defeat COVID-19.（科學家們正在尋找戰勝 COVID-19 的方法。）

check 的核心概念是「確認」和「控制」。

表示確認事情是否順利進行時，可用於句型 1，例如 He gave me a few minutes for checking before I turned in the paper.（在我交報告之前，他給我幾分鐘檢查的時間。）或

句型 3，例如 Customs officers are responsible for checking all luggage.（海關人員負責確認所有行李。）

表示為了查明真相而進行確認時，可用句型 1 造句，例如 If you are not certain about your rights, you should check with a lawyer.（如果你不清楚自己的權利，你應該去請教律師。）或用句型 3 造句，例如 Didn't you check whether anyone was following?（你有沒有確認是否有人跟蹤你？）

當做「控制」的意思時，可用來表示防止增加或惡化，例如 Mass vaccination programs were launched to check the spread of the disease.（為抑制疾病擴散，實施了大規模疫苗接種計畫。）或表示抑制感情或行動，例如 Let your tears run down your face—Don't make any effort to check them.（讓你的眼淚流下來吧，不要費力去壓抑它們。）

tip 有「傾斜」、「小費」、「尖端、頂點」的意思。

當「傾斜」的意思時，可用句型 1 造句，例如 She screamed as the boat tipped to one side.（船向一邊傾斜時，她尖叫起來。）或用句型 3 造句，例如 We had to tip the bed up to get it through the veranda window.（我們必須把床向上傾斜才能使它穿過陽台的窗戶。）也可表示傾倒容器裡的東西，例如 He asked me to tip the contents of my bag out onto the table.（他要求我把背包裡的東西倒在桌上。）

當「小費」或「給小費」的意思時，可用於句型 1，例如 Waiters always welcome visitors who tip heavily.（服務生總是歡迎小費多的客人。）或用於句型 3，例如 The porter was so rude that we didn't tip him.（搬運工很粗魯，所以我們沒有給他小費。）也可用句型 4 造句，例如 He tipped the taxi driver a dollar.（他給計程車司機一美元小費。）

另外也有「尖端」或「用特定顏色／物質覆蓋尖端」的意思，例如 A spear that was tipped with poison was used to hunt animals.（長矛尖上的毒藥是用來獵捕動物的。）

Part 2

誰來當名詞

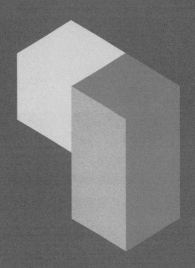

英語是以名詞為主的語言，名詞在英語裡佔有很大的比重。名詞可以放在句子的主詞／受詞／補語位置，要特別留意的是，不僅單字，就連片語或子句也可以作名詞使用。扮演名詞角色的片語型態有動名詞片語和不定詞片語，語意可以解釋為「做～這件事」。扮演名詞角色的子句指的是 that、if/whether、疑問詞引導的型態。語意上，that 是「做～這件事」，if/whether 是「是否～」，疑問詞是各種疑問的意思。如果想要運用各種名詞片語或名詞子句隨意造句，應該持之以恆地養成寫作習慣，並以常用句型作為練習的主要目標，這點相當重要。

名詞（主詞／受詞／補語位置）

片語

動名詞片語

主詞
Studying hard will help you pass the exam.

努力用功讀書將幫助你通過考試。

受詞
I like **working together**.

我喜歡一起工作。

補語
My favorite thing is **reading books**.

我最喜歡做的事是讀書。

to 不定詞

主詞
To do exercise every day is good for your health.

每天運動對你的健康有益處。

受詞
I tried **to remember his name**.

我試著記住他的名字。

補語
My plan is **to leave as soon as possible**.

我的計畫是盡快離開。

子句

that 子句

主詞
That he has left you behind is true.

他留下你離開是真的。

受詞
I think **that your idea is great**.

我認為你的想法很棒。

補語
The important thing is **that you are happy now**.

重要的是你現在很開心。

if/whether 子句

主詞
Whether she likes me does not matter to me.

她是否喜歡我對我來說並不重要。

受詞
I am wondering **if he is safe**.

不知道他是否安全。

補語
My question is **whether we should begin now**.

我的問題是我們是否應該現在開始。

動名詞片語當名詞

所謂「動名詞」是在原形動詞加上～ ing 後，當作名詞使用的形態。動名詞可放在句子的主詞位置【Studying hard will help you pass the exam.（努力用功讀書將幫助你通過考試。）】、受詞位置【I like working together.（我喜歡一起工作。）】和補語位置【My favorite thing is reading books.（我最喜歡做的事是讀書。）】，扮演名詞的角色。

動名詞也可以放在介系詞的受詞位置。什麼是「介系詞的受詞」？在單字的辭典解釋中，受詞是放在以波浪符號（～）或刪節號（…）標示的位置，介系詞的辭典解釋中也都省略了受詞。簡單地說，動名詞是介系詞的受詞。例如在 People will die without drinking water.（人不喝水會死。）句中，介系詞「without 缺少～、沒有～」的受詞是 drinking water。

動名詞源於名詞，因此可以像動詞一樣表示被動、否定、意義上的主詞。在「be 動詞＋過去分詞」型態的被動式，只要把 be 動詞改成動名詞型態 being 即可。例如在【They were afraid of being seen by the police.（他們怕被警察發現。）】句中，being seen 表現出被動的意思。否定是在動名詞前面使用 not 等否定副詞，例如在【I am sorry for not coming on time.（我很抱歉沒有準時到。）】句中，動名詞 coming 前面加上 not 之後，就能表現出否定的意思。意義上的主詞是在動名詞前面使用所有格，表示動作所屬的人是誰，口語中也會用受格代替所有格。

熟記以下動名詞慣用語，將有助於英文寫作時的臨場發揮。

be good at ～ ing	**擅長於～** He **is good at** cook**ing**. 他擅長於烹飪。
be used to ~ing	**現在習慣於～** We **are used to** gett**ing** up early. 我們現在習慣早起。
be busy ~ing	**忙著從事～** They **are busy** prepar**ing** for the party. 他們忙著準備派對。
go ~ing	**去做～、去參加～** He **went** fish**ing**. 他去釣魚了。
have difficulty ~ing/ have trouble ~ing	**做～有困難** I **have trouble** mak**ing** friends. 我在交朋友方面有困難。
It is no use ~ing	**做～是沒有用的** **It is no use** cry**ing**. 哭是沒有用的。

科學家們想知道處於外太空的無重力狀態會對太空人造成什麼影響。只有太空飛行才能真正回答這個問題。但是太空人需要在地球上練習無重力狀態。科學家找到了一個方法。一位太空人坐在噴射機的尾部。接著噴射機會開始陡升，然後急速俯衝。在大約 30 秒的俯衝過程中，太空人會感到失重。這時有充足的時間嘗試進食和四處走動。

① 科學家們想知道處於外太空的無重力狀態會對太空人造成什麼影響。

提示 動名詞主詞，疑問詞 what 引導名詞子句，助動詞 would

② 只有太空飛行才能真正回答這個問題。

提示 助動詞 could

③ 但是太空人需要在地球上練習無重力狀態。

提示 動名詞受詞

④ 科學家找到了一個方法。一位太空人坐在噴射機的尾部。接著噴射機會開始陡升，然後急速俯衝。

提示 助動詞 would，介系詞片語 in the back of，介系詞 into

⑤ 在大約 30 秒的俯衝過程中，太空人會感到失重。

提示 助動詞 would，句型 2 動詞 feel，介系詞 during/for

⑥ 這時有充足的時間嘗試進食和四處走動。

提示 enough to 用法，try+ 動名詞

字詞建議

weightless 無重力的 / **astronaut** 太空人 / **spaceflight** 太空飛行 / **jet plane** 噴射機 / **steep climb** 陡升 / **dive** 俯衝

第 1 句的「處於無重力狀態」可以用動名詞片語 "being weightless" 表示。形容詞前面加上 being 後，即成為名詞。「會造成什麼影響」是從過去的角度看將來發生的狀況，因此要用 would，寫成 What being weightless in space would do to astronauts。

在第 3 句，being weightless 要放在動詞 practice 的受詞位置。不定詞隱含著「未來、暫時、行為」的意思，動名詞隱含著「過去、連續、狀態」的意思。Practice 的意思是「練習」，因此受詞位置只能用帶有持續和狀態之意的動名詞。

第 4 句的「接著」，很多人會用副詞 then，但是也可以用助動詞 would 表示。由於是坐在噴射機尾部後，先陡升再急速俯衝的狀況，可以處理成從搭乘噴射機的過去時間點看未來發生的事，以 An astronaut rode in the back of a jet plane. The jet would go into a steep climb and a dive. 表示。

第 5 句的「在大約 30 秒的俯衝過程中」是說明 for 和 during 差異的好例子。For 是時間，during 是活動「期間」，因此可以表示為 For about thirty seconds, during the dive。

最後一句的「嘗試」是個棘手的問題，可以解決此問題的動詞就是 try。眾所周知 Try 是「試圖做～、努力做～」，但這是在受詞位置放不定詞時的意思，如果放動名詞，意思就是「嘗試做～、試驗做～」。這和上面說明的動名詞與不定詞隱含意義有關。因此這裡可以用 try eating and moving around 表達。

Scientists wanted to know what being weightless in space would do to astronauts. Only spaceflight could really **answer** the question. But astronauts needed to **practice** being weightless on Earth. Scientists found a way. An astronaut rode in the back of a jet plane. The jet would go into a steep climb and a **dive**. For about thirty seconds, during the dive, the astronaut would feel weightless. It was time enough to try eating and moving around.[16]

✦ 核心動詞字義用法解説

answer 的核心概念是「應答」。

表示答覆問題或信件時，可以用句型 1 造句，例如 He politely asked an interview result but they didn't answer.（他禮貌地詢問面試的結果，但他們沒有回答。）或用句型 3 造句，例如 You haven't answered my question yet—where were you last night?（你還沒有回答我的問題，你昨晚在哪裡？）

不只是問題或信件上的答覆，也可以用於回應電話或拜訪，例如 I phoned this morning and your son answered.（我早上打電話過去，是你的兒子接的。）或是 Someone knocked on the door and I went downstair to answer it.（有人敲門，於是我下樓去開門。）

此外，也可以用於表示符合需要或適合要求，例如 We are looking for tools that could answer our needs.（我們正在尋找能夠滿足我們需求的工具。）或表示與說明或描述相符、相配，例如使用句型 1 的 Haven't you met a woman who answers to the police's description?（你沒有看到符合警察描述的女子嗎？）或使用句型 3 的 A man answering his description was seen at a store downtown.（有人在市區的一家商店看到一名符合他描述的男子。）

practice 的核心概念是「規律的行動」。

表示為了學習技術而有規律地反覆練習時，可用句型 1 造句，例如 I used to tune my guitar before I practiced.（我過去在練習前會幫吉他調音。）或用句型 3 造句，例如 He paired his students up when they practiced conversational skills.（當學生在練習對話時，他把他們分成兩人一組。）

也表示在一個要求大量練習和專業技術的職場工作，例如使用句型 1 的 She has been practicing as a dentist for more than a decade.（她當牙醫已經超過十年了。）或句型 3 的 He was banned from practicing law after he was found to be guilty.（他被判有罪後，被禁止從事律師工作。）

最後，也可表示依據習俗、宗教、規定而在日常生活中反覆進行特定活動，例如 About a million Muslims practice their religion every day in this area.（每天約有一百萬名穆斯林在此地區從事他們的宗教活動。）

dive 的核心概念是「潛水」、「急速下降」、「快速移動」。

可當跳入水中的跳水，例如 Do you have guts to dive into the river without any equipment?（你有勇氣不配戴任何裝備潛入河裡嗎？）或是配戴裝備觀察水中世界的潛水，例如 I used to go diving every weekend.（我以前每個周末都去潛水。）

急速下降可用於表示位置上的急遽下滑，例如 The hawk soared and dived into water to catch fish.（鷹急速上升後，為了抓魚而俯衝潛入水中。）或表示價值上的大幅下跌，例如 The shares I bought last week have dived by 75p.（我上周買的股票暴跌了 75 點。）

最後也可表示身體衝向某處般地迅速移動，例如 We dived into the nearest café when we heard people screaming.（當我們聽見人們尖叫時，我們趕緊躲進最近的咖啡館。）

只有最強壯、最兇猛、體型最大的動物不怕被敵人攻擊。大多數野生狀態下的動物，總是生活在被捕食的危險中。逃跑往往是最好的防禦。松鼠靠爬樹逃脫。牠們可以跳到非常細的樹枝上，敵人無法追上。

❶ 只有最強壯、最兇猛、體型最大的動物不怕被敵人攻擊。

提示 the ＋最高級，形容詞 no，被動式

❷ 大多數野生狀態下的動物，總是生活在被捕食的危險中。

提示 介系詞片語 in danger of，被動式

❸ 逃跑往往是最好的防禦。

提示 動名詞主詞，最高級

❹ 松鼠靠爬樹逃脫。

提示 介系詞 by

❺ 牠們可以跳到非常細的樹枝上，敵人無法追上。

提示 介系詞 onto，關係副詞 where

字詞建議

fierce 兇猛的 / **have fear of** 害怕 / **attack** 攻擊 / **enemy** 敵人 / **wild** 野生的 / **constant** 持續不斷的 / **run away** 逃跑 / **defense** 防禦 / **escape** 逃走、逃脫 / **leap** 跳躍 / **thin** 薄的、細的

第 1 句提到害怕的對象是「被敵人攻擊」。在表示「害怕會不會被～」
的恐懼原因或對象時，要使用介系詞 of。由於是介系詞的受詞位置，所
以要用動名詞，而且是表示「被～」的被動語態動名詞片語，寫成 being
attacked by enemies。在表達情感時也可以不用 feel，而用 have，此時的
have 意指「帶有（情感）」。在強調否定，表示「一點也不～」的時候，
可以用形容詞 no 修飾名詞的結構表示。

第 2 句「被捕食的危險」也可以用上述結構表示。of 的受詞位置是用
being eaten 表示「被捕食」的被動意義，of 前面可以用 constant 修飾
danger 的介系詞片語 in constant danger。

下一句主詞是表示「逃跑」的動名詞 running，此時如果用副詞 away 修
飾 running，語意中就帶有「逃得遠遠」的感覺。

接下來的句子用了表示「方法」的介系詞 by 和動名詞，以 by climbing
trees 表示。

最後一句必須使用形容詞子句，讓「敵人無法追上」可以修飾「樹
枝」。「樹枝」是松鼠跳躍的「地點」，可以使用關係副詞 where，以
where their enemies cannot follow 型態的關係子句修飾先行詞 very thin
branches 即可。

Only the strongest, fiercest and biggest animals have no fear of being **attacked** by enemies. Most animals in the wild live in constant danger of being eaten. Running away is often the best defense. Squirrels escape by climbing trees. They can **leap** onto very thin branches where their enemies cannot **follow**.[17]

✦ 核心動詞字義用法解說

attack 主要用於描述「過分積極的行動造成傷害的情況」。

表示利用物理性的暴力進行攻擊時，可用句型 1 造句，例如 The dog won't attack unless you provoke him.（這隻狗不會攻擊你，除非你挑釁牠。）或用句型 3 造句，例如 Air forces attacked the town last night.（昨晚空軍攻擊了這座城市。）當病毒或細菌造成身體生病時，也可以用 attack 表示，例如 The bacteria attacks the immune system.（細菌攻擊免疫系統。）

除了物理性的攻擊之外，也可比喻為藉由報章雜誌或演說進行言語攻擊，例如 The newspaper attacked the government's policy on health care.（那報紙抨擊了政府的醫療保健政策。）或是用來強調藉由「積極的行為」來處理某事，例如 It is time to attack the problem and find a solution.（現在是積極處理那個問題，尋找解決方案的時候了。）

leap 的核心概念是「突然」。

主要用於表示跳躍，例如 We tried to leap over a stream.（我們試著跳過一條小溪。）

此外，也表示必須立即著手進行某件事的狀況，例如 He leaped out of his car and picked up the package.（他跳下車，撿起包裹。）或是 They leaped to our defense.（他們立即為

我們進行辯護。）描述突然增加的情況時，可用句型 1 造句，例如 Sales in the company leaped 300 percent.（公司銷售額激增了 300%。）

最適合表達「一夜成名」的單字就是 leap，可用來描述突然在短時間內奪取權力或名譽，例如 He leaped to fame after his appearance on a TV show.（他在一齣電視節目演出後，便一舉成名。）

follow 的核心概念是「跟隨」。

表示跟著移動的對象走時，可用句型 1 造句，例如 If you lead, we will follow behind.（如果你帶頭，我們將跟在後面。）或用句型 3 造句，例如 The cats followed me into the house.（那隻貓跟著我進房子。）也可表示沿著既定路線走，例如 Follow this road, then you will see the cathedral soon.（沿著這條路走，你很快就會看到大教堂。）

「跟隨」的意思加以延伸後，有「理解」和「遵從」的意思。可表示跟上重點的「理解」，例如 I cannot follow you. Could you explain in detail?（我聽不懂，你能詳細説明一下嗎？）或表示「遵從教理或原則」的「遵從」，例如 The faithful follow the teachings of their religions.（虔誠的信徒遵從自己的宗教教義。）

也有緊接著特定時機的意思，表示「在～之後發生」、「接著」。用 follow 代替介系詞或連接詞 after/before，可寫出簡潔的句子，例如 The earthquake has been followed by a series of minor aftershocks.（地震後又發生了一連串小規模的餘震。）

那是在萬聖節的前一天晚上。Arthur 的家人忙著把家裡布置得看起來陰森森的。事實上，由於看起來非常陰森，以致於 Arthur 難以入睡。第二天早上情況更糟。「救我！」Arthur 睜開眼睛大叫。「是我啦」，他的妹妹 D.W. 說。「天啊，你是嚇到了嗎？別忘了，今晚你要帶我去不給糖就搗蛋。」

❶ 那是在萬聖節的前一天晚上。

提示 非人稱主詞 it

❷ Arthur 的家人忙著把家裡布置得看起來陰森森的。

提示 句型 5 動詞 make

❸ 事實上，由於看起來非常陰森，以致於 Arthur 難以入睡。

提示 so ＋形容詞＋ that

❹ 第二天早上情況更糟。

提示 bad 的比較級

❺ 「救我！」Arthur 睜開眼睛大叫。

提示 連接詞 when

❻ 「是我啦」，他的妹妹 D.W. 說。「天啊，你是嚇到了嗎？別忘了，今晚你要帶我去不給糖就搗蛋。」

提示 句型 4 動詞 take

字詞建議

be busy ~ing 忙著做～ / spooky 陰森的 / have trouble ~ing 做～有困難 / fall asleep 睡著 /
even 甚至更 / scream 尖叫 / jumpy（因恐怖等）膽戰心驚的、緊張不安的 /
trick-or-treating 不給糖就搗蛋（萬聖節當天孩子們穿著嚇人的怪異服裝，到每戶人家要糖果的活動。）

第 2 句裡的「忙著～」可以使用前面學到的動名詞慣用句，以 was busy making 表示。這裡的 make 是句型 5 動詞，以「make ＋受詞＋受詞補語」的形態描述。「看起來～」可以用句型 2 動詞 look，寫成 making the house look spooky。

第 3 句「由於非常～以致於…」是使用「so ＋形容詞／副詞＋ that 子句」的句型，以 looks so spooky that ～表示。在描述結果的 that 子句中，「難以入睡」可以用動名詞慣用語 have trouble [difficulty] ～ ing，寫成 had trouble falling asleep 即可。這裡使用的動詞是表示「變成～」的句型 2 動詞 fall。

直接引述句的語順應該如何安排呢？通常書面語體中的引用句放在句首時，引用句受到強調，同時也發生主詞和動詞位置對調的倒裝。例如 "Help!" screamed Arthur 以及 "It's just me," said his sister。但如果主詞是代名詞或是強調主詞的情況，就不會發生倒裝。

It was the night before Halloween. Arthur's family was busy **making** the house look spooky. It looked so spooky, in fact, that Arthur **had** trouble falling asleep. Things were even worse the next morning. "Help!" screamed Arthur when he opened his eyes. "It's just me," said his sister, D. W. "Boy, are you jumpy? Don't forget, you have to **take** me trick-or-treating tonight."[18]

✦ 核心動詞字義用法解說

make 的核心概念是「製造」。

意義上區分成投入資源或勞動後製成某物,以及迫使某對象去做某事的使役用法。前者可用句型 1 造句,例如 He made gooey cookies.(他做了軟而黏的餅乾。)或用句型 4 造句,例如。She made him a toy.(她做了一個玩具給他。)也可表示獲得、賺得金錢,例如 He makes $40,000 a year as a teacher.(他當老師一年賺 4 萬美元。)

可表示誘發某種行為,例如 He had to make a phone call.(他必須打個電話。)意指打電話的行為。與特定名詞一起使用時,可形成各種慣用語,例如 make a trouble(製造麻煩)、make an appointment(預約)、make a decision(做決定)、make a request(提出請求等)。此外,以 make it to ～ 的形態出現時,表示「到達 [參加](某場所或情況)」的意思,例如 I made it to the class just in time.(我及時趕到教室了。)。

使役用法分成「強制」和「提供原因」兩種。例如 The heavy makeup makes you look middle-aged.(濃妝艷抹使你看起來像中年人。)表現出原因,而 You cannot make your kids study, if they don't want to.(如果孩子不喜歡,你無法強迫他們學習。)則表現出強制迫使(學習)的意涵。

have 的核心概念是「擁有、許可、使役」。

表示擁有時，例如 I want to have a two-story house.（我想要一棟兩層樓的房子。）。除了用於事物之外，也可以用於經驗【We had a wonderful time.（我們玩得很開心。）】、食物【Can I have a cup of coffee?（我可以喝一杯咖啡嗎？）】、行動【You should have a try if it is worthy.（如果值得，你應該試試看。）】等，說明某對象屬於自己。

表示許可時，可用句型 3 造句，例如 My mom won't have any bugs in the house.（我媽不會讓家裡有任何蟲子。）或用於句型 5，例如 The guard won't have these dogs running all over the flowerbeds.（警衛不會讓這些狗在花圃裡到處跑。）

當作使役動詞時，have 傳達出賦予原因和動機的語感，不同於 make 具有強制的語感。這時受詞補語位置用原形動詞，例如 Don't worry, I will have someone finish it for you.（別擔心，我會找人幫你完成。）或是放分詞，形成句型 5，例如 We are going to have the door painted next month.（下個月我們打算請人把門油漆一下。）

take 的核心概念是「積極取得」。

可表示否定意義的「奪取」，例如 He took my bag without permission.（他沒有經過允許就拿走我的背包。）或是 If you take 3 from 9, you get 6.（9 減 3 得 6。）

也可表示「肯定意義的拿取」，對象可以是人／物品、手段、時間、溫度、測定、立場等。拿取的對象是人或物品時，可用句型 3 造句，例如 They are going to take their kids to the zoo this weekend.（這個周末他們打算帶小孩去動物園。）或用句型 4 造句，例如 My mom took me a letter.（我媽媽帶了一封信給我。）拿取的對象是手段、方法時，可以是移動的途徑，例如 If you take this road, you will find the beach soon.（沿著這條路走，你很快就會找到海灘。）或是支付的工具，例如 Do you take credit cards?（可以用信用卡結帳嗎？）拿取的對象是時間時，可用於句型 3，例如 Finishing this task takes many hours.（完成這項任務要花好幾個小時。）或用於句型 4，例如 It took us half a day to cook this soup.（煮這個湯花了我們半天的時間。）。

此外，也可表示採取測量的行為，例如 Nurses took his temperature.（護理師測量了他的體溫。）或攝取藥物、食物的行為，例如 He takes this medicine two times a day.（他一天吃這種藥兩次。）也可表示採取、接收忠告或指責的行為，例如 Can I take it as a complement?（我可以把它當作稱讚嗎？）

to 不定詞片語當名詞

「to 不定詞」是指為了將動詞像名詞一樣使用，而在原形動詞前面加上 to 的形態。to 不定詞是在以下位置**扮演名詞的角色，包括主詞位置**：To do exercise every day is good for your health.（每天運動對你的健康有益處。）、**受詞位置** I tried to remember his name.（我試著記住他的名字。）、**補語位置** My plan is to leave as soon as possible.（我的計畫是盡快離開。）

學習 to 不定詞時，一定會接觸到的用語是「虛主詞或虛受詞 it」。這個用法是在主詞或受詞位置放虛主詞或虛受詞 it，把身為真正主詞或受詞的 to 不定詞片語放在句子後面。例如 **It** is good for your health to do exercise every day. 的虛主詞是 it，真正主詞是 to do exercise。

那麼，什麼是虛受詞呢？會出現「虛受詞」的用法是因為接受受詞補語修飾的受詞位置不能放冗長的片語。例如 I found to do business difficult. 必須將真受詞 to do business 放到後面，在受詞位置放虛主詞 it，形成 I found it difficult to do business. 我發現做生意很困難。

to 不定詞也和動名詞一樣，可以表示被動、否定、意義上的主詞。被動是「to ＋被動式」的型態，例如 I hope to be given a second chance.（我希望能再給我一次機會。）句中的 to be given。否定是「not ＋不定詞」，例如 My teacher told me not to worry.（我的老師告訴我不要擔心。）意義上的主詞可以用「for ＋受格」的型態表示，例如 It is a good idea **for you** to come first.（如果你能先來就太好了。）

在表現人的性格時會用 of，不用 for，例如 It is nice **of** you to say so.（你能這樣說真好。）另外也經常使用「疑問詞＋ to 不定詞」型態的疑問詞片語，例如 I don't know **how** to do it.（我不知道該怎麼做。）

扮演名詞角色的片語型態有動名詞片語和 to 不定詞片語，雖然兩者都解釋為「做～的這件事」，但隱含著不同的語意。**動名詞片語意味著「過去／連續／狀態」，to 不定詞片語意味著「未來／暫時／行為」。**因為這樣的差異，使得部分及物動詞只能以其中一種做受詞。例如，表示「期待～」的 expect，受詞位置只能放暗示「未來」將發生的事，而表示「享受～」的 enjoy，必須表現出過去經驗過的行為，因此受詞位置只能放動名詞。

動詞		受詞（名詞）	
enjoy, finish, quit, mind, oppose, avoid, imagine, practice...	＋	動名詞 （過去／連續／狀態）	I enjoy **swimming**. 我喜歡游泳。
expect, decide, plan, wish, force, hope, want, promise, refuse...	＋	to 不定詞 （未來／暫時／行為）	I expect **to see** you again. 我期待再次見到你。

湯瑪斯·傑佛遜 (Thomas Jefferson) 總統相信名為《印第安人遷徙》的政策是正確的。這意味著將所有印第安人 (Indian) 遷移到密西西比河以西的印第安人領地。傑佛遜認為這項政策可以保護印第安人免於遭受不正直的白人為了他們的土地而欺騙或殺害他們。大多數切羅基人 (Cherokees) 反對放棄自己的土地。但是包括塞闊雅 (Sequoyah) 在內的一些人決定往西走。

① 湯瑪斯·傑佛遜 (Thomas Jefferson) 總統相信名為印第安人遷徙的政策是正確的。

提示 動詞 call（過去分詞）

② 這意味著要將所有印第安人遷移到密西西比河以西的印第安人領地。

提示 接動詞的動詞 mean，同位語的逗號 (,)

③ 傑佛遜認為這項政策可以保護印第安人免於遭受不正直的白人為了他們的土地而欺騙或殺害他們。

提示 助動詞 would，主格關係代名詞 who，助動詞 might

④ 大多數切羅基人 (Cherokees) 反對放棄自己的土地。

提示 接動詞的動詞 oppose

⑤ 但是包括塞闊雅 (Sequoyah) 在內的一些人決定往西走。

提示 副詞 though，to 不定詞的名詞用法

字詞建議

Indian Removal 印第安人遷徙 / policy 政策 / move to 移動到～ / territory 領土、區域 / land 土地 / west of ～的西邊 / the Mississippi River 密西西比河 / protect A from B 保護 A 免於 B / dishonest 不正直的 / trick 欺騙 / give up 放棄

第 1 句裡「相信～是正確的」有個很好用的表達方式，就是 believe in。
believe 和介系詞 in 搭配在一起，表示「確信～的存在、深信不疑」。
「名為印第安人遷徙的」修飾「政策」，「政策」是「名為」的對象，因
此要用表示被動的過去分詞構句，寫成 believed in a policy called Indian
Removal。此句型的 a policy 和 called 之間，省略了意指前面主詞的主格
關係代名詞 that[which] 和表示被動語態的 be 動詞。

第 2 句的動詞 mean 在表示「有意要 [打算]～」時，受詞接 to 不定詞，
但是在表示「意味著～」時，受詞要接動名詞，所以這裡要寫成 This
meant moving all Indians to Indian Territory。「密西西比河以西的地」是
Indian Territory 的同位語，兩者之間需要用逗號分隔，表示同位關係。

第 4 句可以使用表示「反對～」的 oppose 動詞。oppose 後面要接動名詞
作為受詞，因此寫成 Most Cherokees opposed giving up 即可。

相反地，最後一句表示「決定」的動詞 decide 必須接 to 不定詞作為受詞，
應寫成 decided to go west。

President Thomas Jefferson **believed** in a policy called Indian Removal. This **meant** moving all Indians to Indian Territory, the lands west of the Mississippi River. Jefferson thought this policy would protect the Indians from dishonest white people who might trick them or kill them for their land. Most Cherokees opposed giving up their land. Some Cherokees, though, including Sequoyah, decided to **go** west.[19]

✦ 核心動詞字義用法解說

believe 的核心概念是「接受」。

接受的意義分成三種。第一是沒有證據，但是可以接受某些事實，例如以句型 3 造句的 I believed his story for a while.（我有一段時間相信了他的話。）以及句型 5 的 They believe him dead.（他們相信他已經死了。）

第二是接受某人的主張，通常是人出現在受詞位置。例如 She claims to have seen a tornado, but I don't believe her.（她聲稱看到了龍捲風，但是我不相信她。）最後是接受特定立場作為自己的意見，例如用句型 3 造句的 He still believes that a ghost is a mythical creature.（他仍然相信鬼魂是只存在於神話中的存在。）以及用句型 5 造句的 I believe him to be the greatest leader in this country.（我相信他將成為這個國家最偉大的領導人。）

mean 的核心概念是「意思是」。

「意思是」又分成「含義、結果、意圖、價值」，都是用句型 3 造句。例如 These words mean that your claim was wrong.（這些話意味著你的主張是錯誤的。）表示「含義」，One more drink means divorce.（再繼續酗酒就離婚。）表示「結果」。

表示「意圖」時，受詞位置可以接名詞，例如 She didn't mean any harm.（她沒有任何惡意。）或接 to 不定詞，例如 I did not mean to offend you.（我不是有意要冒犯你。）表示「價值」時，例如 This book means a lot to me.（這本書對我意義重大。）

go 的核心概念是「往前走」和「進行」。

表示「往前走」時，主詞位置可以是人或道路，例如 They went into the church.（他們走進教堂。）或是 This road goes to Seoul.（這條路通往首爾。）時間也可以作為主體，例如 We have only a week to go before the vacation is over.（一個星期後假期就結束了。）表示「進入特定狀態」，也就是轉變成某種狀態時，可以用句型 2 造句，例如 My hair is going grey.（我的頭髮正逐漸變白。）

表示「進行」時，可描述狀況的進行，例如 How did your interview go?（你的面試進行得如何？）或是按照既定的方式進行，例如 I am wondering why this watch won't go.（我想知道這支手錶為什麼不動了。）此外也可描述以協調的狀態進行，例如 This color would go well with your shirt.（這種顏色和你的襯衫很搭配。）

Amelia Earhart 是位先驅，她喜歡成為第一個嘗試新事物的人。在 1920 年代 Amelia 成為一名飛行員。當時飛機還是一項新發明，知道如何駕駛飛機的人不多，女性駕駛飛機更是罕見。但是 Amelia 創下許多飛行紀錄來證明她是最棒的。

1 Amelia Earhart 是位先驅，她喜歡成為第一個嘗試新事物的人。

提示 動詞 like，to 不定詞的名詞／形容詞用法

2 在 1920 年代 Amelia 成為一名飛行員。

提示 the ＋年度

3 當時飛機還是一項新發明。

提示 in a time ＋關係副詞 when

4 知道如何駕駛飛機的人不多。

提示 否定副詞 not，疑問詞＋ to 不定詞

5 女性駕駛飛機更是罕見。

提示 to 不定詞的意義上主詞，虛主詞／真主詞

6 但是 Amelia 創下許多飛行紀錄來證明她是最棒的。

提示 to 不定詞的形容詞用法，連接詞 that

字詞建議

pioneer 先驅 / **the first** 第一個（做某事的）人 / **invention** 發明（物）/ **fly** 駕駛（飛機等）/ **even more** 更加 / **unusual** 不尋常的 / **set** 創造（紀錄等）/ **record** 紀錄 / **prove** 證明

將第 1 句「成為第一個嘗試新事物的人」轉換成英文時，需要有兩種用法的 to 不定詞。動詞 like 的受詞是表示「成為第一個」的名詞用法 to be the first，以及修飾 the first 的形容詞用法 to do new things，形成 She liked to be the first to do new things.

「當時」可以用關係副詞 when 表示為 This was in a time when ～。

下一句的受詞「如何駕駛」是以「疑問詞＋ to 不定詞」型態的名詞片語 how to fly 表示。「知道～的人不多」是比較難表達的部分。一般表示「幾乎沒有」的常見形容詞是 few，這裡可以寫成 few people，或用否定副詞 not 修飾 many，以 Not many people 作為主詞。由於兩者都有否定的含義，動詞可以用肯定型表示，寫成 Few[Not many] people knew how to fly one. 為了不重複 airplane，句尾使用表示「（其中）一個【一個人】」的代名詞 one，意指前面出現的名詞或相同種類。

「女性駕駛飛機更是罕見」的主詞很長，此時應該想到虛主詞／真主詞的句型。「女性」是真主詞 to fly planes 的意義上主詞，因此要寫成 for a woman to fly planes。

最後一句的結構是「來證明她是最棒的」修飾「飛行紀錄」，所以要用以 that 子句作為受詞的 to 不定詞形容詞用法，寫成 flying records to prove that she was the best。

Amelia Earhart was a pioneer. She **liked** to be the first to do new things. In the 1920s, Amelia became a pilot. This was in a time when the airplane was still a new invention. Not many people knew how to **fly** one. It was even more unusual for a woman to fly planes. But Amelia **set** many flying records to prove that she was the best.[20]

✦ 核心動詞字義用法解說

like 比起當動詞，更常用來當介系詞和連接詞。

當介系詞時，表示「像～、如同～」，例如 Your hair is very soft. It is like silk.（你的頭髮很柔軟，像絲綢一樣。），或是 It looks like rain.（看起來要下雨了。）當連接詞時，後面接「主詞＋動詞」型態的子句，例如 You look like you have just got up now.（你看起來像剛起床。）

當動詞使用時，意思是「喜歡」，用句型 3 造句，此時受詞可以是名詞，例如 I like your new style.（我喜歡你的新造型。）或是動名詞，例如 I don't like making a big deal out of it.（我不喜歡在這件事上面大作文章。）也可以是 to 不定詞，例如 We like to spend mornings with tea.（我們喜歡喝茶度過早晨的時光。）

fly 的核心概念是「飛」和「突然的移動」。

可用於具有翅膀的鳥類，例如 Baby birds cannot fly alone.（幼鳥無法單獨飛行。）也可把人類當作主詞，用句型 1 造句，例如 They flew to London last night.（他們昨晚飛往倫敦。）或是用句型 3 造句，例如 They flew wounded soldiers to a safe place.（他們把受傷的士兵空運到安全的地方。）

「飛」的意思擴大之後，也可表示「駕駛（飛機）」，此時可用於句型 1，例如 I learned how to fly when I was young.（我小時候學會駕駛飛機。）或句型 3，例如 Can you fly an airplane?（你會駕駛飛機嗎？）

此外也有某物「飄揚、放飛」意思，可用句型 1 造句，例如 She ran past him with her hair flying behind her.（她飄散著頭髮，從他身邊跑過。）或用句型 3 造句，例如 The weather is good enough to fly a kite.（天氣很好，適合放風箏。）

出乎意料的是，表示「快速移動、疾行」的用法相當常見。例如用於句型 1 的 With the blast near the building, glass flew across the office.（隨著大樓附近發生的爆炸，辦公室裡玻璃碎片四處橫飛。）以及用於句型 2 的 The window has flown open.（窗戶突然一下子打開了。）

set 的核心概念是「放」。

可表示放置在某地方，例如 My father has set a chair by his bed.（我父親在他的床邊放了一張椅子。）或表示使處於特定狀態，例如 The hostages were finally set free after years of ordeal.（經過多年的折磨，人質終於被釋放。）

放置的意思擴大後，可用來表示「建立、設定」，例如 The council has set new standards.（委員會設立了新的標準。）或是 Haven't you set a date for the meeting yet?（你還沒決定好會議的日期嗎？）

此外，和 to 不定詞一起使用時，可表示「設定／決定好做～」，例如 The heating is set to come on at 9 a.m. isn't it?（暖氣開啟的時間設定在早上 9 點，不是嗎？）

現今全世界對金錢的看法幾乎一致。人們為了生存必須有錢。他們在職場上工作，用自己的勞動換取需要的金錢，來支付那些讓自己生活舒適的商品和服務。市場已經逐漸擴大到包含全世界。現代交通系統使世界各國從國外運送和接收貨物成為可能。

❶ 現今全世界對金錢的看法幾乎一致。

提示 副詞 pretty much，介系詞 over

❷ 人們為了生存必須有錢。

提示 to 不定詞當副詞（目的）

❸ 他們在職場上工作，用自己的勞動換取需要的金錢，來支付那些讓自己生活舒適的商品和服務。

提示 分詞構句，關係代名詞

❹ 市場已經逐漸擴大到包含全世界。

提示 to 不定詞當副詞（結果）

❺ 現代交通系統使世界各國從國外運送和接收貨物成為可能。

提示 虛受詞 it，不定詞的意義上主詞

字詞建議

idea 想法 / job 職場 / labor 勞動 / Trade A for B 拿 A 交換 B / goods 商品、產品 / marketplace 市場 / ship 運送

第 1 句要注意使用的單字。個人持有的想法是 thought，對某件事抱持的意見是 idea。因此，對於「金錢是什麼」的看法，就需要使用 idea 這個字。看到「幾乎」，通常會想到 almost，不過這裡可以試著使用同義詞 pretty much。

第 3 句裡包含兩個事實，一個是在職場上工作，另一個是在職場用自己的勞動交換金錢。在安排這兩個句子時，可以使用從屬連接詞 While，形成副詞子句 (while they work at jobs)，也可以使用對等連接詞 and，形成 They work at jobs, and they trade their labor。這兩種安排的取捨基準在於兩個句子的重要程度。前者的情況是「在職場工作」的內容成為副詞子句，也就是修飾語，不再是重要的訊息。在職場工作是基本的前提，這樣的安排是正確的選擇嗎？我推薦後者，而且對等連接詞也可以形成分詞構句，所以最好是寫成 They work at jobs, trading their labor...。

第 4 句以不定詞的結果用法來表達似乎是最有效果的方式，因為內容說到逐漸擴大的結果是包含了全世界。最後一句如果用 "Thanks to modern transportation" 開頭，恐怕很難形成洗鍊的句型。母語者會將現代交通系統當做事物主詞，用句型 5 動詞 make 造句。受詞是「世界各國從國外運送和接收貨物」，受詞補語是「可能的」。接受補語修飾的受詞位置不能是片語或子句，沒錯，這裡需要虛主詞 it。要不要試著把「世界各國」當成不定詞的意義上主詞寫寫看呢？

Today, ideas about money are pretty much the same all over the world. People must have money to survive. They work at jobs, **trading** their labor for the money they need to **pay** for the goods and services that make their lives comfortable. The marketplace has grown to include the whole world. Modern transportation has made it possible for all countries of the world to ship and **receive** goods from abroad.[21]

✦ 核心動詞字義用法解説

trade 的核心概念是「交換」。

表示買賣、交易時，可用句型 1 造句，例如 This firm has traded in arms with the Middle East for many years.（這家公司多年來一直與中東國家進行軍火交易。）或用句型 3 造句，例如 The textiles of this company are being traded worldwide now.（目前這家公司的紡織品銷往全世界。）

也可以更具體地使用 "trade" 表示特定股票市場的交易。例如用於句型 1 的 The shares that I bought last month are trading actively.（我上個月買的股票現在交易活躍。）以及句型 3 的 The volume of stocks traded today hit a record high.（今天證券交易所股票成交量創歷史新高。）

可以表示與金錢利益無關的彼此交換，例如用於句型 3 的 Can you believe that your son traded his computer for a gameplayer?（你相信你兒子用他的電腦換了一台遊戲機嗎？）和句型 4 的 I want to trade you some of my chips for some of your cookies.（我想用我的一些洋芋片換你的一些餅乾。）

pay 的核心概念是「支付」。

首先，表示支付工作、物品、服務的相關費用時，可用句型 1 造句，例如 I prefer to pay

by credit card.（我喜歡用信用卡付費。）也可用句型 3 造句，受詞位置可以是人或對象，例如 How much did you pay the taxi driver?（你付給計程車司機多少錢？）和 Did you pay the bill at the restaurant?（你在餐廳結帳了嗎？）或用於句型 4，例如 You have to pay him $1,000 dollars if you sign the contract.（如果你簽了合約，就必須付給他 1000 美元。）以及句型 5，例如 We need to pay a plumber to repair the burst pipe.（我們必須付錢請水管工人來修理破掉的管子。）

「支付」的概念站在接受方的立場是利益，站在給予方的立場則是損失，具有雙重作用。因此可以表達給予恩惠或利益的肯定意涵，例如 Lying really doesn't pay!（說謊真的沒有好處！），或 It would pay you to be cautious when driving.（開車時小心對你有好處。）也能表達帶來痛苦的意涵，例如 I am certain he will pay for that remark.（我敢肯定他會為那句話付出代價。）

最後，pay 也可用來表示做出特定的行為，可視為支付的意思變得更普遍化。例如用於句型 3 的 Could you pay attention a second?（可以請你注意一下嗎？）或句型 4 的 I will pay you a visit when I am in your town.（我到你們鎮上時會去拜訪你們。）此外還有廣為人知的 pay a respect（表示尊重）、pay a compliment（誇獎）、pay a tribute（致敬）等用語。

receive 的核心概念是「收到」。

可表示接受別人給的或送的東西，例如 He has received an avalanche of letters from his fans.（他收到粉絲寄來的大量來信。）此外也可表示受到禮遇或接待，例如 We received a cordial reception as soon as we arrived at the hotel.（我們一到旅館就受到熱情的接待。）或表示得到印象等，可用於特定的文章脈絡中，例如 They received an impression that he looked down on them.（他們得到的印象是他看不起他們。）

對於新登場或上市的對象進行評價或表達意見時，也可使用，例如 His new novel has been well received by the critics.（他的新小說受到評論家的好評。）或用來表示加入某組織或團體，例如 Three new hires have been received into the company's golf club.（三名新員工已經加入公司的高爾夫社團。）

that/whether/if 子句當名詞

that 子句當名詞

在形成名詞子句的從屬連接詞中，that 最常用。那麼，何謂「從屬連接詞」？在說明之前，我們先來認識「連接詞」。連接詞是用來連結（連接）兩個句子的語詞。連接詞依據連結兩句子的方式而分成以下三類。

第一種，連結像單字和單字、片語和片語、子句和子句這種文法上對等或相同型態的語詞，稱為對等連接詞，具代表性的有 but（但是）、and（和）、or（或者）、so（所以）、for（因為）等。第二種，通常成雙出現，用來連接兩個元素以上的語詞，稱為相關連接詞，主要有 both A and B（A 和 B 都）、either A or B（A 或 B 其中一個）、neither A nor B（A 和 B 兩者都不是）等。第三種，結合兩個句子，使一個句子成為另一個句子的一部分，這種語詞稱為從屬連接詞。當「從屬」於更大句子的句子扮演名詞的角色時，稱為形成「名詞子句」的從屬連接詞，扮演副詞的角色時，稱為形成「副詞子句」的從屬連接詞。

形成名詞子句的從屬連接詞 that，可解釋為「做～這件事」。**that 引導的子句扮演名詞的角色時，可放在主詞位置**：【That he has left you behind is true.（他留下你離開是真的。）】、**受詞位置**：【I think that your idea is great.（我認為你的想法很棒。）】、**補語位置**：【The important thing is that you are happy now.（重要的是你現在很開心。）】

that 放在主詞位置時，也可以把 that 子句放到後面，使用虛主詞 it，形成

It is true <u>that he has left you behind</u>.。放在受詞和補語位置的 that 子句，可以省略 that。

但是在閱讀英文時，我們不難發現 that 扮演的角色不僅止於名詞，還能當作形容詞、副詞、代名詞等多種詞類使用。（參考 p. 126）

whether/if 子句當名詞

whether 和 if 都能以表示「是否～」的意思形成名詞子句。whether 名詞子句可以放在主詞位置：【<u>Whether she likes me</u> does not matter to me.（她是否喜歡我對我來說並不重要。）】、受詞位置、補語位置。if 名詞子句只能放在受詞位置：【I am wondering <u>if he is safe</u>.（不知道他是否安全。）】和補語位置：【My question is <u>if we should begin now</u>.（我的問題是我們是否應該現在開始。）】

whether 和 if 也可以形成副詞子句，不過這種情況所表示的意思就不同了。當 if 的意義是「如果」時：【<u>If you pay more</u>, I will finish it before the deadline.（如果你付更多的錢，我會在截止日期前完成。）】，表示「條件」。當 whether 的意義是「不管、不論」時：【I will stick to my way, <u>whether you like it or not</u>.（不管你喜不喜歡，我都會堅持用我的方式。）】，表示「無論～與否」，要特別留意這樣的用法。

that

從屬連接詞

名詞

主詞
That he has left behind you is true.

他留下你離開是真的。

受詞
I think **that your idea is great**.

我認為你的想法很棒。

補語
The important thing is **that you are happy now**.

重要的是你現在很開心。

副詞

「so that 子句」為了～、以便～
I woke up early **so that I could get to the school on time**.

我起得早，以便能準時到學校。

「so ＋形容詞／副詞＋ that 子句」如此～以致於～
He is **so smart that he can solve a puzzle on the first try**.

他很聰明，第一次嘗試就把謎題解開。

關係代名詞

形容詞
I bought a new bag **that was made in Italy**.

我買了一個義大利製的新背包。

主詞

The company announced the plan **that it will launch a new brand**.
公司宣布了將推出新品牌的計畫。

Your dream is bigger than **that** of ours.
你的夢想比我們的偉大。

形容詞

Is **that** book on the table yours?
桌上的那本書是你的嗎？

副詞

The station is not **that** far.
車站沒有那麼遠。

倘若有時你覺得有人不喜歡你，實際上你是在編造他人的感受。在你確定這是事實之前，仔細想想是否還有什麼其他的事情讓你這麼想。也許你的朋友不喜歡你做的事，但（她）仍然喜歡你。想知道能否得知更多情況，就和她聊一聊吧。

❶ 倘若有時你覺得有人不喜歡你，實際上你是在編造他人的感受。

提示 when 副詞子句，how 名詞子句

❷ 在你確定這是事實之前，仔細想想是否還有什麼其他的事情讓你這麼想。

提示 祈使句，whether 名詞子句

❸ 也許你的朋友不喜歡你做的事，但（她）仍然喜歡你。

提示 what 名詞子句

❹ 想知道能否得知更多情況，就和她聊一聊吧。

提示 祈使句，if 名詞子句

字詞建議

dislike 不喜歡、討厭 / actually 實際上 / make up 編造 / decide 決定 / consider 認真考慮 / else 別的、其他的 / go on 發生［進行］/ see 了解 / learn 得知

看到第 1 句裡的「倘若～」，很容易馬上想到 if，不過這裡更適合用 when，因為可以同時表現出意念出現的「時候」和意念出現的「狀況」，也就是「條件」。受詞「他人的感受」可以用疑問詞 how 引導的名詞子句表示，寫成由「疑問詞＋主詞＋動詞」組成的 how the other person feels 即可。

「仔細想想是否還有什麼其他的事情」的受詞要用意指「是否」的「whether ＋主詞＋動詞」名詞子句表示。「還有什麼其他的事情」可以用意思為「別的、其他的」的 else，雖然 else 常用來當副詞，但接在以 -thing 結尾的代名詞後面進行修飾時，則扮演形容詞的角色。「是否還有什麼其他的事情」是指現在是否「發生」其他事情，也就是問是否有什麼事情正在發生或進行，因此可以用 go on，寫成 whether something else is going on 即可。

最後一句可以把 if 名詞子句當受詞。「知道能否得知更多情況」可以用「see if ＋主詞＋動詞」的句型表示。這裡的 see 不是指「用眼睛看」，而是「了解、明白」，這是母語者常用的句型之一。表示「目的」的「為了～、想要～」可以使用 to 不定詞。

Sometimes when you **think** someone dislikes you, you are actually making up how the other person feels. Before you **decide** this is true, consider whether something else is going on. Maybe your friend dislikes what you did, but she still likes you. Talk to her to see if you can **learn** more.²²

✦ 核心動詞字義用法解說

think 的核心概念是「意見」和「想法」。

表示有意見或有想法時，可用句型 1，例如 He is thinking for a moment.（他正在沉思中。）或句型 3，例如 I don't think that my sister will pass the job interview.（我不認為我妹妹會通過工作面試。）

當作「視為（認為）」的意思時，可用於以 to 不定詞當做受詞補語的句型 5，此時主要用被動語態表示，例如 He was thought to have left Seoul yesterday.（大家以為他昨天已經離開首爾了。）和介系詞 of 一起使用時，可用於句型 1，例如 People used to think of a watch as a luxury.（人們過去常把手錶當做奢侈品。）

此外，也可用來表示計畫、考慮，例如 I am thinking about moving to a new place.（我在考慮搬去新地方。）或為了解決問題、了解狀況而思考，例如 You should think first before acting.（你應該三思而後行。）

decide 的核心概念是「決定」。

「決定」分成三種意思。首先，表示從多個可能性中選出一個時，可用句型 1 造句，例如 We have to decide by the weekend.（我們必須在周末之前做出決定。），或用句型 3 造句，

例如 I have not decided where to hang the paintings. （我還沒決定把這些畫掛在哪裡。）

再者，根據證據和情況做出結論時，如 I decided that my parents were right. （我得出的結論是我的父母是正確的。）也可表示決定某種狀況的結果，例如 The weather will decide the outcome of this game. （天氣將決定這場比賽的結果。）

learn 的核心概念是「學習」和「明白」。

主要用於學習某主題或科目時、開始了解過去不知道的事實、體會某事實時，意思是學習，例如用於句型 1 的 He has learned about the history of Korea. （他學習了韓國的歷史。）以及句型 3 的 It is not easy to learn how to read at that early age. （在這麼小的年紀學習閱讀並不容易。）

表示得知過去不知道的事實時，可用句型 1 造句，例如 I was disappointed to learn of my failure. （在知道我失敗後，我很失望。）或用句型 3 造句，例如 She later learned that he had sent a love letter to her. （她後來得知他寄了一封情書給她。）用來表示「醒悟」時，可用於句型 3，例如 You have to learn that you can't do whatever you want. （你必須明白你不能為所欲為。）

有些人追蹤，又可說是一路追隨著像龍捲風一樣巨大的大風暴。這些人通常被稱為「風暴追逐者（追風者）」。他們的目標是盡可能接近風暴，以便觀察和記錄它們。他們必須善於使用相機和電腦。最後，他們抵達龍捲風可能會襲擊的地方。他們安裝好自己的設備。他們也會望向天空，看看是否會形成龍捲風。

1 有些人追蹤，又可說是一路追隨著像龍捲風一樣巨大的大風暴。

提示 連接詞 or，such as

2 這些人通常被稱為「風暴追逐者（追風者）」。

提示 被動式

3 他們的目標是盡可能接近風暴，以便觀察和記錄它們。

提示 to 不定詞的名詞用法，as ＋原級＋ as，so that

4 他們必須善於使用相機和電腦。

提示 have to，動名詞

5 最後，他們抵達龍捲風可能會襲擊的地方。

提示 關係副詞 where

6 他們安裝好自己的設備。他們也會望向天空，看看是否會形成龍捲風。

提示 if 名詞子句，未來式

字詞建議

track 追蹤 / **storm** 暴風雨、風暴 / **tornado** 龍捲風 / **chaser** 追逐者 / **get to** 抵達 / **observe** 觀察 / **record** 記錄 / **be good at** 善於 / **strike** （災難等突然）發生 [襲擊] / **set up** 安裝 / **equipment** 設備 / **form** 形成

第 1 句裡的「又可說是」應該如何用英文表示呢？大部分會想到 in other words，但是 in other words 是為了更具體說明前面句子而附加描述時使用。這裡與其說是具體說明前面的話，不如說是為了用不同的語詞但同義的「追隨」來追加表達「追蹤」的意涵，因此更適合用連結同位語的連接詞 or。在表示「像～一樣」的 such as 後面要接名詞，可以寫成 Some people track, or follow, big storms such as tornadoes.。

第 2 句裡「風暴追逐者」有用單引號加以強調。像這種強調特定名稱的時候，有別於我們使用標點符號的方式，英語圈國家會以斜體字標記。記住這個用法，對寫作很有幫助。

「以便觀察和記錄」是表示「目的」，這時主要用 to 不定詞寫成 to observe and record them，不過「so that ＋主詞＋ can[may/could]」的句型也常用來表達「目的」的意思，可以根據主詞的比重，在兩者中選擇適當的表達方式即可。這裡的重點放在主詞完成某件事的可能性，因此可以寫成 so that they can observe and record them，以強調 they。

最後一句再次出現「see if ＋主詞＋動詞」結構的 if 子句。「看看是否會形成龍捲風」是「目的」，因此可以寫成 They also look at the sky to see if a tornado will form. 即可。

Some people track, or follow, big storms such as tornadoes. These people are often called storm chasers. Their goal is to get as close as they can to storms so that they can **observe** and record them. They have to be good at using cameras and computers. Finally, they get to a place where a tornado might **strike**. They set up their equipment. They also look at the sky to see if a tornado will **form**.[23]

✦ 核心動詞字義用法解説

observe 的核心概念是「觀察」和「遵守」。

可表示為了了解而認真察看,意指「觀察」,例如 They were observing what was happening on the street.(他們正留意觀察著街上發生的事情。)或表示注意觀察後,察覺到什麼,例如 She observed a look of worry in Annie's face.(她注意到安妮的臉上流露出不安。)也可表示仔細觀察後説出自己的見解,例如 He once observed that Jack lives in hell.(有一次,他觀察後下了傑克過著地獄般生活的結論。)

表示遵照或遵守規定的「遵守」時,例如 People in this town still observe their traditional practice.(這個鎮上的人們依舊遵守著傳統習俗。)除了規定或法規之外,也可表示遵守風俗或原則,例如 Participants must observe the rules of the race.(參加者必須遵守比賽規則。)

strike 的核心概念是「罷工」和「打擊」。

表示罷工時,可用句型 1 造句,例如 The workers have decided to strike because their demands were not met.(工人們決定罷工,因為他們的要求沒有被接受。)

也有因疾病或災難而遭受負面影響的意思,意為「打擊」,例如 If disaster strikes, it will

help you take care of your family.（災難發生時，它會幫助你照顧你的家人。）或是 The disease has struck the whole country.（這種疾病襲擊了全國。）

表示以暴力或蠻力帶給他人打擊時，可用於句型 1，例如 The report warned that the troops could strike again.（那份報告警告說軍隊可能會再次發動攻擊。）或用於句型 3，例如 My car ran out of control and struck the rear wall.（我的車子失控撞到後牆。）

除了負面的打擊之外，還有像當頭棒喝一樣「突然想起」的意思，例如 Does it strike you as odd that he has not showed up all day?（他一整天都沒出現，你不覺得有點奇怪嗎？）

form 的核心概念是「形成」，有創造出原本沒有的東西以及形成特定型態等兩種意思。

意指創造出原本沒有的東西時，例句為 An idea began to form in my head.（有個想法開始浮現在我腦海中。）意指形成特定型態時，可用句型 1 造句，例如 His students formed into lines against the wall.（他的學生靠著牆排成一排。）或用句型 3 造句，例如 My mother has formed the dough into small pieces.（我母親把麵團分成小塊。）

沒有足夠的氧氣，登山者的身體會惡化。任何人在如此高的地方停留過久都會死。Hillary 和 Tenzing 知道珠穆朗瑪峰 (Everest) 有多危險，但兩人都堅信自己能夠成功登頂。現在那一刻已經來臨。山頂就隱藏在雲中某處，為了抵達那裡，Hillary 和 Tenzing 即將冒一切風險。

❶ 沒有足夠的氧氣，登山者的身體會惡化。

提示 介系詞 without

❷ 任何人在如此高的地方停留過久都會死。

提示 關係代名詞 who，副詞 that，未來式

❸ Hillary 和 Tenzing 知道珠穆朗瑪峰 (Everest) 有多危險。

提示 how 名詞子句

❹ 但兩人都堅信自己能夠成功登頂。

提示 被動式，that 名詞子句

❺ 現在那一刻已經來臨。

提示 現在完成式

❻ 山頂就隱藏在雲中某處。

提示 介系詞 in

❼ 為了抵達那裡，Hillary 和 Tenzing 即將冒一切風險。

提示 to 不定詞的副詞用法

字詞建議

oxygen 氧氣 / break down 惡化 / convince 說服、使信服 / make it to 抵達 / summit 峰頂 / mountaintop 山頂 / hide 把～藏起來 [隱藏] / be about to 正要、即將 / risk 擔～的風險

第 2 句「在如此高的地方停留過久」修飾「任何人」，因此可以使用主格關係代名詞，形成 Anyone who stays that high too long will die 的修飾句型來表現主詞。這裡的 that 是表示「那麼、那樣」的副詞，修飾 long。這裡的 high 和 long 不是形容詞，是修飾動詞 stay 的副詞。

「但兩人都堅信自己能夠成功登頂」的受詞「自己能夠成功登頂」可以用 that 名詞子句描述，主詞「兩人」則簡單地用代名詞 both 表示。動詞使用「make it to ＋地點／聚會」表示「（克服萬難地）抵達～」。convince 作為動詞如何？本來「convince ＋受詞＋ of」的句型是「說服～（受詞）」的意思，當及物動詞用，不過也可以去掉 of，以 that 子句表示。這裡把受詞放到主詞位置，以被動式寫成 But both are convinced (that) they can make it to the summit. 即可，that 可省略。

最後一句裡的「即將冒一切風險」看起來似乎不好表達，但其實比想像中容易解決，因為動詞 risk 正好符合這個意思。risk 的意思是「冒險做～、擔～的風險」，受詞可用 everything，「即將～」也可用「be about ＋ to 不定詞」表示即將或將要發生的事，輕輕鬆鬆就搞定這個句子。

Without enough oxygen, a climber's body breaks down. Anyone who stays that high too long will die. Hillary and Tenzing **know** how dangerous Everest is. But both are **convinced** they can make it to the summit. Now the moment has come. The mountaintop hides somewhere in the clouds. To reach it, Hillary and Tenzing are about to **risk** everything.[24]

✦ 核心動詞字義用法解說

know 的核心概念是「知道」。

主要是了解與「資訊、確信、經驗」有關的知識。表示透過資訊而知道時，可用於句型 1 的句子，例如 What is her name? — I don't know.（她叫什麼名字？—我不知道。）或用於句型 3 的句子，例如 He doesn't know the name of every member in the council.（他不知道委員會裡每個成員的名字。）

也可用來表示確知、確信，例如 Do you think this drawer fits in here?—I don't know. Let's measure its length.（你覺得這個抽屜放得進去嗎？—我不知道，我們來量一下它的長度。）表示根據經驗而知道時，可用於句型 1，例如 They do not know about computers at all.（他們對電腦一無所知。）或句型 3，例如 I've know her since she was five.（從她五歲起我就認識她了。）

convince 的核心概念是「使確信」和「説服」。

convince A of B 表示「使 A 相信 B」，例如 He had to convince me of his innocence.（他必須説服我他是無辜的。）表示「某人確信～」時，要用被動語態 A is convinced of B，例如 I am convinced of his innocence.（我相信他是清白的。）此時，B 如果是子句，可以去掉

介系詞 of，例如 He tried to convince international organizations that he needs help.（他試圖說服國際組織他需要幫助。）

表示「說服」時，受詞補語用 to 不定詞，形成句型 5 的句子，例如 My mother convinced me to change my major.（我母親說服我更改我的主修。）

risk 的核心概念是「危險」。

danger 是指造成身體傷害的危險，risk 是指發生壞事等危險。可當作名詞使用，例如 The risk that we might lose the game helped us work harder.（我們可能會輸掉比賽的危險幫助我們更努力。）

也可當作動詞使用，表示「擔～的風險」和「使遭受危險」兩種意思。當「冒風險」的意思使用時，受詞位置主要放動名詞，例如 He had a good enough reason to risk losing his house.（他有充分的理由冒失去自己房子的風險。）表示「使遭受危險」時，受詞位置主要放名詞，例如 People are willing to risk their own lives to keep the independence of their country.（人們願意冒著生命危險來維護國家獨立。）

疑問詞子句當名詞

疑問詞 what、which、who、when、where、why、how 都可以形成名詞子句。疑問詞引導名詞子句的情況，稱為「疑問詞子句」，也稱為「間接問句」。形成疑問句時，通常會發生主詞和動詞交換，倒裝成「動詞＋主詞～？」的語順，但是在疑問詞子句不會發生倒裝的情況。

舉例來説，疑問句 What is your name?（你叫什麼名字？）是由陳述句 Your name is what（你的名字是什麼）倒裝而成，隨著疑問詞 what 挪到句子前面，主詞和動詞的位置也跟著改變。不是 be 動詞的情況，在使用一般動詞時，則是加入助動詞 do [does/did]，形成 What do you like?（你喜歡什麼？）語順也變得不一樣。但是如果是疑問詞作為引導名詞子句的連接詞，就不會發生倒裝，如同 I don't know what your name is.（我不知道你叫什麼名字。）一樣，以陳述句的語順表示。

但是，像 what is going on（發生什麼事）的慣用語，疑問詞本來就當主詞用，放在句首時，即使變成疑問句或疑問詞子句，也不會發生倒裝，如同 What is going on?（發生什麼事？）或 I don't know what is going on.（我不知道發生什麼事。）一樣，語順維持不變。

此外，還有一點需要留意，也就是疑問詞身兼多種詞類角色。what/which 也作代名詞和限定詞一種放在名詞前面，限定 [修飾] 名詞意義的詞類，who 也作代名詞，when/where/why/how 也作副詞使用，因此形成的句型各不相同。比如說，當 what 作為修飾名詞的限定詞時，句型安排必須修飾後面的名詞，例如 What story do you like?（你喜歡什麼故事？）

作為副詞的 when/where/why/how，用法又是如何呢？舉例來說，you put it where（你放在哪裡）的 where 是修飾 put 的副詞。此句子改成疑問句時會發生倒裝，語順變成 Where did you put it?，若以名詞子句出現，主詞和動詞的語順則不變，例如 I know where you put it.

how 在修飾形容詞時，一定和形容詞一起移動。例如疑問句 How old is he? 和名詞子句 I know how old he is. 句中的疑問詞 how 和形容詞一起移動到句子前面。How many books do you read a month?（你一個月讀幾本書？）句中接受形容詞 many 修飾的名詞 books 也一起移動位置。

what

代名詞

補語
Your name is **what**

疑問句　**What** is your name?

名詞子句　I know **what** your name is.

受詞
He likes **what**

疑問句　**What** does he like?

名詞子句　I know **what** he likes.

主詞
What is going on

疑問句　**What** is going on?

名詞子句　I know **what** is going on.

限定詞

修飾語
You like **what** story

疑問句　**What** story do you like?

名詞子句　I know **what** story you like.

where

副詞

修飾語（修飾名詞以外的詞類）
You put it **where**

疑問句　**Where** did you put it?

名詞子句　I know **where** you put it.

who

代名詞

補語
He is **who**
疑問句　**Who** is he?
名詞子句　know **who** he is.

受詞
She loves **whom**
疑問句　**Who(m)** does she love?
名詞子句　I know **who(m)** she loves.

主詞
Who is running
疑問句　**Who** is running?
名詞子句　I know **who** is running.

how

副詞

修飾語（修飾形容詞）
He is **how** old
疑問句　**How** old is he?
名詞子句　I know **how** old he is.

修飾語（修飾名詞以外的詞類）
He got here **how**
疑問句　**How** did he get here?
名詞子句　I know **how** he got here.

數百顆人造衛星在太空中圍繞著地球轉動。它們由火箭發射到太空，可能在那裡停留十年或更久。氣象衛星幫助氣象預報員告訴我們天氣將如何。這些衛星可以看到雲在哪裡形成，朝哪個方向移動。它們觀察風和雨，並測量大氣和地面有多熱。

1 數百顆人造衛星在太空中圍繞著地球轉動。

提示 數量 / 單位＋ of

2 它們由火箭發射到太空，可能在那裡停留十年或更久。

提示 被動式，介系詞 for/into，助動詞 may

3 氣象衛星幫助氣象預報員告訴我們天氣將如何。

提示 句型 5 動詞 help，what 名詞子句，未來式

4 這些衛星可以看到雲在哪裡形成，朝哪個方向移動。

提示 where 名詞子句，疑問形容詞 which，現在進行式

5 它們觀察風和雨，並測量大氣和地面有多熱。

提示 對等連接詞 and，疑問副詞 how ＋形容詞

字詞建議

satellite 衛星 / circle 繞～轉圈 / launch 發射、使升空 / forecaster 氣象預報員 / tell 告訴 / measure 偵測

看到「圍繞著～轉動」，可能想到 turn、spin 等單字，不過當內容指的是「反覆環繞～周圍」時，要使用 circle。spin 主要是指某物體快速旋轉，turn 是轉換方向。這裡的意思是人工衛星為了觀察地球表面而持續環行在軌道上，因此可以用句型 3 寫成 Hundreds of satellites circle the Earth in space.

「把 B 告知 A」的說法通常會想起 inform A of[about] B 等用語，不過母語者會簡單地使用「tell + A（間接受詞）+ B（直接受詞）」的結構，形成句型 4 的句子。inform 語意上具有正式通知訊息的感覺，而 tell 是一般性地「給某人資訊」，常用於更多樣化的文意中。這裡可使用句型 5 動詞 help，形成 help the forecasters tell us ～。直接受詞「天氣將如何」可用疑問詞 what，以 what the weather will be like 表示即可。

在接下來的句子裡，受詞位置上也出現由疑問詞引導的名詞子句。「雲在哪裡形成」可用「疑問詞＋主詞＋動詞」型態的語順表示為 where the clouds are forming。「（雲）朝哪個方向移動」則是「疑問形容詞＋名詞＋主詞＋動詞」型態的 which way they are going。

「大氣和地面有多熱」可用「疑問形容詞＋名詞＋主詞＋動詞」型態的 how hot the air and the ground are，以語順改變的名詞子句表示。

Hundreds of satellites circle the Earth in space. They are **launched** into space by rockets and may stay there for ten years or more. Weather satellites help the forecasters tell us what the weather will be like. These satellites can see where the clouds are forming and which way they are going. They **watch** the winds and rain and **measure** how hot the air and the ground are.[25]

✦ 核心動詞字義用法解說

launch 的核心概念是「盛大開始」。

可表示新造的船首次下水,例如 The ships are to be launched next month.(船將於下個月下水(首次出航)。)或表示發射導彈或火箭,例如 The instruction explains how to launch a rocket.(說明書上有發射火箭方法的說明。)

也用來表示開始推動新專案或宣傳活動等,例如 This company is going to launch a new advertising campaign for new products.(這家公司將為新產品發起一場新的廣告宣傳活動。)或表示新產品上市,例如 The new clothing line will be launched soon.(新服裝系列即將推出。)

watch 的核心概念是「留意觀看」。

有別於有意地注視的 look,和透過視覺看見對象的 see,watch 因為以什麼目的觀看對象而分成三種含意。

第一種是表示留意觀看移動的動作,例如用於句型 1 的 Jack watched helplessly as I was leaving him behind.(傑克無助地看著我離開他。)用於句型 3 的 He has been watching TV all day.(他一整天都在看電視。)以及用於句型 5 的 He watched her walking along the road.（他看著她沿著街道走。）第二種是看顧著特定對象是否安全，例如 He watched my kids while I went to the toilet.（當我上廁所時，他幫我看著小孩。）最後一種是表示留神注意某種行為，例如用於句型 3 的 Please watch your words.（請注意你的言辭。）

measure 的核心概念是「測量」。

可用於表示測量物理上的高度、深度、寬度等，例如 This machine measures the height of this room.（這台機器測量這個房間的高度。）也可表示估量價值、效果、重要性等，例如 It is impossible to measure the damage done to our company.（對我們公司所造成的損失是無法衡量的。）

有別於上述有受詞的例句，measure 也可用來表示「是～尺寸／長度／數量等」，或加入 diagonally（對角線地）等副詞表示測量數值的方式，例如 The screen of this TV measures 55 inches diagonally.（這台電視畫面對角線尺寸是 55 吋。）

現在的時間取決於你人在哪裡！在完全相同的時刻，世界各地的時鐘會顯示完全不同的時間。每個國家都設定了自己的時間，好讓太陽在天空最高處時是正午。這麼一來，大家都在天漸亮時起床，天黑時就寢。當你在太空時，一定很難辨別時間，因為看時鐘不管用，而且你也無法利用月亮、地球、太陽。

❶ 現在的時間取決於你人在哪裡！

提示 疑問詞引導的名詞子句

❷ 在完全相同的時刻，世界各地的時鐘會顯示完全不同的時間。

提示 介系詞片語 at the same moment，助動詞 will

❸ 每個國家都設定了自己的時間，好讓太陽在天空最高處時是正午。

提示 「為了～、好讓～」so that 句型，從屬連接詞 when

❹ 這麼一來，大家都在天漸亮時起床，天黑時就寢。

提示 副詞 that way，從屬連接詞 when，句型 2 動詞 grow

❺ 當你在太空時，一定很難辨別時間，因為看時鐘不管用，而且你也無法利用月亮、地球、太陽。

提示 虛主詞 it，助動詞 must，從屬連接詞 when

字詞建議

depend on 取決於 / **set** 設定、調定 / **midday** 正午 / **tell** 辨別 / **space** 太空

第 1 句的主詞和受詞都需要由疑問詞引導的名詞子句。「幾點鐘」是 "What time it is",「你在哪裡」是 "where you are",整句以 What time it is depends on where you are. 表示。

第 2 句的「完全相同的時刻」可以用片語表示為 exactly the same moment。看到「在～時刻」,大多數人傾向用 when 表達,但相反地,母語者更喜歡用 at 或 in 等表示時間的介系詞。在描述「世界各地的時鐘會顯示完全不同的時間」時,建議使用助動詞 will。Will 不僅表示未來,也表示原則性的一般事實。

第 4 句「天漸亮」是表示程度、水準、數量的逐漸增加,理當可導入句型 2 的動詞 grow,寫成 "it is growing light",輕鬆解決這個句子。「就寢」有 "fall asleep"、"get to sleep"、"go to sleep" 等多種表達方式。Fall asleep 是在不知不覺中入睡,get to sleep 是嘗試進入睡眠狀態。Go to sleep 是客觀表達「入睡」的動作,符合這裡的前後文脈絡。

表達最後一句「一定很難辨別時間」時,可利用虛主詞,寫成 It must be hard to tell the time。這裡 tell 的意思不是「告訴」,而是「辨別」。「當你在太空時」也可使用同時表達條件和時間的從屬連接詞 when,寫成 when you are in space。

What time it is **depends** on where you are! At exactly the same moment, clocks around the world will **tell** completely different times. Every country sets its own time so that it is midday when the Sun is highest in the sky. That way everyone gets up when it is growing light, and goes to sleep when it is dark. It must be hard to tell the time when you are in space—a clock won't **work**, and you can't use the Moon, Earth or Sun![26]

✦ 核心動詞字義用法解說

depend 的核心概念是「依靠」。

可表示依賴某對象的支援或幫助，例如 Newborn babies have to depend on their parents. （新生兒必須依靠他們的父母。）或表示可以信任、依靠，例如 Are you sure that we can depend on his word? （你確定我們可以相信他的話嗎？）

依賴的意思擴大後，衍生出「取決於～」的意思，可用於提出決定性的條件時。例如 Whether you get promoted or not depends on your performance. （你能否升遷取決於你的表現。）也可用於尚未做出決定或還在討論中的情況，例如 He may join us or he may not—it depends. （他可能加入我們，也可能不加入，視情況而定。）

也有物理上懸、掛在某地方的意思，例如 The chandelier depending from the ceiling was made in the early 1900s. （懸掛在天花板的水晶吊燈製作於 20 世紀初。）

tell 的核心概念是「告訴、辨別、顯露」。

當作「告訴」時，可用於句型 1、3、4、5。Tell 通常表示告知或指示新事實。例如 Can you tell about your experience of working abroad? （你能說說關於在海外工作的經驗嗎？）受詞位置可以是人，例如 He told me about his long journey. （他告訴我有關他漫長旅程的事。）或是事物，例如 I don't think he stops telling lies. （我不認為他會停止說謊。）可用

於句型 4，例如 They told me how to get to the station.（他們告訴我怎麼去車站。）也可用於句型 5，例如 She told me to move on.（她叫我繼續進行。）

當作「辨別」時，可用於句型 3，例如 I found it difficult to tell the difference between the two.（我發現要區分這兩者的差異很難。）當作「顯露」時，可用於句型 1，例如 My mother has been under a lot of stress—I think it will soon tell.（媽媽最近壓力很大，我想很快就會出現跡象。）

work 的核心概念是「工作」。

主詞主要是人、機器、想法或方法。表示人為了賺錢而從事的工作時，可用句型 1 造句，例如 He has worked as a nurse in this hospital.（他在這家醫院當護理師。）或用句型 3 造句，例如 My boss is working me too hard.（我的老闆讓我太辛苦了。）

表示為了達成特定目的而付出努力時，可用於句型 1 的句子，例如 We have been working on a design for this building.（我們一直在為這棟大樓進行設計。）或用於句型 3，例如 I don't know how he worked it, but he made it.（我不知道他怎麼做的，但是他辦到了。）

機械在工作時我們稱為「運轉、運作」，work 也有這一層面的意思，例如用於句型 1 的 My phone is not working now.（我的電話現在壞了。）或句型 3 的 He told me how to work a machine this size.（他告訴我如何操作這麼大台的機器。）此外，也可表示計畫或方法順利進行，例如 His idea for a new system never works in practice.（他對於新系統的構想實際上從未行得通。）

她不明白為什麼女人必須僅僅為了一枚結婚戒指而放棄工作。Amelia 想要一份事業,她只是無法決定她想要什麼事業。在哥倫比亞 (Columbia) 一段時間之後,Amelia 又退學了。她去了洛杉磯 (Los Angeles)。Amelia 的家人希望她能趕快安頓下來。

❶ 她不明白為什麼女人必須僅僅為了一枚結婚戒指而放棄工作。

提示 why 名詞子句

❷ Amelia 想要一份事業,她只是無法決定她想要什麼事業。

提示 破折號(—),疑問形容詞 what

❸ 在哥倫比亞 (Columbia) 一段時間之後,Amelia 又退學了。

提示 形容詞 some

❹ 她去了洛杉磯 (Los Angeles)。Amelia 的家人希望她能趕快安頓下來。

提示 句型 3 動詞 hope,that 名詞子句,過去進行式,助動詞 would

字詞建議

give up 放棄 / **career**（終生的）職業、事業 / **settle down** 安頓下來 / **soon** 不久、很快

第 1 句的受詞「為什麼女人必須～放棄工作」可以用語順為「疑問副詞 (why) ＋主詞＋動詞」的名詞子句表示為 why a woman had to give up work。「僅僅為了一枚結婚戒指」中的「僅僅」可以用表示「僅僅、只是、只不過」的副詞 just，寫成 just because of a wedding ring。

第 2 句建議使用破折號，可凸顯「只是」的語意，集中讀者的注意力。比起為了生計的工作，更希望是能作為一輩子經歷的職業，因此在 Amelia wanted a career 後面可以立刻用破折號進行連接，強調接續的內容。受詞「她想要什麼事業」可以用 what career 引導的名詞子句表示，寫成 Amelia wanted a career—she just couldn't decide what career she wanted. 即可。

是否苦惱著應該如何表達最後一句裡的「希望」呢？一般認為只有物理性的動作才能用現在進行式表示，不過那倒不一定。當某種狀態持續一段期間時，也可使用。這裡是表示家族對什麼抱持希望的狀態，因此可以寫成 Amelia's family was hoping。主要句子表達過去的事，作為受詞的從屬子句表達尚未發生的未來，因此可以用助動詞 will 的過去式 would 表示從過去的時間點看未來的事，寫成 Amelia would settle down soon 即可。

She could not **understand** why a woman had to give up work just because of a wedding ring. Amelia wanted a career—she just couldn't decide what career she wanted. After some time at Columbia, Amelia **quit** school again. She went to Los Angeles. Amelia's family was hoping that Amelia would **settle** down soon.[27]

✦ **核心動詞字義用法解說**

understand 的核心概念是「深入了解」，也就是「理解」。

理解的對象可以是各式各樣，例如意義、情況、人等。表示「理解意思」時，可用句型 1 造句，例如 My teacher tried to explain the main idea, but I still don't understand.（我的老師試著說明主旨，但是我還是不懂。）或用句型 3 造句，例如 Can you understand the words he is saying?（你懂他說的嗎？）

也可表示「理解狀況」，例如 He still doesn't fully understand what is going on around him.（他仍然不能完全理解自己周邊發生的事。）或表示「理解人的情感或行動」，例如用於句型 3 的 My mother couldn't understand me.（我媽媽不能理解我。）受詞位置是人。

quit 的核心概念是「停止」。

主要用於表示停止做之前做的事、辭職，或永久離開某地方。可表示停止做某事，例如 You had better quit teasing your friends.（你最好別再戲弄你的朋友。）此時受詞位置必須是動名詞。

表示離職時，可用於句型 1，例如 I am certain that he will quit if he doesn't get a promotion.（我敢肯定如果他沒有獲得升遷，他就會離職。）或用於句型 3，例如 They are wondering why she has quit her job.（他們想知道她為什麼辭職。）此外，也可表示永遠離開某地方，例如 He quit school and started his own business.（他退學並開始他自己的事業。）

settle 的核心概念是「穩定下來」。

可表示平息爭論或意見的「協議」或「決定」，例如用於句型 3 的 They haven't yet settled how to start their new project.（他們尚未協議好如何開始他們的新計劃。）或用於句型 1 的 We have decided to settle out of court.（我們決定庭外和解。）

也可用來表示人或事物在某場所或空間穩定下來、沈澱。例如表示本來在上方的東西漸漸下沉的 Dust has settled on all the surfaces of this empty room.（這個空房間的地板上都積滿了灰塵。）或表示人在漂泊一陣子後安定下來的「定居」，例如 He has settled in New York to continue his studies.（他定居在紐約繼續他的學業。）

可表示平息猛烈的氣氛等，使狀態安定、鎮定下來，例如 He always settles in front of the TV after dinner.（晚飯後，他總是舒服地坐在電視機前休息。）或與副詞 down 搭配使用，更強調語意，例如 He settled himself down with a glass of wine and fell asleep.（他喝一杯紅酒讓自己平靜下來後就睡著了。）

當作「支付」的意思時，是藉由清算債務或帳款等方式穩定交易關係，此時可用於句型 1，例如 Your payment is overdue. Make sure to settle immediately.（你應付的款項已經逾期，請立即付清。）或用於句型 3，例如 Please settle your bill right now.（現在請立即結帳。）

✦ Part 3

誰來當形容詞

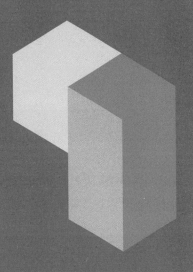

形容詞是修飾名詞的語詞。被修飾的名詞具有多樣
型態，同樣地，修飾名詞的形容詞也有多樣的型態。
像名詞一樣，形容詞在句子裡也以片語和子句的型
態出現。形容詞片語有不定詞片語、介系詞片語、
分詞片語，形容詞子句有關係代名詞子句和關係副
詞子句。形容詞型態的多樣性，使句子結構也變得
更複雜，意義上也因而產生些微的差異。形容詞雖
然屬於修飾語，但由於可使句子的意義更加具體，
因此其重要性並不亞於名詞或動詞。現在讓我們逐
一了解能夠讓名詞更加發光的各種形容詞吧。

形容詞（修飾名詞）

片語

to 不定詞片語

The next plane **to arrive at gate 5** is Flight 476 from Tokyo.

下一班抵達 5 號登機口的航班是來自東京的 476 次航班。

介系詞片語

限定

Look at the stars **in the sky**.

看看天上的星星。

敘述

Air is **on the move** all the time.

空氣一直在流動。

分詞片語

現在分詞

The guy **sitting on the bench** is my uncle.

坐在長椅上的男子是我叔叔。

過去分詞

The books **presented in newspapers** are popular with teens.

報紙上介紹的書籍很受青少年歡迎。

子句

關係代名詞子句

who
（人）

主格
The man **who paid the bill** is a millionaire.
結帳的人是個百萬富翁。

受格
Mike **who(m) we met at a conference** has won the prize.
我們在大會上遇到的麥克得獎了。

which
（事物）

主格
This is the article **which covers the accident**.
這是篇關於那場事故的報導。

受格
She likes the doll **which you made her**.
她喜歡你做的娃娃。

whose

所有
We must protect animals **whose homes have been destroyed**.
我們必須保護那些家園遭受破壞的動物。

if/whether 子句

when

時間
I remember the day **when he was born**.
我記得他出生的那一天。

why

理由
He did not tell me (the reason) **why he was late**.
他沒有告訴我他遲到的理由。

where

場所
That is the store **where I bought this jacket**.
那就是我買這件夾克的商店。

關係子句當形容詞

「關係詞」可以說是把子句變成形容詞的裝置。關係詞有 which、who、whom、whose、when、why、where，功能上分成關係代名詞和關係副詞。（除了 whom/whose 之外，可以用 that 代替。）然而，明明是形成「形容詞」的裝置，為什麼稱為關係「代名詞」和關係「副詞」呢？事實上這樣的稱呼不是源自於關係詞扮演的角色。我們看以下的例句與詳細說明。

主格關係代名詞

The man is a millionaire. **+ He** paid the bill.
他是個百萬富翁＋他結帳了

→ The man **who** paid the bill is a millionaire.
結帳的人是個百萬富翁。

要把使用關係詞的句子想成原本是由兩個句子組成的。上面例句中，前句裡的 The man 在後句變成代名詞 He，這兩個單字指稱的是共同的對象，因此 He 和被省略的連接詞（標示為＋）可以合在一起被關係詞 who 代替。由於 He 原本是在後句的主詞位置，因此把 who 稱為「主格」關係代名詞。主詞如果不是人，是事物時，則要使用 which，例如 This is the article which covers the accident.（這是篇關於那場事故的報導。）

This is a factor. **+** Scientists think that **it** is critical to the natural environment. 這是一個因素＋科學家們認為這對自然環境至關重要

→ This is a factor **which scientists think is critical to the natural environment**. 這是科學家們認為對自然環境至關重要的因素。

如同上面例句所示，當指稱被修飾對象 (a factor) 的代名詞是後句 that 子句的主詞 (it) 時，可在主格關係代名詞後面插入後句的主句 (scientists think)。這樣的情況下，也可破例省略主格關係代名詞，寫成 This is a factor scientists think is critical to the natural environment.

He was sick. **+ It** made it difficult for him to continue his work.
他生病了＋這使他很難繼續他的工作

→ He was sick, **which made it difficult for him to continue his work**.
他生病了，這使他很難繼續他的工作。

如同上面的情況，主格關係代名詞也可以代替前面整個句子。後句的 It 指稱的是前面整個句子 (He was sick.)。如果想要修飾前面整個句子，就要使用主格關係代名詞 which，但這時候一定要在 which 前面加上逗號。

關係詞在前後直接修飾特定對象時，稱為限定用法：【He has lost the hat which he likes the most.（他遺失了他最喜歡的那頂帽子。）】像補語一樣補充說明特定對象時，稱為非限定用法：【He has lost the hat, which he likes the most.（他遺失了帽子，那頂帽子是他最喜歡的。）】如上面例句修飾整個句子的情況，屬於非限定用法。

受格關係代名詞

Mike has won the prize. **+** We met **him** at a conference.
麥克得獎了＋我們在大會上遇到他

→ Mike, **who(m)** we met at a conference, has won the prize.
我們在大會上遇到的麥克得獎了。

如上方例句，當指稱人 (Mike) 的代名詞 (him) 出現在動詞 (meet) 的受詞位置時，要使用受格關係代名詞 who(m)，可用 who 替代。如果是事物，要用 which，例如 She likes the doll which you made her.（她喜歡你做的娃娃。）受格關係代名詞與主格不同的是可以省略。但是，如果句子裡使用了不需要受詞的句型 1 動詞，該怎麼辦呢？

John caught a cold. ╂ I talked **to him** yesterday.
約翰感冒了＋我昨天和他說過話

→ John, **to whom** I talked yesterday, caught a cold.
昨天和我說話的約翰感冒了。

如果像 talk 一樣是沒有受詞位置的句型 1 動詞，就需要介系詞。上句的情況是介系詞 (to) 出現在關係代名詞前面，此時不能用 who，一定要用 whom。雖然也可以把介系詞放在原位 (John, whom I talked to yesterday, caught a cold.)，但這並不是一般的用法。

關係副詞

That is the store. ╂ I bought this jacket **in it**.
那是那間商店＋我在那裡買這件夾克

→ That is the store **in which(=where)** I bought this jacket.
那就是我買這件夾克的商店。

後句指稱 the store 的是代名詞 it，這時可以用指稱事物的關係詞 which 連接，與表示場所時使用的介系詞 in 一起倒裝，改成引導子句的結構。in which 可以再換成字義中包含介系詞 in 的 where。後句的 in it 是修飾動詞 bought 的副詞片語，因此可以稱 where 為「關係副詞」。其他類似用法

還有 on which、at which、during which 等改以關係副詞 when 表示，for which 等改以關係副詞 why 表示。

所有格關係代名詞

> We must protect animals. **+ Their** homes have been destroyed.
>
> 我們必須保護動物＋它們的家園遭受破壞
>
> → We must protect animals **whose** homes have been destroyed.
>
> 我們必須保護那些家園遭受破壞的動物。

上方例句的前句裡，名詞 animals 的意義已部分包含在後句所有代名詞 their 當中，也就是說，這裡的 their 指稱的是 animals'。此時，省略的連接詞和所有代名詞可以合在一起以 whose 表示。whose 扮演的角色是修飾 homes 的形容詞，但我們不稱它為關係形容詞，而是稱為關係代名詞。所有格關係代名詞不分人或事物，都是以 whose 表示。

關係代名詞 what

> You can pass the thing. **+** You have **it (=the thing)**.
>
> 那是那間商店＋我在那裡買這件夾克
>
> → You can pass **what (=the thing which)** you have.
>
> 那就是我買這件夾克的商店。

有個特別的關係詞包含了先行詞，那就是表示「～的東西 [事物]」的 what。which 的先行詞都是一般事物名詞，what 是由 the thing 和 which[that] 合在一起的，可以構成名詞子句，因此使用 what 的子句也可放在主詞／受詞／補語位置。

直到大約 200 年前，發現巨大化石的人們還不知道它們是什麼，因為他們不知道恐龍曾經存在過。有些人認為這些大骨頭來自他們曾見過或讀過的大型動物，像是河馬或大象。但是他們從不知道某些與他們所知道的動物截然不同的生物曾在地球上存活過。

❶ 直到大約 200 年前，發現巨大化石的人們還不知道它們是什麼。

提示 介系詞 until，關係代名詞 who，what 名詞子句

❷ 因為他們不知道恐龍曾經存在過。

提示 because 子句（補語），過去完成式

❸ 有些人認為這些大骨頭來自他們曾見過或讀過的大型動物，像是河馬或大象。

提示 連接詞 that 省略，受格關係代名詞 that，過去完成式，such as

❹ 但是他們從不知道某些與他們所知道的動物截然不同的生物曾在地球上存活過。

提示 連接詞 that，受格關係代名詞 that 省略，過去完成式

字詞建議

huge 巨大的 / ever 曾經 / exist 存在 / bone 骨頭 / read about 讀到關於～ / hippo 河馬 / creature 生物 / different from 與～不同的 / be aware of 意識到～ / once 曾經、一度

由於「發現巨大化石的」修飾「人們」，因此這裡需要主格關係代名詞 who 引導的形容詞子句，寫成 people who found huge fossils 即可。受詞「它們是什麼」可以用疑問詞 what 引導的名詞子句表示成 did not know what they were。

由「因為」開始的句子該怎麼寫呢？大多數人會想到 because，但 because 本身是引導副詞子句的從屬連接詞，無法形成獨立的句子。這時，前面可以用「主詞＋動詞」型態的子句，形成 That is because ～ 的副詞子句補語。「存在」的時間點比「知道」早，因此時態要用過去完成式。作為受詞的名詞子句 that dinosaurs had ever existed 的連接詞 that 可以省略。

「有些人」可以用代名詞 some 表示。一般認為 some/any/each/every/many 等只當形容詞，但事實上也經常被當作代名詞。「他們曾見過或讀過的大型動物」可以用受格關係代名詞修飾先行詞，寫成 large animals that they had seen or read about。他們曾見過或讀過的時間點比「認為～來自…」的時間點更早，所以這裡的時態也適合用過去完成式。

「他們所知道的動物」也一樣用受格關係代名詞表達成 the animals (that) they were aware of 即可。因為是受格，關係代名詞可以省略。在表達「知道的」的狀態時，形容詞 aware 比動詞 know 更合適。「截然不同的生物」的「截然」強調「不同」，可以用 very different creatures 的修飾結構表示。

Until about two hundred years ago, people who **found** huge fossils did not know what they were. That's because they didn't know dinosaurs had ever existed. Some thought the big bones came from large animals that they had seen or **read** about, such as hippos or elephants. But they never knew that very different creatures from the animals they were aware of had once **lived** on earth.[28]

✦ 核心動詞字義用法解說

find 的核心概念是「發現」。

表示偶然發現什麼或發掘到什麼的意思時,可用於句型 3,例如 I found my lost book in the closet.(我在壁櫥裡找到我遺失的書。)或用於句型 4,例如 They are having difficulty finding themselves a place to live.(他們在找房子上遇到困難。)也可以用於句型 5,例如 His dog was found alive under the collapsed house.(他的狗在倒塌的房子下被發現時還活著。)

也可表示「得知〜、發覺」,例如 We came home to find that someone had broken into the house.(我們回到家才發現有人闖進屋內。)或是 I found myself with no friends.(我發現自己沒有朋友。)

表示「某人發現什麼事實」時,可用於句型 5,例如 We found this tribe displaying a unique food culture.(我們發現這個部落展示著獨特的飲食文化。)此時,受詞補語位置可以是 to 不定詞,但如果是受詞補語修飾受詞的情況,受詞位置不能放片語,必須使用虛受詞 it,並把真受詞 to 不定詞片語放在句子後面,例如 We found it easy to solve this problem.(我發現解決這個問題很容易。)

read 的核心概念是「讀」。

「讀」分成兩種，一種是理解字的意思或印刷體的象徵，一種是大聲朗讀的行為。在表示閱讀理解能力時，例句如 I read about his turbulent life in this article.（我在這篇報導中讀到他跌宕起伏的人生。）或是 It was so dark that we couldn't read the map.（光線太暗了，我們看不清楚地圖。）也可表示被動意義讀起來，例如 This book reads well.（這本書讀起來引人入勝。）

表示發出聲音的閱讀行為時，可用於句型 1，例如 He read quickly and loudly.（他讀得又快又大聲。）或句型 3，例如 She stood by the table and read the letter aloud.（她站在桌子旁，大聲讀著那封信。）以及句型 4，例如 My mom used to read me a book until I fell asleep.（我媽媽以前總是讀書給我聽，直到我睡著為止。）。

也可用來表示「理解 [掌握] 狀況」，例如 You should read the situation correctly, or you will get in trouble.（你必須正確判斷情況，不然你會有麻煩的。）

live 的核心概念是「生活」。

可表示在特定場所生活，例如 He used to live in a shared house with five other men.（他以前住在一間與另外五位男子合租的房子裡。）也可表示以特定方式生活，例如用於句型 1 的 Soon I got used to living alone and enjoyed my independent life.（不久我就習慣獨自生活，享受我的獨立生活。）或用於句型 3 的 She always wanted to live her life to the full.（她一直想要過著非常充實的生活。）

也有維持生計的意思，例如 He lived off a fortune that his parents had inherited, so he did not need to work.（他靠父母留下的財產過活，所以他不必工作。）或表示生存、活著，例如 She told me that she only had a few months to live.（她告訴我她只能再活幾個月。）也可用來表示盡情享受幸福愉快的生活，例如 No one would want to be stuck in an office all the life—We have to live!（沒有人願意一輩子被困在辦公室裡。我們必須享受生活的樂趣！）

此外，不只用於人，也可表示某種記憶或事實一直存在著，例如 The memory of that moment has lived with me all my life.（那一刻的記憶一直伴隨著我一生。）

你不是唯一一個偶爾因為消極的想法而導致天空變得陰暗的人。藉由學習質疑那些想法，逐步解決問題，你可以驅散那烏雲。擔心你的外表對你沒有任何幫助。我們每個人都能發現有人在我們心目中比自己更美。但是外表的美麗並不代表一切。

❶ 你不是唯一一個偶爾因為消極的想法而導致天空變得陰暗的人。

提示 形容詞 only，所有格關係代名詞 whose，被動式

❷ 藉由學習質疑那些想法，逐步解決問題，你可以驅散那烏雲。

提示 介系詞 by，to 不定詞的名詞用法，對等連接詞 and

❸ 擔心你的外表對你沒有任何幫助。

提示 動名詞主詞

❹ 我們每個人都能發現有人在我們心目中比自己更美。

提示 everyone，插入主格關係代名詞子句

❺ 但是外表的美麗並不代表一切。

提示 否定副詞 not

字詞建議

darken 變暗、使鬱悶 / **negative** 消極的 / **clear away** 清除 / **question** 提出疑問 / **work things** 解決事情 / **through** 順利地、安然無恙地 / **look** 外觀 / **get nowhere** 使無進展、使無結果 / **physical** 身體上的

應該如何表達第 1 句中「你不是唯一一個」呢？寫出 You are not the only person 之後，再以關係子句修飾 the only person，就能更具體表達是「哪一種人」。關係子句的主詞是 skies，由於是「屬於」那個人的天空，要用所有格關係代名詞，寫成 the only person whose skies are sometimes darkened by negative thinking。

第 2 句「藉由學習質疑～」要用介系詞 by 表示方法或手段，以及 to 不定詞的名詞用法，寫成 by learning to question。接著，以 and 連接與 to question 對等，皆為 to 不定詞型態的 to work things through，此時，重複出現的 to 可以省略。

「沒有任何幫助」可以用「get ＋受詞＋ nowhere」表示，意思是不能幫助「受詞」邁向更好的狀態。

這句可以分成「我們每個人都能發現有人～」以及修飾「有人」的「在我們心目中比自己更美」，之後在主格關係代名詞後面插入子句（「在我們心目中比自己更美」）即可。首先形成各個句子，例如 Everyone of us can find someone. ＋ we think ＋ that he/she is more beautiful than we are，接著再以主格關係代名詞連接，形成 Everyone of us can find someone (who) we think is more beautiful than we are. 即大功告成。在這樣的情況下，who 雖然是主格關係代名詞，但是可以省略。

You are not the only person whose skies are sometimes **darkened** by negative thinking. You can **clear** away the black clouds by learning to question those thoughts and work things through. **Worrying** about your looks gets you nowhere. Everyone of us can find someone we think is more beautiful than we are. But physical beauty isn't everything.[29]

✦ 核心動詞字義用法解說

darken 的核心概念是「使變暗」。

是形容詞 dark 加上 -en 之後衍生出來的動詞。表示使變黑、使變暗的意思時,可用於句型 1,例如 The sky began to darken as black clouds approached.（當烏雲靠近時,天空開始變暗。）或用於句型 3,例如 He is pulling down the blinds to darken the room.（他正拉下百葉窗使房間變暗。）

也可用來表達心情或情緒變得鬱鬱寡歡,也就是「使陰沈、憂鬱」的意思。表示心理上的陰鬱時,可用於句型 1,例如 Her mood has darkened.（她的情緒變得很憂鬱。）或用於句型 3,例如 The misery has darkened the rest of my life.（這痛苦使我的餘生變得不幸。）

clear 的核心概念是「清除」。

主要是指清除妨礙前進或阻礙向前的障礙物。表示使物理對象變得乾淨時,可用句型 1 造句,例如 His nose cleared after he used this nasal spray.（在用了這種噴鼻劑之後,他的鼻子通了。）或用句型 3 造句,例如 It seems to take several days to clear all the snow.（清除所有的雪似乎要花幾天的時間。）

也可表示徹底清除,例如 He was cleared of all charges.（他洗脫了所有的嫌疑。）或表示

順利通過 [走過]，例如 Could you tell me how to clear customs?（你能告訴我如何通關嗎？）

由於只要清理乾淨，就能變明亮或變清晰，因此也用來表示變得清楚明亮，例如 My skin has cleared after having a healthier diet.（在吃得健康後，我的皮膚變得更好了。）或用來表示意識清楚，例如 Fresh air helps you clear your head.（新鮮的空氣幫助你的頭腦清醒。）

worry 的核心概念是「擔心」。

作為意指「擔心」的不及物動詞時，可用於句型 1，例如 Don't worry. Everything will be all right.（別擔心，一切都會沒事的。）或用於句型 3，例如 They worry that they might lose their opportunity.（他們擔心自己可能會失去機會。）

作為意指「使～擔心」的及物動詞時，可以在受詞位置放人，例如句型 3 的 He worried his parents by not responding to their call.（他不接父母的電話，讓他們很擔心。）

幾乎所有海岸都有潮汐的漲落，這影響著陸地被侵蝕的方式。潮汐改變了特定海岸區域在水面下或暴露在空氣中的時間量，因此也影響了海岸棲息地和野生動物。潮汐是因為拉力，也就是月亮和太陽的引力，以及地球每天的轉動而產生的。

❶ 幾乎所有海岸都有潮汐的漲落，這影響著陸地被侵蝕的方式。

提示 非限定用法的關係代名詞 which，關係副詞 how 省略，被動式

❷ 潮汐改變了特定海岸區域在水面下或暴露在空氣中的時間量，因此也影響了海岸棲息地和野生動物。

提示 關係副詞 that，連接詞 so

❸ 潮汐是因為拉力，也就是月亮和太陽的引力，以及地球每天的轉動而產生的。

提示 被動式，動詞 pull（現在分詞形容詞），引出同義詞的 or，對等連接詞 and，動名詞

字詞建議

tide 潮汐 / affect 影響 / wear away 磨損、侵蝕 / alter 改變 / amount 數量 / patch 小塊土地 / look 外觀 / underwater 在水面下的 / expose to 使暴露於 / coastal 海岸的 / habitat 棲息地 / cause 引起 / pull 拉 / gravity 引力、重力 / daily 每日發生的 / spin 快速旋轉

「幾乎所有海岸都有潮汐的漲落」這句話要翻譯成英文，沒有想像中那麼簡單。「海岸都有潮汐的漲落」的英語說法表達出「所屬、具有」的意義，所以要寫成 Almost all seashores have tides。「這影響著陸地被侵蝕的方式」是補充說明 tides 的句子，因此要用前面加逗號的主格關係代名詞非限定用法，表示為 ", which affect the way the land is worn away"。how 負責構成表示「做的方法〔方式〕」的修飾結構，不能和 the way 一起使用，通常是單獨使用 the way。

以關係子句連接修飾「時間量」的「海岸區域在水面下或暴露在空氣中的」和「潮汐改變了～時間量」，形成一個句子。兩句各翻成英語是 Tides alter the amount of time ＋ a particular patch of the shore is underwater or exposed to the air during the time。將其中重複出現的 time 改成關係詞後連接兩個句子，形成 Tides alter the amount of time that a particular patch of the shore is underwater or exposed to the air，句中表示時間的 during which 可以用 that 代替。

應該如何表示「拉力，也就是月亮和太陽的引力」中的「也就是」呢？前面已經探討過，想表達「拉力」換句話說就是「月亮和太陽的引力」時，可以使用引出同義詞的 or，寫成 the pulling power or gravity of the Moon and Sun 即可。「由（外部因素）引起」可以用被動式 be caused by 表示，be 的前面是結果，by 的後面是原因。

Almost all seashores have tides, which **affect** the way the land is **worn** away. Tides alter the amount of time that a particular patch of the shore is underwater or **exposed** to the air, so they also affect coastal habitats and wildlife. Tides are caused by the pulling power or gravity of the Moon and Sun, and the daily spinning of the Earth.[30]

✦ 核心動詞字義用法解說

affect 的核心概念是「影響」。

近義詞 influence 是指對行動和想法等逐漸產生影響，例如 People's habits are influenced by cultural, social, and economic factors.（人們的習慣受到文化、社會和經濟因素的影響。）而 affect 則是對結果產生影響，進而帶來改變，例如 A mother's health is believed to affect the baby in the womb.（母親的健康被認為會影響子宮裡的嬰兒。）

wear 的核心概念是「穿戴」和「磨損」。

字義為「穿戴」時，對象可以是衣服或身上的裝飾品，例如 He is wearing a nice black suit.（他穿著一套不錯的黑色西裝。）或是 She doesn't wear a ring when she is playing the guitar.（她彈吉他時不戴戒指。）此外，受詞也可以是臉上的表情、化妝或髮型，例如 Mike always wears a lovely smile on his face.（麥克臉上總是帶著可愛的微笑。）或是 She is wearing her hair in a ponytail.（她把頭髮梳成一個馬尾。）

另外，也用來表示因長時間使用或摩擦而造成老化或耗損的「磨損」，例如 The carpet I bought last year is starting to wear.（我去年買的地毯已經有些磨破了。）或是 The strong wind in this area has been wearing down the mountain's edges.（這地區的強風已經磨平了這座山的稜角。）

expose 的核心概念是「暴露」，主要指被包覆住的東西顯露出來。

可單純表示被遮蓋的東西露出表面，例如 The area is exposed to air during low tide.（退潮期間，此區域會暴露在空氣中。）或表示暴露在某種狀況或環境，例如 Have you ever been exposed to an English-speaking environment?（你曾經接觸過說英語的環境嗎？）

此意義加以擴大後，也表示揭露令人羞愧的事實，例如 His embarrassing private life was exposed to the public.（他那令人難堪的私生活被公諸於世。）或是 He struggled to expose corruption in the company.（他為了揭露公司的腐敗而孤軍奮戰。）

分詞片語當形容詞

分詞片語顧名思義是指由分詞形成的片語型態。什麼是「分詞」？所謂分詞是動詞為了可以扮演形容詞角色而改變成的型態。加上～ ing 的型態表示**主動**：【A **boring** story puts me to sleep.（一個無聊的故事令我昏昏欲睡。）】，或**進行**：【Rinse the vegetables under **running** water.（用流動的水清洗蔬菜。）】，動詞的過去分詞型態是表示被動：【The broken car was **left** at the park.（那輛破車被留在公園裡。）】，或完成：【They are collecting **fallen** leaves.（他們正在蒐集落葉。）】，兩者皆可修飾名詞。

由於分詞是根源於動詞，與修飾行為或動作的副詞或表示行為主體的主詞一起使用，可以更具體地修飾名詞。例如 steam-powered trains（蒸汽驅動的火車）、life-sustaining treatment（維持生命治療）等，利用動作的主體和動作的關係來修飾名詞，或像 newly-found ability（新發現的能力）、fast-growing plants（快速生長的植物一樣），與副詞 (new/fast) 結合後修飾名詞。

事實上，分詞片語和關係代名詞息息相關。例如，「坐在長椅上的男子是我叔叔」翻譯成英文是 The guy who is sitting on the bench is my uncle.，句中 who is sitting on the bench 修飾 the guy。在關係子句中，「主格關係代名詞 (who) + be 動詞 (is)」被視為一種累贅，原則上可以省略。將這兩個部分省略之後，句子變成 The guy sitting on the bench is my uncle.，顯得更簡潔有力，而留下來的型態就稱為「分詞片語」。當然，過去分詞片語的情況同樣也可以省略，例如 The books (that are) presented in newspapers are popular with teens.（報紙上介紹的書籍很受青少年歡迎。）

他站著傾聽。他周圍的空氣中充滿了那聲音。然後是一片寂靜。Jay 抬起頭，又再次聽見那聲音。那音樂像磁鐵一樣把他拉進去，把他拉向陳舊的籬笆、老舊的大門和被藤蔓和雜草覆蓋的小徑。Jay 打開了大門。他很害怕，但是那聲音把他越拉越近。

❶ 他站著傾聽。他周圍的空氣中充滿了那聲音。

提示 對等連接詞 and，副詞 all

❷ 然後是一片寂靜。Jay 抬起頭，又再次聽見那聲音。

提示 連接副詞 then，對等連接詞 and

❸ 那音樂像磁鐵一樣把他拉進去。

提示 介系詞 like，動詞 draw（現在分詞），副詞 in

❹ 把他拉向陳舊的籬笆、老舊的大門和被藤蔓和雜草覆蓋的小徑。

提示 介系詞 toward，動詞 cover（過去分詞）

❺ Jay 打開了大門。他很害怕，但是那聲音把他越拉越近。

提示 句型 5 動詞 draw，比較級＋ and ＋比較級

字詞建議

fill 充滿 / **around** 周圍 / **lift** 抬起 / **magnet** 磁鐵 / **draw** 拉、吸引 / **pull** 拉（拖）/ **fence** 籬笆 / **path** 小路 / **cover with** 以～覆蓋 / **scared** 害怕的 / **close** 靠近地

第 1 句意外地覺得難寫嗎？簡單地用 and 連接，寫成 He stood and listened. 就可以了。「充滿」要用哪個字呢？沒錯，用 fill 就對了。主詞 "sound" 充滿了受詞 "the air"，因此可以用句型 3 的結構，寫成 The sound filled the air。修飾語「他周圍的」可以用介系詞片語 all around him 表示。這裡的 all 是副詞，強調「全部、完全」的意思。

前面的「傾聽」是用 listen，這裡「又再次聽見」的「聽見」該如何表達呢？the sound 是前面提過的名詞，所以這裡用代名詞 it，寫成 heard it again 即可。為什麼用 hear 呢？因為 listen 是用於專心傾聽的時候，hear 是用於無意間聲音傳入耳朵而聽見時。文章內容提到，一開始側耳聆聽聲音，後來什麼也沒聽到，在暫時放鬆警惕的時候又聽到聲音了，因此用 hear 會更適合。

「像～一樣」可以用介系詞 like。說到「拉」，很容易想到 pull 和 draw，不過兩者的差別在於 pull 是表示用力拉，draw 是往特定的方向拉。「把他拉進去」修飾「磁鐵」，要用現在分詞構句表示為 a magnet drawing him in。magnet 是動作「拉」的主體，所以這裡用表示主動關係的現在分詞 drawing。這時 in 是副詞，意思是「往裡面」。

在「被藤蔓和雜草覆蓋的小徑」中，「被藤蔓和雜草覆蓋的」修飾「小徑」，「小徑」是被覆蓋的對象，因此要用表示被動關係的過去分詞，寫成 the path covered with vines and weeds 的結構。散步或行走的「路」是 path，尋找方法的「路」是 way。

He stood and listened. The sound **filled** the air all around him. Then silence. Jay **lifted** his head and heard it again. The music was like a magnet drawing him in. It pulled him toward the old fence, the old gate and the path covered with vines and weeds. Jay opened the gate. He was scared, but the sound **drew** him closer and closer.[31]

✦ 核心動詞字義用法解說

fill 的核心概念是「充滿」。

主要表示填滿空間的意思,可用於句型 1,例如 It looked like her eyes filled with tears.(看起來她兩眼充滿淚水。)或用於句型 3,例如 Please fill the bottle with fresh water.(請將水瓶裝滿新鮮的水。)

也可表示填塞被挖空的空間,例如 The hole will be filled with concrete.(這個洞將用混凝土填滿。)或表示布滿整個空間,例如 The smell of fresh baked bread filled the room.(剛烤好的麵包香氣遍佈整個房間。)

此外,也可表示填滿時間,例如 He fills most of his time reading books.(他把大部分的時間都用在讀書上。)或表示填補空缺,例如 The company plans to fill the position with skilled workers.(公司打算用熟練技工填補這個職缺。)也可用於表示被某種情感或感覺充滿,例如 Speaking in front of many people still fills me with horror.(在許多人面前說話仍然是件可怕的事。)或滿足需要或要求,例如 It is something to fill a need in the market.(這就是滿足市場需求的東西。)等,可用於各種不同的情境上。

lift 的核心概念是「舉起」。

表示升高或舉起時，可用於句型 1，例如 The balloons have lifted high above the sky.（氣球已經升到高空中。）或用於句型 3，例如 She lifted her glass over her head.（她高舉酒杯超過頭頂。）

此外，也表示提高水準或價格，例如 The bank has lifted its interest rates.（銀行提高了利率。）或表示地位提升，例如 This victory lifted our team into fourth place.（這次的勝利使我們隊伍升至第四名。）也可用來表示自信心或精神力的上升，例如 What is the best way to lift my spirit?（讓我振作起來的最好方法是什麼？）或表示取消、撤銷規定或法律等令人感到負擔的限制，例如 The ban on mini-skirts was lifted at last.（迷你裙禁令終於解除了。）

draw 的核心概念是「繪畫」和「拉」。

表示用鉛筆繪畫時，可用於句型 1，例如 My son draws very well.（我兒子很會畫畫。）或用於句型 3，例如 I have drawn several pictures of my friends.（我畫了幾張我朋友的畫像。）也可用於句型 4，例如 Let me draw you a quick map.（讓我幫你畫一張概略地圖。）

表示往特定的方向拉時，例句如 Could you please draw the curtains?（可以請你拉上窗簾嗎？）或表示從被困住的狀態取出來，例如 I drew a letter from my pocket and gave it to her.（我從口袋裡拿出一封信給她。）

此外，也有吸引人的意思，例如 This site draws thousands of tourists every year.（這個景點每年吸引數千名的旅客。）或表示得出結論或協議，例如 Have you drawn any conclusion at the meeting yesterday?（昨天的會議上你們有得出結論嗎？）

許多植物都有豔麗芬芳的花朵，吸引昆蟲和其他動物。訪客們以甜美的花蜜滴液為食。當牠們進食時，會沾上一種稱為花粉的黃色細粉末，牠們再把這些花粉帶到另一朵花上。許多樹木和草隨風散播它們的花粉。它們不需要動物訪客，所以不會長出鮮豔的花朵。

1 許多植物都有豔麗芬芳的花朵，吸引昆蟲和其他動物。

提示 動詞 perfume（過去分詞形容詞），主格關係代名詞 that

2 訪客們以甜美的花蜜滴液為食。

提示 表示份量／數量／單位的介系詞 of，介系詞 inside

3 當牠們進食時，會沾上一種稱為花粉的黃色細小粉末，牠們再把這些花粉帶到另一朵花上。

提示 連接詞 as，過去分詞構句，非限定用法的受格關係代名詞 which

4 許多樹木和草隨風散播它們的花粉。

提示 介系詞片語 on the wind

5 它們不需要動物訪客，所以不會長出鮮豔的花朵。

提示 連接詞 so，句型 3 動詞 grow

字詞建議

colorful（顏色）豐富多彩的 / perfume 使香氣瀰漫 / attract 吸引 / insect 昆蟲 / feed on 以～為食 / nectar 花蜜 / pick 採摘 / fine 細小的 / dust（細微的）粉末 / carry 攜帶 / spread 傳播 / pollen 花粉

在第 1 個句子中，「吸引昆蟲和其他動物」修飾「豔麗芬芳的花朵」，可使用主格關係代名詞 that，以關係子句 that attract insects and other animals 表示。修飾「花朵」的形容詞「芬芳」，可以用動詞 perfume 的分詞型態表示。

perfume 的意思是「使香氣瀰漫」，只能做及物動詞使用，如果變成過去分詞型態的形容詞 perfumed，即表示修飾的名詞是動作的對象。意指「以～為食」的 feed 是句型 1 的動詞，後面若要接受詞，需要介系詞 on。「當它們進食時」是進行中的動詞，要以連接詞 as 連結。順帶一提，eat 是張開嘴進食，feed 是為了求生而攝取養分。

第 3 句裡的「黃色細粉末」以 a fine yellow dust 表示，扮演修飾角色的「稱為花粉的」則以關係子句 which is called pollen 表示，如果將主格關係代名詞和 be 動詞省略，改成分詞構句，可以讓句子更簡潔俐落。pick up 的意思是「沾染上」，而 pick 是用手將某物撿起來移動它。雖然字典裡有關沾上後被弄髒的近義字有 stain、smear，但與這裡的前後文不符。這裡要以表示「黃色細粉末」的受格關係代名詞連結兩個子句，前面加上逗點，表示是補充說明前面內容的句子。

最後一個句子用連接詞 so 連結，表示原因和結果。「不會長出鮮豔的花朵」的動詞不能用 make，而是用句型 3 的動詞 grow，表示讓花長出來。

> Many plants have colorful perfumed flowers that **attract** insects and other animals. The visitors feed on drops of sweet nectar inside the flower. As they feed, they **pick** up a fine yellow dust called pollen, which they **carry** to another flower. Many trees and grasses spread their pollen on the wind. They don't need animal visitors, so they don't grow bright flowers.[32]

✦ 核心動詞字義用法解說

attract 的核心概念是「魅力」。

主要表示吸引某對象，例如 The event can attract not only huge crowds but also local investments.（這活動不僅可以吸引大量群眾，也可吸引當地投資。）或表示引起特定的反應，例如 His criticism of the committee has attracted widespread support.（他對委員會的批評得到廣泛的支持。）

也表示利用魅力吸引人的注意或關心，例如 Many people have been attracted to the idea of working from home.（許多人被在家工作這個想法所吸引。）或是 I am not attracted to a strong man like him.（我不喜歡像他一樣健壯的人。）

pick 的核心概念為「手指」。

可表示用手指拿起某物並移動它，例如 She picked a card out of the box.（她從盒子裡拿出一張卡片。）或表示用手指去除不必要的東西，例如 Could you please pick that piece of fluff off her black dress?（可以請你把她黑裙子上的絨毛取下來嗎？）也有摘下花朵、水果等摘採的意思，例如 They are picking some roses for Julia's house.（他們正在為茱莉亞的家摘一些玫瑰。）

也常用來描述用手指做某動作的樣子，例如 I don't know how to stop him picking his nose. （我不知道該如何阻止他挖鼻孔。）或是 You are singing and I am picking my guitar. （你在唱歌，我在彈吉他。）

表示在幾個當中用手指拾起選定的一個時，可用於句型 3，例如 He was asked to pick a criminal from a series of photos. （他被要求從一連串的照片中選出罪犯。）或用於句型 5，例如 One of my friends has been picked to play for the national team. （我的一個朋友入選國家代表隊選手。）

carry 的核心概念是「搬動」。

可表示用手或手臂等身體部位搬動物品，例如 They told me to carry the bag upstairs. （他們告訴我把背包提上樓。）或表示運輸工具運送人，例如 The subway service carries tens of thousands of passengers every day. （地鐵服務系統每天運送數以萬計的乘客。）

此外，也表示攜帶、帶著某物，例如 Police officers in this region always carry guns. （這個地區的警察總是帶著槍。）或表示在印刷物上刊登資訊等，例如 The law forces all cigarette packets to carry a health warning. （法律強制規定所有香煙盒上都必須印有健康警語。）

此意義進一步擴大後，也用來表示繼續對人或行為的支撐或支持，例如 Should we carry people who don't work as hard as they are supposed to? （我們應該繼續負擔那些不盡力工作的人嗎？）或是 Why don't we carry today's discussion forward tomorrow? （我們何不在明天繼續進行今天的討論？）

另外，也有到達特定地點的意思，例如 My shoe carried high into the air and landed the inside of Anny's house. （我的鞋子高高飛上天，落在了安妮的房子裡。）

你的心臟是一種非常特別的肌肉，可以使血液持續在你的身體裡流動。你的血液就像一條快速移動的河流，環繞著你的身體流動。它將有益的東西，像是你從呼吸空氣中獲得的氧氣，和你從吃的食物中獲得的有益物質，運送到你身體的每個部位。血液也幫助你的身體對抗細菌。血液通過一種稱為血管的薄壁管在你的身體中四處流動。

1 你的心臟是一種非常特別的肌肉，可以使血液持續在你的身體裡流動。

提示 關係代名詞主格，句型 5 動詞 keep

2 你的血液就像一條快速移動的河流，環繞著你的身體流動。

提示 副詞＋分詞修飾，現在分詞修飾

3 它將有益的東西，像是你從呼吸空氣中獲得的氧氣，和你從吃的食物中獲得的有益物質，運送到你身體的每個部位。

提示 介系詞 like，關係代名詞受格

4 血液也幫助你的身體對抗細菌。

提示 句型 5 動詞 help

5 血液通過一種稱為血管的薄壁管在你的身體中四處流動。

提示 過去分詞修飾，介系詞 in

字詞建議

fast-moving 快速流動的 / flow 流動 / carry 運送 / goodness 有益物質 / germ 細菌 / blood vessel 血管 / tube 管子

首先必須強調的一點是，「使血液持續在你的身體裡流動」的動詞是 keep，不是 make。說到「使～做～」，許多人喜歡用 make 這個字，然而，其實應該依據情況選擇不同的動詞。這裡提到「使持續做」，所以用 keeps blood moving 才正確。

第 2 個句子出現多個現在分詞修飾的型態。「快速移動」是 fast-moving，「環繞著你的身體流動」是 flowing around your body。

第 3 句的「像是～」，是以 like 起頭的修飾語句，頗為冗長。如果想強調修飾內容，也可以用破折號代替逗號。內容上，可以把「你從呼吸空氣中獲得的氧氣」寫成 oxygen from the air you breathe，「你從吃的食物中獲得的有益物質」寫成 the goodness from the food you eat，這種以相同的結構表達相同水準的概念，也是值得關注的用法。

第 4 句「血液也幫助你」的主詞換成事物，可使用句型 5 的 help 動詞。

最後一句提到「稱為血管的」，要用過去分詞 called。特別要注意的是「通過薄壁管」要用 in，不是用 by。因為 by 在語氣上主體性較強，而 in 則是強調工具和手段。

Your heart is a very special muscle which keeps blood moving around your body. Your blood is like a fast-moving river **flowing** around your body. It carries useful things—like oxygen from the air you breathe, and the goodness from the food you **eat**—to every part of you. It also helps your body to **fight** germs. Blood travels round your body in thin tubes called blood vessels.[33]

✦ 核心動詞字義用法解說

flow 的核心概念是「流動」。

表示流動時，對象主要是液體或氣體，例如用於句型 1 的 Where does this river flow down into the sea?（這條河從哪裡流入大海？）也可表示人或物品像水一樣流動，例如 Did you see a lot of traffic flowing into the stadium?（你看到很多車輛不斷開進體育館了嗎？）或表示進行地很順暢，例如 It seems that conversation between the two flowed freely.（兩人之間的對話似乎很順暢。）另外也能用來表示動作自然流暢，例如 Her brown hair was flowing in the wind.（她的棕色頭髮在風中飄逸著。）

表示「充足滿溢」時，通常用於形容物質和財物豐盛有餘，例如 Money has never flowed freely in my family.（我們家的錢從來沒有充足到源源不絕過。）。此外，也可用來表示情緒激動到無法控制的地步，例如 Excitement suddenly flowed over my son, so I was not able to stop him.（我兒子突然興奮起來，我無法阻止他。）

eat 的核心概念是「吃」和「（因侵蝕而）毀損 [破壞]」。

表示「吃」的意思時，可用於句型 1，例如 I don't feel like eating. Could you give me a glass of warm water?（我沒有胃口。你可以給我一杯溫開水嗎？）或句型 3，例如 I don't eat meat. Do you have other menu items for vegetarians?（我不吃肉。你們有其他適合素食者的菜單嗎？）

表示「（因侵蝕而）毀損 [破壞]」的意思時，例句如 Running water has gradually eaten into the rock.（流水逐漸侵蝕了岩石。）此外，和副詞 up 等一起使用，可表示「吃光 [用完]」，例如 The expenses for caring for his tens of dogs have eaten up most of his savings.（照顧幾十隻狗的費用幾乎花掉了他大部分的積蓄。）

fight 的核心概念是「鬥爭」。

可表示用身體鬥爭，例如 I saw some boys fighting outside the building.（我看到一些男孩在大樓外面打架。）或表示用言語鬥爭，例如 They should stop fighting in front of their children.（他們應該停止在孩子面前爭吵。）

Fight 也表示像鬥爭一樣努力爭取，例如用於句型 1 的 The organization has fought for improvement of gender equality.（這個組織為改善性別平等而努力。）或用於句型 3 的 It is important to start fighting your cold as soon as possible.（盡快開始對付感冒是很重要的事。）

介系詞片語當形容詞

介系詞片語也能像形容詞一樣，扮演修飾名詞的角色。例如，在 the house **on** the hill（山丘上的房子）中，on the hill 修飾 house，在 the man **in** the car（車子裡的男子）中，in the car 在後面修飾 man。不過，若想了解介系詞的形容詞用法，首先必須了解形容詞的兩種用法。

之前提過，形容詞分成「限定」用法和「敘述」用法。限定用法是在前面或後面直接修飾名詞，例如 a **pretty** woman（漂亮的女子）。敘述用法是在主格補語位子上修飾主詞位置的名詞 / 代名詞，例如 She is **pretty**.（她很漂亮。）同樣地，介系詞片語也有限定用法，例如 a man **in trouble**（遭遇困境的男子），以及敘述用法，例如 He is **in trouble**.（他身處困境。）

但是我們幾乎不會把「他身處困境」翻成 He is in trouble. 這是因為中文是以動詞為中心的語言，主要用動詞表現動作、情境、狀態等，因而造成這樣的習慣。那麼，母語人士在表達狀態或情境時，會怎麼做呢？這時就是出動介系詞的時候了。特別是以下具代表性的介系詞，經常以介系詞片語的形態用於表達敘述意義的情況。

under	**在～下面**
	Employees are **under** increasing **pressure** to work late.
	員工們受到越來越多的加班壓力。
	His work has been **under attack** for its obscene content.
	他的作品因為淫穢的內容而受到抨擊。
in	**在～狀態**
	We have stayed **in contact** since last summer.
	自從去年夏天起，我們一直保持著聯繫。
	The other part is **in shadow**.
	另一部分在陰影中。
	This item has been **in circulation** since the middle ages.
	此物品自中世紀以來一直在流通。
on	**在～狀態**
	Air is **on the move** all the time.
	空氣一直在流動。
off	**離開 [遠離] ～**
	I have been **off alcohol** for years.
	我已經戒酒多年。
	He has been **off his food** since he gained a lot of weight.
	自從他變胖許多之後，就不吃東西了。
among	**～之一**
	He is **among the most famous medical physicists** in the country.
	他是國內最著名的醫學物理學家之一。
out of	**在～之外、自～離開**
	I will be **out of office** from today and will be back next week.
	今天起我不在辦公室，預計下周回來。
	He was **out of his mind** for fear of losing her.
	他因為害怕失去她而失去理智。

樹木開始為冬季休息做準備。它現在幾乎不需要營養,葉子也停止工作。樹葉的生命即將結束。樹木不再需要它們。當樹葉枯死,它們會從樹上墜落。這將緩慢發生於數周期間。隨著樹葉開始與樹木分離,它們攝取的水份就越少。

❶ 樹木開始為冬季休息做準備。

> 提示 句型 3 動詞 begin,to 不定詞的名詞用法

❷ 它現在幾乎不需要營養,葉子也停止工作。

> 提示 數量形容詞 little

❸ 樹葉的生命即將結束。樹木不再需要它們。

> 提示 介系詞片語 at an end

❹ 當樹葉枯死,它們會從樹上墜落。

> 提示 連接詞 when,句型 1 動詞 fall

❺ 這將緩慢發生於數周期間。

> 提示 介系詞 over

❻ 隨著樹葉開始與樹木分離,它們攝取的水份就越少。

> 提示 副詞子句 as,句型 3 動詞 begin/get,to 不定詞的名詞用法,形容詞 less

字詞建議

get ready for 為～做準備 / at an end 結束、到盡頭 / no longer 不再、再也不 /
a number of 許多的、多數的 / separate from 從～分離

看到「開始準備」，大部分的人會想到 prepare，不過 prepare 主要是用於表示準備的行為或動作等，這裡的文意是表示已經做好萬全的準備，因此 get ready 會更適合。

在「樹葉的生命即將結束」中，主詞補語位置是用介系詞片語 at an end。若使用「The life ～ ended」等的動詞，雖然可以表達「生命結束了」的已經完成的感覺，但使用介系詞片語，可以更加強調處於這樣的狀態。

「當樹葉枯死」是用 when 副詞子句表示。由於文意上是同時假設枯死的時間點和枯死的狀況，因此 when 比 if 更合適。

修飾語「於數周期間」可以用 over a number of weeks。表示時間的介系詞除了 for、during 之外，還有 over、throughout。over 是指「經過」一定的期間，也就是從頭到尾的整段期間，而 throughout 是表示「經過」特定的期間，過程「一直」繼續，不會中斷。

「樹葉開始與樹木分離」和「攝取的水份就越少」是進行中的狀況，因此可以用連接詞 as 連結兩個句子。從文意來看，樹葉攝取的水份減少不是自發性的現象，是受大自然的外部影響所致，因此不適合用不及物動詞 reduce、decrease。但也不能用被動語態，因為不是帶著意圖故意造成那樣的影響。這時，可以使用形容詞 less，寫成 they get less water 的句型 3 結構，簡單表示即可。

The tree **begins** to get ready for its winter rest. It needs very little food now, and the leaves stop their work. The life of the leaves is almost at an end. The tree no longer needs them. When the leaves die, they will fall from the tree. This will **happen** slowly over a number of weeks. As the leaves begin to **separate** from the tree, they get less water.[34]

✦ 核心動詞字義用法解説

begin 的核心概念是「開始」。

相較於 start，begin 是較為正式的表達方式。表示某狀況開始發生時，可用於句型 1，例如 The movie will begin soon, so let's hurry.（電影馬上就要開始，我們快點吧。）或用於句型 3，例如 The soup is beginning to boil.（湯開始滾了。）

表示開始做某件事時，可用於句型 1，例如 He always begins with something simple when he teaches his sons.（當他教兒子的時候，總是從簡單的事情開始。）或用於句型 3，例如 Have you begun the book you borrowed from the library?（你開始看從圖書館借來的書了嗎？）

此外，也可用於直接引用文，表示「開始説話」，例如 "Well, " she began, "I have something to tell you."（「好吧！」她開始説：「我有事要告訴你。」）

happen 的核心概念是「發生」。

可單純表示某事發生，例如 Nothing happened and no one was hurt.（什麼事都沒發生，也沒有人受傷。）或表示偶然發生，表達「碰巧變成什麼狀況」的語氣，例如 I happened to be the best student in the class.（我碰巧成為班上最好的學生。）

表示偶然發現的意思時，可與介系詞 on 一起使用，例如 I happened on a street with a line of old buildings.（偶然間，我走進了有一排古老建築的街道。）

separate 的核心概念是「分離」。

表示彼此分開的意思時，可指物體的分離，例如 The east and west of this village are separated by a stream.（這個村子的東邊和西邊被一條小溪隔開。）或指概念的分離，例如 It is sometimes hard to separate our thinking from our activity.（有時很難將我們的想法和行為分開。）

表示人們彼此分開，各自往不同的地點移動時，可用於句型 1，例如 Why don't we separate now and meet up later?（我們何不現在先分開，晚一點再見面？）或用於句型 3，例如 I got separated from my wife in the rush to get out of the store that caught fire.（在匆忙逃離起火的商店時，我和我的妻子走散了。）

也可用於形容關係上的分離，表示「分居」的意思，例如 His parents separated and ended up with a divorce last year.（他的父母分居，最後在去年離婚。）

她騎馬並且和她的狗玩。海倫 (Helen) 也喜歡在她的花園裡工作。雖然她從來沒看過她種的花，但她喜歡它們的香味。海倫·凱勒 (Helen Keller) 證明了人幾乎可以做到任何事。即使是有身體上的問題或殘疾的人，也可以達成自己的目標。海倫·凱勒在 1968 年 6 月 1 日去世。就在她 88 歲生日的前幾周。

1 她騎馬並且和她的狗玩。海倫 (Helen) 也喜歡在她的花園裡工作。

提示 句型 3 動詞 go，動名詞受詞，句型 3 動詞 love，to 不定詞的名詞用法

2 雖然她從來沒看過她種的花，但她喜歡它們的香味。

提示 表示讓步的連接詞 though，受格關係代名詞省略，句型 3 動詞 grow

3 海倫·凱勒 (Helen Keller) 證明了人幾乎可以做到任何事。

提示 同位語的連接詞 that

4 即使是有身體上的問題或殘疾的人，也可以達成自己的目標。

提示 介系詞 with

5 海倫·凱勒在 1968 年 6 月 1 日去世。就在她 88 歲生日的前幾周。

提示 介系詞 on，副詞 just，介系詞 before

字詞建議

horseback riding 騎馬 / **play** 玩 / **scent** 香味 / **proof** 證明 / **even** 甚至、連 / **physical** 身體的 / **handicap**（身體上的、精神上的）殘疾 / **reach** 抵達

「從來沒看過她種的花」不是表示完全相反的轉折，而是表示肯定前句內容的讓步，因此要用表示「雖然、儘管」的連接詞 though，寫成 Though she never saw the flowers she grew。she grew 前面本來有受格關係代名詞，但也可以省略。

在「海倫·凱勒證明了人幾乎可以做到任何事」句中，核心是表示同位語的連接詞 that。「證明」和「人幾乎可以做到任何事」是相等的，因此可以寫成 Helen Keller was proof that people can do almost anything. 也可以用介系詞 of 代替 that 子句，表示同位關係。

該如何表達「即使是有身體上的問題或殘疾的人」呢？許多人可能會用關係代名詞寫成 People who have a physical problem or handicap，但母語人士會用表示「具有、帶有」的 with，寫成 People with a physical problem or handicap，以修飾 people 的介系詞片語結構表示。

最後一句的「就在～的幾周前」是否令你感到傷腦筋呢？這種情況，只要在表示時間的介系詞或連接詞前面寫出具體的時間即可。如果要表達特定的時段，可以用非人稱主詞 it 表示為 It was just a few weeks before her eighty-eighth birthday.

She went horseback **riding** and **played** with her dogs. Helen also loved to work in her garden. Though she never saw the flowers she grew, she enjoyed their scent. Helen Keller was proof that people can do almost anything. Even people with a physical problem or handicap can reach their goals. Helen Keller **died** on June 1, 1968. It was just a few weeks before her eighty-eighth birthday.[35]

✦ 核心動詞字義用法解說

ride 的核心概念是「騎」。

表示騎上馬、牛、駱駝等動物進行操控時，可用於句型 1，例如 I had never ridden again after the accident.（那次事故之後，我再也沒有騎過馬。）或用於句型 3，例如 Mike is riding his pony in the garden.（麥克在花園裡騎他的小馬。）

表示乘坐移動的交通工具時，可用於句型 1，例如 I don't have a car so I ride to work on the train.（我沒有車子，所以就坐火車去上班。）或用於句型 3，例如 There was no available public transportation, so she had to ride a bike.（由於沒有可以搭乘的公共交通工具，她只好騎腳踏車。）

此外，也可表示駕馭著支撐身體運動的對象，例如，Young surfers are flocking to the beach to learn how to ride on storm wave.（年輕的衝浪者蜂擁到海邊學習如何駕馭風浪。）

play 的核心概念是「玩得開心」。

可用於表示孩子們在外面玩得很開心的模樣，例如 Leave your children playing with the other kids.（讓你的孩子和其他孩子一起玩。）也可表示享受遊戲或比賽，例如用於句型 1 的 She is going to play in the tennis match on Sunday.（她打算參加星期天的網球比賽。）或用於句型 3 的 He won't be able to play cards with us.（他不能和我們一起玩牌了。）

也可用來表示與「有趣」的元素有關的「表演」，此時可用於句型 1，例如 Have you heard that Hamlet is going to play at the festival?（你聽說《哈姆雷特》要在慶典中演出的消息了嗎？）或用於句型 3，例如 She is playing a satanic serial killer in a new movie.（她在一部新電影中扮演一個邪惡至極的連環殺手。）

表示與「表演」相關的「演奏」時，可用於句型 1，例如 The band played at the park and I watched from a distance.（樂團在公園裡演出，我從遠處觀看。）或用於句型 3，例如 She learned how to play the guitar at the age of eleven.（她在 11 歲時學會彈吉他。）也可用於句型 4，例如 You should play us the song right now!（你現在就該演奏那首歌讓我們聽！）

此外，也可用來描述光線或噴水池的水柱快速移動的模樣，例如 Many colorful beams of light were playing above us.（許多五彩繽紛的光束在我們頭頂上閃爍著。）

die 的核心概念是「活動中斷」。

例如表示人類死亡的 Many people died of hunger during the war.（戰爭期間，許多人死於飢餓。）表示生物滅種的 An increasing number of species will die out within ten years.（越來越多的物種將在十年內滅絕。）以及表示機器停止運轉的 His phone died, so he was not able to reply to your text.（他的電話沒電了，無法回覆你的簡訊。）

也表示某事物變得模糊或消失，例如 His achievement was so great that his name will never die.（他的成就如此偉大，他的名字將永垂不朽。）或是 The room turned cold as the fire was dying.（隨著爐火漸滅，房間變得寒冷。）和副詞 away、down 等一起使用時，表示「逐漸減弱、平息」，例如 The storm that hit the east coast died away this morning.（登陸東海岸的暴風雨在今天早上逐漸減弱消失了。）

此外，也可表示迫切渴望的感覺，意思是「極想做～」，例如 We are dying to see you again.（我們等不及想再次看到你。）

從極地附近被冰覆蓋的海岸線到炎熱的熱帶地區沙灘，在任何地方都能發現海岸。海岸不僅為許多植物和動物提供獨特的棲息地，對人類也非常重要。現今，地球上 70 萬公里以上的海岸中，有廣大區域正處於危險之中，需要我們的保護。

1 從極地附近被冰覆蓋的海岸線到炎熱的熱帶地區沙灘，在任何地方都能發現海岸。

提示 被動式，副詞片語 all over the world、from A to B

2 海岸不僅為許多植物和動物提供獨特的棲息地，對人類也非常重要。

提示 連接詞 as well as，動詞 make（現在分詞）

3 現今，地球上 70 萬公里以上的海岸中，有廣大區域正處於危險之中，需要我們的保護。

提示 表示單位／範圍的介系詞 of，介系詞片語 in danger/in need of

字詞建議

seashore 海岸 / icy 覆蓋著冰的 / coastline 海岸線（地區） / near 靠近 / the Poles 北極和南極 / sandy 被沙子覆蓋的 / tropical 熱帶的 / unique 獨特的 / habitat 棲息地 / -plus ～以上的

「在任何地方都能發現海岸」的「在任何地方」就是指「世界各地」，因此可以用 all over the world 表示。修飾語「從極地附近被冰覆蓋的海岸線到炎熱的熱帶地區沙灘」可以放在關鍵字後面。只有在強調修飾語時才能在前後加逗號，插入句子中間。

看到「不僅提供獨特的棲息地～也非常重要」時，可能馬上想到 not only A but also B 的句型，但是這個句型主要用於強調，不適用於此。有什麼其他的替代方案嗎？就是表示「不僅～」的 as well as。可以寫成 As well as seashores make unique habitats for ～，但是由於主詞和後面的子句相同，如果改成表示主動的分詞構句，以 As well as making ～表示，可以使句子更簡單俐落。

「正處於危險之中，需要我們的保護」意味著正處於特定的狀態，與其用動詞表示，不如用介系詞片語寫成 are in danger and in need of our protection。主詞「地球上 70 萬公里以上的海岸中，有廣大區域」可以使用表示單位的介系詞 of，寫成 large areas of Earth's 700,000-plus kilometers of seashores。

Seashores can be found all over the world, from icy coastlines near the Poles to sandy beaches in hot, tropical areas. As well as making unique habitats for many plants and animals, seashores are also very important to people. Today, large areas of Earth's 700,000-plus kilometers of seashores are in danger and in need of our protection.[36]

✦ 核心動詞字義用法解説

seashore 是「海岸」。

coast、coastline、beach 等也是「海岸」，但意義上並不同。seashore 是指連接陸地和海洋的濱海沿線土地，例如 We saw a spectacular sunset as we walked along the seashore.（我們沿著海岸散步時，看到了壯觀的日落。）coast 是指與海岸相鄰的特定地區，例如 We plan to stay in a resort on the east coast.（我們計畫住在一間位於東海岸的度假村。）相對地，coastline 主要是指從上面往下俯瞰時看到的海岸線特定模樣，例如 This hotel attracts many tourists because of its wonderful views of the coastline.（這家旅館因其美麗的海岸線景觀而吸引許多遊客。）最後，beach 主要是指有沙子或小石子的河邊或海邊，例如 I still remember having a barbecue party on the beach last summer.（我還記得去年夏天在海邊舉辦的烤肉派對。）

near 的核心概念是「靠近」。

當介系詞使用時，表示靠近、距離不遠，例如 Let's sit near a window—it has a great view.（我們去坐靠窗的位子，那裡風景很棒。）或表示接近某種程度，例如 He has worked tirelessly, so he looks near exhaustion.（他努力不懈地工作，所以看起來快要虛脫的樣子。）

當副詞時，表示距離上的靠近，例如 He was standing so near that I could feel his breath.（他

站得很近，我都能感覺到他的呼吸。）或表示時間上的接近，例如 As the wedding date drew near, I became more nervous.（隨著結婚日子一步步逼近，我變得更加緊張。）

當形容詞使用時，表示距離靠近的程度，例如 Where is the nearest bus stop?（最近的公車站在哪裡？）或表示接近於某種程度，例如 We don't have any butter—what is the nearest thing we could find?（我們沒有奶油了，代替奶油的最好方法是什麼？）

當做動詞時，表示接近某種狀態，例如 I have heard that their project is nearing completion.（我聽說他們的專案即將結束。）或表示時間上的接近程度，例如 As the date of his operation neared, he couldn't concentrate on his work.（隨著手術日期的臨近，他無法專注在他的工作上。）此外，也能表示距離上接近的程度，例如 Don't near me—I have caught a cold.（不要靠近我，我感冒了。）

plus 可以當做介系詞、連接詞、名詞和形容詞。

當介系詞時，表示「加、加上」，例如 Three plus four is seven.（三加四等於七。）當連接詞時，表示「並且、而且」，例如 Horseback riding would be too expensive, plus John does not like animals.（騎馬太貴了，而且約翰不喜歡動物。）

當名詞時，意指「優勢、好處」，例如 Your experience in the overseas market will be a plus in your future career.（你在海外市場的經驗將對你未來的職業生涯有利。）

當形容詞時，若放在要修飾的語詞前面，表示「零上的、好的」，例如 The temperature is expected to fall to plus three degrees.（氣溫預計降到零上三度。）或表示「有利的」，例如 The house faces south, which is a plus factor.（房子朝南，這是個有利的因素。）相反地，若放在要修飾的語詞後面，意指「以上的」，例如 The new device will cost $500 plus.（這台新設備售價 500 多美元。）

| to 不定詞片語當形容詞

從下方例句 ⓒ 可以看出 to 不定詞片語也可以當修飾名詞的形容詞。那麼，與 ⓐ 句中以關係子句修飾或 ⓑ 句中以分詞片語修飾的情況有什麼不同呢？

ⓐ Trees have <u>flowers</u> **that attract insects.** 吸引昆蟲的花

ⓑ Trees have <u>flowers</u> **attracting insects.** 正吸引著昆蟲的花

ⓒ Trees have <u>flowers</u> **to attract insects.** 要吸引昆蟲的花

以上例句裡含有形容詞子句或形容詞片語，但意義上有些微妙的差異。首先例句 ⓐ 是關係子句修飾名詞，帶有說明的語調，可以解釋為「吸引昆蟲的花」。相反地，ⓑ 句是使用現在分詞，強調主動／進行的意涵，而 ⓒ 句是使用 to 不定詞，和名詞的用法一樣，強調未來／臨時／行為性，可以解釋為「要吸引昆蟲的花」。需特別注意的是，除了以上所示意義上發生微妙的變化外，**to** 不定詞與其他語詞結合後，型態也會跟著改變。

ⓐ I have <u>no time</u> **to waste.** 不是浪費時間的時候。

ⓑ I need <u>a friend</u> **to talk with.** 我需要可以商量的朋友。

ⓒ He doesn't have <u>a pen</u> **to write it with.** 他沒有筆可以寫。

ⓐ 句的 to waste 修飾 no time，ⓑ 句的 to talk with 修飾 a friend，ⓒ 句的 to write it with 修飾 a pen。如同 ⓑ 和 ⓒ 句所示，在加入介系詞或受詞後，to 不定詞的型態也改變了。為什麼有這樣的差異呢？這是因為動詞的種類不同。例如，ⓐ 句的 waste 是要接動詞的句型 3 動詞，而 ⓑ 句的 talk 是句型 1 的動詞，如果後面要接動詞，必須像 talk with a friend 一樣使用介系詞，這是因為即使是以 to 不定詞的形態出現，動詞的性格仍然維持不變。ⓒ 句的 to write it with 有些複雜，需要上下文才能理解這個結構。

ⓐ Have you finished writing the essay?　　　短文寫完了嗎？

ⓑ No, I don't have a pen to write it **with**.　　沒有，我沒有筆可以寫。

從上下文可以得知代名詞 it 是指 the essay，介系詞 with 表示寫短文所需要的「工具」。原本 a pen 是放在 with 後面，即 write the essay with a pen。在 a pen 移動到動詞 have 的受詞位置後，便只剩下修飾 a pen 的 to write it with。因此，必須觀察以 to 不定詞型態出現的動詞種類，以及 to 不定詞修飾的對象位置，才能在英文寫作時自由運用 to 不定詞的型態。

終於，馬車來到了一個山坡地，樹林中矗立著一間小木屋。這是供遊客們臨時住宿的小房子。那天晚上，Laura、Mary、媽媽 (Ma) 以及嬰孩 Carrie 睡在爐火前，爸爸 (Pa) 為了看守馬車和馬匹而睡在外面。從那天起，他們每天都行進到馬可以走到的地方。

① 終於，馬車來到了一個山坡地，樹林中矗立著一間小木屋。

提示 句型 1 動詞 come，對等連接詞 and，地方副詞 there 倒裝，介系詞 among

② 這是供遊客們臨時住宿的小房子。

提示 to 不定詞的形容詞用法，意義上的主詞

③ 那天晚上，Laura、Mary、媽媽 (Ma) 以及嬰孩 Carrie 睡在爐火前，爸爸 (Pa) 為了看守馬車和馬匹而睡在外面。

提示 從屬連接詞 while，to 不定詞的副詞用法，副詞 outside

④ 從那天起，他們每天都行進到馬可以走到的地方。

提示 介系詞 after，as ＋原級＋ as ＋副詞子句

字詞建議

at last 終於 / **wagon** 馬車 / **slope** 山坡 / **earth** 陸地、地面 / **log house** 木屋 / **tiny** 極小的 /
camp 臨時居住地 / **fire** 爐火 / **guard** 看守 / **travel** 行進

第 1 句裡的「終於」適合用 finally/in the end/at last 中的哪一個呢？從文章的情境看來，at last 最為合適。這時，觀察前後文是非常重要的步驟。從文意可以得知他們是經過長時間的奔波才終於發現可以暫時休息的地方，因此最適合表達「因長時間的耽擱而著急不安的最後，終於…」的是 at last。finally 的意思是等待實現的事情終於發生了，in the end 主要是表示經過不確定和艱難的過程後，達到某種結果。

動詞 come 後面加介系詞 to，表示「抵達～、來到～」。接下來的子句是以地方副詞 there 開頭，這裡不是表示「存在」的有無，而是表示矗立的狀態，因此不是用 be 動詞，適合用動詞 stand。由於要強調他們抵達的地方「就是那裡」，所以把 there 放在句首，以倒裝的型態表示。這裡的介系詞 among 表示 be surrounded by（被～環繞）。

第 2 句是用強調構句表示強調 a tiny house。動詞 camp 的主體是「for ＋名詞」型態的意義上主詞。

第 3 句需要的是從屬連接詞 while。while 表示「同時的狀況」或兩者之間的「對比」，這裡是對比「爸爸睡在外面」的意思，以加上逗號的補述用法表示。

最後一個句子適合使用原級比較的用法，以 as far as 表達。前面的 as 是副詞，後面的 as 是連接詞，之後應該接「主詞＋動詞」，為了表達「可以」，應該使用助動詞 can。另外，「as ～ as ＋主詞＋ can」和「as ～ as possible」的意思一樣，直譯的意思是「能走多遠就走多遠」。

At last, the wagon came to a slope of earth, and there stood a little log house among the trees. It was a tiny house for travelers to camp in. That night Laura and Mary and Ma and Baby Carrie **slept** in front of the fire, while Pa slept outside to **guard** the wagon and the horses. Every day after that they **traveled** as far as the horses could go.[37]

✦ 核心動詞字義用法解説

sleep 的核心概念是「睡覺」。

表示睡眠時，可用於句型 1，例如 We don't have an extra bed. Do you mind sleeping on the floor?（我們沒有多餘的床，你介意睡地板上嗎？）或用於句型 3，表示「可供～睡覺」，例如 How many guests does this hotel sleep?（這家飯店可容納多少旅客住宿？）

有句話説：「重要的決定等睡一晚之後再做。」英語也有這樣的説法。sleep 和介系詞 on 一起使用時，表示「要睡一覺考慮一下」，過一晚再做決定，例如 Let me sleep on it, and tell you my idea tomorrow morning.（讓我仔細考慮一下，明天早上再告訴你我的想法。）以 sleep with/sleep together 的形態出現時，表示「與某人發生性關係」，例如 Did you sleep with him last night?（你昨晚和他發生關係了嗎？）

guard 的核心概念是「保護、監視、看守」。

可表示為了不受攻擊而保護，例如 He employed armed security officers to guard his safe.（他雇用了武裝警衛來保護他的保險箱。）或表示保護資訊不被公開，例如 You should have guarded the sources of information.（你應該保護消息來源。）

也可表示監視被囚禁者，防止他逃跑，例如 Twenty prisoners are guarded by one prison officer.（一名獄警看守 20 名囚犯。）

此外，與介系詞 against 一起使用，表示「小心注意，防止某事發生」，例如 In order to guard against accidents, you must follow the instructions.（為了防止事故發生，你必須按照指示去做。）

travel 的核心概念是「移動」。

表示從一個地點移動到另一個地點時，可用於句型 1，例如 I don't like traveling by plane.（我不喜歡搭飛機旅行。）或用於句型 3，例如 Traveling long distances had exhausted most of the passengers.（長途旅行讓大部分的乘客筋疲力盡。）

也可表示以特定速度移動，例如 Can you measure the speed at which light travels?（你能測量光移動的速度嗎？）或表示往特定方向移動，例如 The soldiers are traveling north under the direction of their commander.（士兵們在指揮官的指示下向北行進。）

此外，也有飛快移動的意思，例如 This brand-new car really travels.（這輛全新汽車跑得真快。）

奧德修斯 (Odysseus) 望向大海。他注意到浮在水面上的船隻。沒有人像希臘人那樣擅長製造船隻。希臘人什麼都建造得出來。奧德修斯突然想到一個進入特洛伊城 (Troy) 的方法，也就是一個贏得戰爭的方法。那是一個非凡的計畫。那計畫非常危險。如果失敗了，許多希臘人將被殺害。但如果成功了，特洛伊城將會滅亡。

1 奧德修斯 (Odysseus) 望向大海。他注意到浮在水面上的船隻。

提示 句型 5 動詞 notice，動詞 float（現在分詞）

2 沒有人像希臘人那樣擅長製造船隻。希臘人什麼都建造得出來。

提示 形容詞 no（否定主詞），as well as

3 奧德修斯突然想到一個進入特洛伊城 (Troy) 的方法，也就是一個贏得戰爭的方法。

提示 to 不定詞的形容詞用法，破折號（—）

4 那是一個非凡的計畫。那計畫非常危險。

提示 指示代名詞 it

5 如果失敗了，許多希臘人將被殺害。

提示 if 條件子句，被動式

6 但如果成功了，特洛伊城將會滅亡。

提示 if 條件子句，句型 1 動詞 fall

字詞建議

float 漂浮 / **suddenly** 突然地 / **think of** 想到、想起 / **get inside** 進去 / **extraordinary** 非凡的、特別的 /
fall（政府等）倒下、攻陷、沒落

「望向大海」適合用 see/look/watch 當中的哪一個動詞呢？答案是 look。see 是自然而然地看到，look 是帶著意圖，刻意轉移視線去看某事物，watch 是「集中目光仔細觀察」。這裡是刻意「向外看」，因此適合用 look out to 表示。

「注意到」是生活中的常用字，但卻不容易用英語表達。此時要用 notice，表示視線被映入眼簾之物所吸引。「浮在水面上的」修飾「船隻」，因此要以「notice ＋受詞＋受詞補語」型態的 He notices the ships floating in the water. 表示。

「沒有人像～那樣…」是表示最高級，此時可以利用形容詞 no 來否定主詞，例如 No one builds ships as well as the Greeks.。我們主要用副詞 not/never 來表示否定，但母語人士常使用形容詞 no、代名詞 none/no one 等來表示否定。

「進入特洛伊城的方法」可以使用當形容詞的 to 不定詞，寫成 a way to get inside Troy。應該如何表現傳達同位關係的「也就是」呢？可以使用標點符號，破折號就是個進行強調的簡單方法，例如 a way to get inside Troy—a way to win the war。

說到「死」要用 die 這個字，但是這裡是「被殺死」，因此要用表示「殺死～」的及物動詞 kill 被動式，以條件句寫成 If it fails, many Greeks will be killed。

Odysseus looks out to sea. He notices the ships **floating** in the water. No one builds ships as well as the Greeks. The Greeks can **build** anything! Suddenly Odysseus thinks of a way to get inside Troy—a way to **win** the war. It is an extraordinary plan. The plan is dangerous. If it fails, many Greeks will be killed. But if it succeeds, Troy will fall.[38]

✦ 核心動詞字義用法解說

float 的核心概念是「漂浮」。

可表示浮在水面上,例如 In the lake, beavers were seen floating on their backs.(湖中可以看到海狸仰漂。)或表示飄移、優雅地移動,例如 The sound of beautiful music was floating out of his room.(美妙的旋律從他的房間飄出來。)也可表示沒有目的到處漂泊遊盪,例如 After dropping out of school, Jack floated around doing nothing.(輟學後,傑克四處遊盪,無所事事。)

可用於提出某計畫或想法,意味著「提議」,例如 My father has floated the idea that we should move into a new place.(我父親提議我們應該搬到一個新地方。)

build 的核心概念是「建造得很堅固」。

可表示用結實的材料創造某物,例如 The birds are busy building their nest for new babies.(鳥兒們正忙著為牠們剛出生的幼鳥築巢。)也可表示長時間為了打造某種情況而付出努力,例如 We have been working to build a better future for our children.(我們一直在為我們的孩子們努力創造一個更好的未來。)

表示營造情感、氣氛等或增強某種東西時,可用於句型 1,例如 The air of anticipation is

building among teenage girls.（充滿期待的氛圍在十幾歲的女孩們中高漲。）或用於句型 3，例如 What is the best way to build up my confidence?（建立自信的最好方法是什麼？）

win 的核心概念是「得到積極正面的結果」。

可用於表示在戰爭中獲勝，例如 What is the point of winning the war?—it cost us millions of lives.（贏得戰爭的意義是什麼？它奪去了我們數百萬人的生命。）或表示在競爭中贏得勝利，例如 He believes the current government will win the next election.（他相信現任政府將贏得下次選舉。）

表示獲得獎賞或金錢等正面的競爭結果，例如用於句型 3 的 She wants to win the award for best teacher.（她想贏得最佳教師獎。）或用於句型 4 的 His brilliant play won him a FIFA Best Player Award.（他出色表現為他贏得國際足球總會最佳球員獎。）

也表示透過持續努力和堅持，得到積極的結果，例如 He will do anything to win her love.（為了贏得她的愛，他願意做任何事。）此時，受詞位置主要放表示肯定意義的名詞，常用語有 win the support（贏得支持）、win the trust（贏得信任）、win the hearts（贏得真心）等。

然後，他們全都站上 Charlie Chicky 的床，在玩偶面前表演。Manuk 撥弄他的網球拍。他沒有任何東西可以撥動拍面，於是他使用從廚房拿來的玉米脆片。George 吹響他的派對吹笛。當他用力吹時，有個捲起來的小東西突然伸出來。當他停止吹氣時，吹笛又再次捲回去。

1 然後，他們全都站上 Charlie Chicky 的床，在玩偶面前表演。

提示 連接副詞 then，對等連接詞 and，介系詞片語 in front of

2 Manuk 撥弄他的網球拍。

提示 句型 3

3 他沒有任何東西可以撥動拍面，於是他使用從廚房拿來的玉米脆片。

提示 to 不定詞的形容詞用法，連接詞 so

4 George 吹響他的派對吹笛。

提示 句型 1 動詞 toot，介系詞 on

5 當他用力吹時，有個捲起來的小東西突然伸出來。

提示 副詞子句連接詞 when

6 當他停止吹氣時，吹笛又再次捲回去。

提示 句型 3 動詞 stop，動名詞受詞，副詞 back

字詞建議

stand up 站起來 / **strum** 彈奏、撥動（吉他等）/ **corn chip** 玉米脆片（玉米製成的食品）/ **whistle** 哨子、哨笛 / **blow** 吹 / **curly** 捲曲的 / **pop out** 突然跳出、彈出 / **curl up** 捲起

第 1 個句子的「他們全都」是以 They all 表示。相反地，all of them 則是針對某特定群體，意指「群體裡的所有人」。這裡的語意不是針對特定群體，而是強調代名詞，因此要用表示「全部、都」的同位語 all，寫成 They all。

「他沒有任何東西可以撥動拍面，於是他使用從廚房拿來的玉米脆片」這句話應該如何表達呢？「撥動」的意思是「用三角形模樣的工具撥動吉他等」，也就是描寫用吉他撥片 Pick 等工具撥弦的樣子。「沒有任何東西可以撥動拍面」有些棘手。由於是用特定工具撥動拍面，可以用 to 不定詞寫成 to strum it(= the racket) with anything。但因為 anything 是句子的受詞，因此要改變語順，寫成 to 不定詞在後面修飾 anything 的 have anything to strum it with。

「當他用力吹時」可以用表示「時間」的副詞子句連接詞 when，寫成 when he blew it really hard。這裡的「用力吹」是指使勁吹氣，因此不是用 strongly，而是用 hard。主要句子「有個捲起來的小東西突然伸出來」可以用句型 1 的句子表示為 a little curly thing popped out。

「當他停止吹氣時，吹笛又再次捲回去」的動詞是 stop，後面接動名詞作為受詞。stop 表示「停止做～」，因此受詞是從過去就已經開始做的事。不過，He stopped to get gas.（他停下來加油。）的 stop 則是句型 1 的動詞，to get 是表示「目的」的副詞用法。

Then they all stood up on Charlie Chicky's bed and **performed** in front of the dolls. Manuk strummed his tennis racket. He didn't have anything to strum it with, so he used a corn chip from the kitchen. And George tooted on his party whistle. When he **blew** it really hard, a little curly thing **popped** out. When he stopped blowing, the whistle curled back up again.[39]

✦ 核心動詞字義用法解說

perform 的核心概念是「表現」。

可表示完成某項義務或工作，例如 I had him perform several simple tasks to test his aptitude.（我讓他做幾樣簡單的工作，測試他的資質。）或表示性能的展現，例如 This car performs well on unpaved roads.（這部車在未鋪設柏油的道路上性能表現良好。）

意指展現表演或演奏實力時，可用於句型 1，例如 The band always performs live.（這個樂團總是現場演出。）或用於句型 3，例如 The play has been performed hundreds of times.（這齣戲已經演出幾百次了。）

blow 的核心概念是「吹」。

可表示吹動某物，例如 She blew the dust off the table.（她把桌上的灰塵吹掉。）或表示在空中隨風飄動，例如 The ten-dollar bills blew away and people ran after them.（十元美金的鈔票被吹走，人們在後面追。）

也表示吹氣使發出聲音，例如用於句型 1 的 Just before the whistle blew, she scored the goal.（在哨音響起前，她踢進了一球。）或用於句型 3 的 The driver blew his horn, which brought her to the window.（司機按了喇叭，她因而走到窗邊。）

當風力強大時，爆發力也很驚人，因此也可表示因氣壓等因素而導致某物爆炸，例如 I don't know why my car was blown to pieces last night.（我不知道為什麼我的車在昨晚被炸得粉碎。）

此外，也有「揮霍、浪費」的意思，表示「失去或花光所有財產」，例如 Mike blew $2,000 all on a night out.（麥克出去一個晚上就花掉 2000 美元。）

pop 的核心概念是「突然」。

可表示某人突然出現或某物突然移動，例如用於句型 1 的 When I opened the box, something popped out.（當我打開盒子，有東西彈了出來。）以及 She popped into my office without notice.（她沒事先通知就出現在我的辦公室。）也可用於句型 3，例如 Jack popped his head into the room and winked at me.（傑克突然把頭探進來，對我眨眼睛。）

表示突然間啪地一聲爆裂或打開時，可用於句型 1，例如 The overblown balloon finally popped.（吹得太大的氣球終於砰地爆開了。），或用於句型 3，例如 I popped the cork and let the wine run.（我打開瓶塞，讓酒流了出來。）

Part 4

誰來當副詞

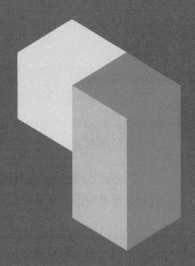

副詞也和形容詞一樣，以多種樣貌的片語和子句型
態出現。副詞片語有不定詞片語和介系詞片語，副
詞子句有連接詞子句。從子句和片語的形態來看，
雖然比其他詞類的種類少，但是可以修飾名詞以外
的所有詞類，詞意也非常多樣，因此別說是應用在
英文寫作，有時連意義解釋都不容易。這種時候，
要記住副詞的核心概念功能是「修飾」，並且仔細
觀察副詞的形態，以及負責修飾句子的什麼要素。
現在，讓我們一起探究構成副詞子句的連接詞
有哪些。

副詞（修飾名詞以外的全部詞類）

片語

to 不定詞片語

目的
He knocked on the window **to wake me up**.
他敲窗戶叫醒我。

根據
She must be a fool **to believe their words**.
她一定是個傻瓜，竟然相信他們的話。

結果
He grew up **to be a great leader**.
他長大後成為一位出色的領袖。

原因
He was surprised **to see you again**.
他很驚訝能再次見到你。

介系詞片語

修飾動詞
His cat followed him **into the room**.
他的貓跟著他進了房間。

慣用語
They kept walking **in search of water**.
他們繼續步行找水。

同時發生
She was in her room all day **with the door closed**.
她關著門待在她的房裡一整天。

分詞構句（連接詞子句的變形）

When he arrived home, he unpacked his suitcase.
→ **Arriving home**, he unpacked his suitcase.
到家後，他打開行李箱整理衣物。

子句

連接詞子句

時間

I was a good student **when I was young**.
我小時候是個好學生。

He listened to the music **as he walked up the hill**.
他邊聽音樂邊走上山丘。

I read a book **while you were having dinner**.
在你吃晚餐的時候,我讀了一本書。

理由

I like this book **because it is funny**.
我喜歡這本書因為它很有趣。

Since I was the youngest, I am used to being loved.
我排行最小,所以習慣被寵愛。

His condition got worse **as his temperature rose**.
隨著體溫上升,他的狀況變得越來越糟。

條件

If you want to have this book, I will buy it for you.
如果你要這本書,我就買給你。

The dog will bite you **when you touch him**.
你碰這隻狗,它就會咬你。

讓步

Although he lost the game, he deserves praise.
他雖然輸了比賽,但是他值得稱讚。

Though it was rainy, I went out to walk my dog.
雖然下雨,我還是出去遛狗。

Even though we did nothing, it was a great day.
雖然我們沒做什麼事,今天還是很愉快。

連接詞子句當副詞

連接詞的核心功能是「連結」，根據連接方式的不同而分成對等連接詞、從屬連接詞和相關連接詞。對等連接詞主要用於將兩個句子對等地連結起來時。從屬連接詞主要用於將小句子以副詞或名詞的角色從屬於大句子中，進而連結兩句。相關連接詞主要用於明確表現出兩句的相關關係。

我們先來了解一下構成副詞子句的從屬連接詞。首先必須知道意義相近的連接詞有什麼不同。例如，以下的句子使用了表示「時間」的連接詞，它們有什麼差別呢？

ⓐ I was a good student **when I was young**. 我小時候是個好學生。

ⓑ He listened to the music **as he walked up the hill**. 他邊聽音樂邊走上山丘。

ⓒ I read a book **while you were having dinner**. 在你吃晚餐的時候，我讀了一本書。

我們學過 when/as/while 都是表示時間的從屬連接詞，但是他們在意義上是有差異的。**when** 表示特定時間點，例如 ⓐ 句裡的「小時候」。**as** 表示進行某動作的情況，例如 ⓑ 句裡的「邊走上山丘」。**while** 主要用於兩件事同時進行的時候，如 ⓒ 句所示，「你吃晚餐」和「我讀書」兩件事同時發生，因此在眾多連接詞中選擇使用 **while**。

ⓐ I like this book **because it is funny**. 我喜歡這本書因為它很有趣。

ⓑ **Since I was the youngest**, I am used to being loved. 我排行最小，所以習慣被寵愛。

ⓒ His condition got worse **as temperature rose**. 隨著體溫上升，他的狀況變得越來越糟。

以上例句都使用了表示理由的從屬連接詞 because/since/as，但語意上有些不同。because 主要表達直接的原因，例如 ⓐ 句中「書很有趣」的事實就是直接的原因。since 主要表達既定事實，例如 ⓑ 句的「我排行最小」是已經知道的事實。as 主要用於表示進行中的狀況是事件原因，例如 ⓒ 句中「體溫上升」是進行中的狀況。順道一提，原則上連接詞子句是放在句子後面，但若想進行強調，就可以像 ⓑ 句一樣倒裝。

ⓐ **If you want to have this book**, I will buy it for you. 如果你要這本書，我就買給你。

ⓑ The dog will bite you **when you touch him**. 你碰這隻狗，它就會咬你。

現在來看一下表示條件的連接詞 if/when。當我們想表達假設語氣，要構成「如果～」的從屬子句時，大部分都想會到 if，但事實上也經常使用 when，只不過意義上有些不同。if 表示「條件」，例如 ⓐ 句中「如果你要這本書」就是表示「條件」。反觀 when 則是同時表示「條件」和「時間」，例如 ⓑ 句同時表達了「如果碰這隻狗」的「條件」和「碰這隻狗時」的「時間」。

ⓐ **Although he lost the game**, he deserves praise. 他雖然輸了比賽，但是他值得稱讚。

ⓑ **Though it was rainy**, I went out to walk my dog. 雖然下雨，我還是出去遛狗。

ⓒ **Even though we did nothing**, it was a great day. 雖然我們沒做什麼事，今天還是很愉快。

表示讓步的從屬連接詞 although/though/even though 在語意上也有些不同。所謂「讓步」就如同字面上的意思，對從屬連接詞子句的內容表示認定。意思上是「雖然」，扮演著一種預告「反轉」的角色。其中 although 是最普遍的，even though 是用於強調從屬子句時，though 則主要用於口語表達。though 除了連接詞以外，也當作副詞使用，表示「不過、然而、可是」。

也有一些較複雜的連接詞，其中之一是包含 as long as（只要）、as soon as（一～就）、as well as（不只～而且）等在內的 as ～ as 類型，在了解這類連接詞的應用結構前，首先要了解 as 的用途。

as 可作為介系詞、副詞和連接詞。作為介系詞時表示「當做、以～身分」，作為副詞時表示「如同、一樣地」，作為連接詞時表示「當～時」、「由於」、「像～一樣」。前面介紹過的 as 是表示「時間」和「理由」的連接詞，而這裡介紹的詞類則是表示「對等」的副詞 as。讓我們看以下的例句。

You are **as** tall **as** he is.
你和他一樣高。

as 有兩處，第一個是作為副詞，第二個是作為連接詞。副詞 as 是表示「如同～」的修飾語，即使沒有針對對等的對象多做説明，也可以單獨使用。例如 You are as tall.（你也一樣那麼高。）當中的 as 可以獨立修飾形容詞 tall。第二個 as 是作為連接詞，因此接在後面的是「主詞＋動詞」的子句。雖然也有特殊的狀況，如在後面放受詞 You are as tall as him. 或為了強調句意而添加 possible 的情況 Please let me know as soon as possible.（請盡快告訴我。）但一般來説 as ～ as... 的句型可以像從屬連接詞一樣使用。

「so ＋形容詞＋ that ＋主詞＋動詞」型態的 that 子句也不是當名詞子句，而是作為副詞子句，表示「如此～以致於…」的「結果」。that 前面如果是「形容詞＋名詞」的形態，就要以 such 代替 so。

I am **so** tired **that** I can't move at all.

我累到完全動不了。

It is **such** a good place **that** thousands of people visit every day.

這個地方真的很棒，每天都有數千人來訪。

與這個句型容易混淆的用法有「so that 放在一起」的形態和「so that 前面加逗號」的形態。「so that ＋主詞＋動詞」意指「為了、以便」，表示「目的」，「, ＋ so that ＋主詞＋動詞」意指「因此、於是、所以」，表示「結果」。

I woke up early **so that** I could get to the airport on time.

我起得很早，以便能準時抵達機場。

I was sick, **so that** I stayed home.

我生病了，所以待在家裡。

太空對太空人來說是個危險的地方。它在陽光下熱得滾燙,在地球的陰影下又冷得刺骨。太空衣可以在太空人去到太空時保護他們。為了使它們堅固耐用,採用了多層製造,因此體積非常龐大。為了讓太空人在太空船外工作時保持涼爽,太空衣底下的水管會排熱。

❶ 太空對太空人來說是個危險的地方。

提示 介系詞 for

❷ 它在陽光下熱得滾燙,在地球的陰影下又冷得刺骨。

提示 動詞 boil/freeze(現在分詞形容詞),介系詞片語 in the sunshine/in the Earth's shadow

❸ 太空衣可以在太空人去到太空時保護他們。

提示 連接詞 when,副詞 out

❹ 為了使它們堅固耐用,採用了多層製造,因此體積非常龐大。

提示 連接詞 because,to 不定詞的副詞用法,句型 5 動詞 make

❺ 為了讓太空人在太空船外工作時保持涼爽,太空衣底下的水管會排熱。

提示 句型 5 動詞 keep,to 不定詞的副詞用法,連接詞 while,介系詞 under

字詞建議

astronaut 太空人 / **boil** 沸騰 / **freeze** 凍結 / **spacesuit** 太空衣 / **out** 出去 [外出] 中的 / **bulky** 體積龐大的 / **made of** 由～製成 / **layer** 層 / **spacecraft** 太空船 / **tube** 管、管子 / **carry away** 帶走、搬走

在第 2 句裡發現了一些有用的表達方式。現在分詞型態的形容詞 boiling 和 freezing 分別表示「熱得滾燙」和「冷得刺骨」。表達「在陽光下」和「在地球的陰影下」時，比起用連接詞，更適合用介系詞片語 in the sunshine 和 in the Earth's shadow，以修飾動詞的副詞表示會更加自然。

「在太空人去到太空時」可以使用表示時間的連接詞 when，以副詞子句 when they are out in space 表示。由於是陳述普遍的事實，可以用現在式寫成 Spacesuits protect astronauts。

由於「為了使它們堅固耐用，採用了多層製造」直接表達了原因，因此適合用 because 副詞子句。「為了使它們堅固耐用」可以用 to 不定詞的副詞用法，而主要句子的主詞已經在前面提過，因此這裡要用代名詞 these，寫成 These are ～ because they are made of many layers to make them strong.

「為了讓太空人在太空船外工作時～排熱」表示同時發生的狀況，可以用連接詞 while 構成從屬子句 while they work outside the spacecraft。「太空衣底下的」修飾 tubes of water，因此主要句子的主詞是 tubes of water under the spacesuit。動詞用 carry，由於文意上是表示搬運到其他地方，因此副詞用 away，而受詞可以用 heat。「為了讓太空人保持涼爽」是用句型 5 動詞 keep 構成「keep ＋受詞 (the astronauts) ＋受詞補語 (cool)」型態的 to 不動詞片語。

Space is a dangerous place for astronauts. It can be **boiling** hot in the sunshine or **freezing** cold in the Earth's shadow. Spacesuits protect astronauts when they are out in space. These are very bulky because they are made of many layers to make them strong. To keep the astronauts **cool**, while they work outside the spacecraft, tubes of water under the spacesuit carry away heat.[40]

✦ 核心動詞字義用法解説

boil 的核心概念是「沸騰」。

表示液體沸騰時，可用於句型 1，例如 The water is boiling and bubbles are rising.（水在沸騰，氣泡在上升。）或用於句型 3，例如 The chef told me to boil salted water first.（廚師叫我先把鹽水燒開。）

也可表示「在沸水中煮」，例如用於句型 3 的 Boil the eggs for ten minutes so that they don't get overcooked.（雞蛋煮十分鐘，以免煮太熟。）此外，也表示「為了燒開水而加熱容器」，例如用於句型 1 的 The pot is boiling now.（現在鍋子燒開了。）或用於句型 3 的 Let me boil the kettle and make some tea for you.（讓我把水壺燒開，為你泡茶。）

也可表示憤怒到極點，例如用於句型 1 的 My dad was boiling with anger when he found out that I had quit school.（當爸爸知道我退學時，他怒不可遏。）

freeze 的核心概念是「凍結」。

表示溫度降到零下使物體或液體結冰時，可用於句型 1，例如 The lake has frozen to a depth of over half a meter.（湖水已經結冰超過 50 公分。）或用於句型 2，例如 The body froze solid.（屍體凍成硬塊了。）也可用於句型 3，例如 The cold weather had frozen the clothes hanging on the washing lines.（寒冷的天氣使掛在曬衣繩上的衣服結凍了。）或用

於句型 5，例如 This year's cold spell has frozen the ground hard.（今年的寒流把地面凍得硬梆梆的。）

表示為了長時間保存食物而冷凍時，可用於句型 1，例如 Some vegetables freeze faster than others.（有些蔬菜比其他蔬菜更快結凍。）或用於句型 3，例如 Why don't we freeze the cake that is left over?（何不把剩下的蛋糕冷凍起來？）

也可用來形容天寒地凍的天氣，例如用於句型 1 的 We are all freezing. Please close the window.（我們都快冷死了，請關上窗戶。）或用於句型 3 的 He was frozen to death on his way to the base camp.（他去大本營的路上被凍死了。）

此外也有凍僵、凍結的意思，可表示身體因恐懼或緊張而僵硬的狀態，例如 We froze with horror as the dead body moved.（屍體移動時，我們都嚇呆了。）或表示價格、工資等保持不變的狀態，例如 Wages have been frozen at the level of last year.（工資被凍結在去年的水準。）

cool 的核心概念是「涼爽」。

表示使溫度降低時，可用於句型 1，例如 Leave the soup to cool for a while.（讓湯放涼一下。）或用於句型 3，例如 I remember the evening breeze that cooled my face.（我記得那陣把我的臉吹涼的晚風。）

將此意思擴大後，也用來表示熱情和感情的冷卻，例如 His interest in this book seems to be cooling off.（他對這本書的興趣似乎正在逐漸冷卻。）

此外，也可表示市場或事業等不如以往發展快速，熱度正逐漸冷卻，例如 He predicted that the housing market would cool off later this year.（他預測今年下半年度的房屋市場將會降溫。）

| 中翻英寫作練習 41

他為了滅火而用腳踩踏火焰,但是小火苗實在蔓延太快,他踩熄一個火焰,馬上就冒出另一個火焰。「我去拿水管來!」Snow 先生喊道:「Isabelle,跑過去打開水。然後叫妳媽媽打給 911。」Isabelle 和 Jeff 跑去打開水。他們以最快的速度跑過去。Isabelle 想像著它像電視新聞裡的森林大火一樣變得又大又猛烈。

1 他為了滅火而用腳踩踏火焰,但是小火苗實在蔓延太快。

提示 動詞片語 put out,對等連接詞 but

2 他踩熄一個火焰,馬上就冒出另一個火焰。

提示 連接詞 as soon as

3 「我去拿水管來!」Snow 先生喊道:「Isabelle,跑過去打開水。然後叫妳媽媽打給 911。」

提示 祈使句,句型 5 動詞 tell

4 Isabelle 和 Jeff 跑去打開水。他們以最快的速度跑過去。

提示 to 不定詞的副詞用法,as +原級+ as

5 Isabelle 想像著它像電視新聞裡的森林大火一樣變得又大又猛烈。

提示 句型 5 動詞 imagine,句型 2 動詞 grow,介系詞 like

字詞建議

stamp on 踩踏 / flame 火舌、火焰 / quick 快的、迅速的 / appear 出現 / grab 快速抓取 / yell 喊叫 / turn on 打開 / tap 水龍頭 / fierce 兇猛的、猛烈的

應該如何表達「踩踏」呢？雖然主要是用 step，但這裡是描寫為了滅火而用力踩踏的模樣，較適合用 stamp。因為 stamp 是不及物動詞，後面要用介系詞 on。

「做～之後馬上就～」意味著「一～就～」，可以用 as soon as 表示。one 是「幾個當中不特定的一個」，another 是「再一個同種類的東西」，由於在這裡是扮演修飾 flame 的角色，因此要寫成 As soon as he stamped on one flame, another flame appeared.。

「拿來」的動詞是用 grab，不是 take。由於是急迫的狀況，表示匆忙間隨手拿取的 grab 更適合這裡的文意。「叫妳媽媽做～」是用表示「傳達指示」的動詞 tell，以句型 5 的結構寫成 Tell your mother to call 911. 即可。

「以最快的」和「盡可能的」是同樣的意思，可以用 as fast as they could 表達。「打開水」意指「打開水龍頭」，可以寫成 turn on the tap。

「想像著」適合用動詞 imagine，主要用來表示沒有明確根據下的猜想。這裡可以用句型 5 的結構表示為 Isabelle imagined it growing big and fierce ～。火勢「變得又大又猛烈」的狀態正好可以用句型 2 的動詞 grow 表示「逐漸增長或變大」。

He **stamped** on the flames to put them out, but the little flames were too quick. As soon as he stamped on one flame, another flame **appeared**. "I'll grab the hose," Mr. Snow yelled. "Isabelle, run and turn on the tap. Then tell your mother to call 911." Isabelle and Jeff ran to turn on the tap. They ran as fast as they could. Isabelle **imagined** it growing big and fierce like the forest fires on the TV news.[41]

✦ 核心動詞字義用法解説

stamp 的核心概念是「印記」。

主要表示使用工具印上印章、郵戳或驗訖的標籤等，例如 Please check the sell-by date stamped on a carton of milk first.（請先確認牛奶盒上的保存期限。）也可表示「用力踩踏到留下明顯的印痕」，例如用於句型 1 的 Should I stamp on that insect?（我應該踩那隻昆蟲嗎？）或用於句型 3 的 My daughter is stamping her foot and refusing to take a bath.（我女兒正在跺著腳，拒絕去洗澡。）

此外，也表示雖然看不見但留下永久的強大影響，例如 He tried to stamp his personality on the whole place.（他試著在四處留下自己的個性。）也可用來表示感情明顯流露在臉上，例如 Hostility was stamped across his face.（他的臉上明顯表現出敵意。）

appear 的核心概念是「出現」。

可表示事物或人出現，例如 Have you seen new shoots appearing at its base?（你看到它的根部長出新芽了嗎？）或表示原本不存在的東西開始出現，例如 Do you know when dinosaurs appeared on the earth?（你知道恐龍是什麼時候出現在地球上的嗎？）

也可表示於電影或戲劇登場演出，例如 She has appeared in over 100 movies in the last three decades.（她在過去三十年演出 100 多部的電影。）以及表示書籍的出版、首次出現在報導或節目中，例如 His new novel will be appearing next summer.（他的新小説將在明年夏天出版。）

此外也有表示「似乎」的「猜測」意義。不過語感上和意義類似的 seem 並不相同。seem 是估計、推測，appear 是表面上看起來好像如何，意思不一樣。表示猜測時，可用於句型 1，例如 It appeared to us that we needed to do something.（我們好像需要做點什麼的樣子。）或用於句型 2，例如 He may appear unfriendly to those who don't know about him.（對那些不了解他的人來説，他可能看起來不友善。）也可在主詞補語位置接 to 不定詞，例如 They appeared to have no idea about what was going on.（他們似乎不知道發生了什麼事。）

imagine 的核心概念是「想像」。

主要表示在腦海中試著刻畫出尚未發生的事。例如 Can you imagine walking into this haunted house alone?（你能想像自己一個人走進這棟鬼屋嗎？）

此意義擴大後，也可用來表示「沒有根據地以為～」，可用於句型 3，例如 I imagined that the contract was made under threat of violence.（我猜想這份合約是在暴力威脅下簽訂的。）或用於句型 5，例如 I imagined him to be the smartest man in the world.（我想他是這世界上最聰明的男子。）

此外，也有「基於想像，不是事實」的意思，用來表示「荒唐的虛構」，例如 We have never heard of that story—You must have imagined it!（我們從來沒聽過那個故事，一定是你想像出來的！）

要到達珠穆朗瑪峰 (Everest)，探險隊必須走 190 英里。唯一的路非常狹窄，以致於他們一次只能一個人走。光是抵達那座山，他們就要花一個多月的時間！那條路從森林開始。天氣熱得難受，很快地每個人就汗流浹背。很難相信他們很快就會穿上風雪大衣和雪靴。

1 要到達珠穆朗瑪峰 (Everest)，探險隊必須走 190 英里。

提示 to 不定詞的副詞用法，助動詞 must

2 唯一的路非常狹窄，以致於他們一次只能一個人走。

提示 so ＋形容詞＋ that，have to

3 光是抵達那座山，他們就要花一個多月的時間！

提示 句型 4 動詞 take，to 不定詞的名詞用法

4 那條路從森林開始。天氣熱得難受。

提示 句型 1 動詞 begin，非人稱主詞 it

5 很快地每個人就汗流浹背。

提示 現在進行式

6 很難相信他們很快就會穿上風雪大衣和雪靴。

提示 名詞子句連接詞 that 省略，虛主詞／真主詞，未來進行式

字詞建議

reach 抵達 / expedition 探險 [遠征]（隊）/ path 小路 / narrow 窄的 / march 行進 /
one by one 一個接一個、逐個地 / more than 多於 / just 只是、僅僅 / get to 抵達 / sweltering 炎熱地 /
soon 很快 / drip 滴下 / sweat 汗水 / parka 風雪大衣（帶有風帽的防水防風上衣）

「要到達珠穆朗瑪峰」可以使用表示「目的」的 to 不定詞副詞用法。不能寫成 For reaching Everest，因為動名詞表示連續／狀態／過去，不適合用於這裡暗示未來的文意上。「必須走 190 英里」句中的單位，應該用什麼助動詞表示呢？should 表示「期許」這麼做，have to 表示「需要」這麼做，must 表示除此之外沒有其他選擇，因此這裡要用 The expedition must walk ～。

「非常～以致於…」可以使用表示原因和結果的「so ＋形容詞＋ that 子句」。這裡描寫每個人以同樣的姿勢一個一個依序行走的模樣，適合用動詞 march。「花時間」的動詞是 take。take 可以構成句型 3：【It takes an hour to get to the station.（到車站要花一個小時。）】和句型 4：【It takes me an hour to get to the station.（我花一個小時到車站。）】的句子，這裡可以用句型 4 寫成 It will take them more than a month just to get to the mountain!

「流汗」可以使用動詞 sweat，但是像這裡描寫汗水滴下來的模樣時，可以使用表示「（水珠）滴下」的動詞 drip。不過，若想具體說明是何種水滴，就要使用介系詞 with。

最後一句的主詞很長，所以使用虛主詞 it。真正主詞 to believe 的受詞是以 that 子句表示。「就會穿上」是描述在未來時間點上將會發生的事，以未來進行式「will ＋ be ～ ing」表示，意指狀態持續一段時間，不是指動作的進行。

To reach Everest, the expedition must walk one hundred and ninety miles. The only path is so narrow that they have to **march** one by one. It will take them more than a month just to get to the mountain! The path begins in a jungle. It is **sweltering**. Soon everyone is **dripping** with sweat. It is hard to believe they will soon be wearing parkas and snow boots.[42]

✦ 核心動詞字義用法解說

march 的核心概念是「充滿決心的步伐」。

描寫心意堅定且快速前進的模樣，例如 He marched up to her and kissed her passionately. （他堅定地走向她，熱情地親吻了她。）或表示在公共場合示威遊行的模樣，例如 Millions of people marched in protest against the proposed new plan. （數百萬人示威遊行抗議新提出的計劃。）也表示如同行軍一般，以規律的步伐有節奏地走，例如 The soldiers marched 30 miles every day. （士兵們每天行軍 30 英里。）

此外，也表示抓住某人強行帶走，例如 My mother gripped my arm and marched me off to his office. （我媽媽抓著我的手臂，強行把我拉到他的辦公室。）

sweltering 的核心概念是「悶熱」。

意思上和 hot、stifling、scorching 等單字類似，但語意有些不同。sweltering 表示熱到讓不悅指數上升的地步，例如 He stayed in the cottage despite the sweltering heat. （儘管悶熱難受，他還是留在小屋裡。）hot 單純指溫度高，例如 Could you turn down the air conditioner? It is too hot. （可以把冷氣調低一點嗎？好熱啊。）stifling 表示令人窒息的悶熱，例如 No one would bear such stifling heat. （這樣悶熱誰也受不了。）scorching 意指灼

熱到快燒焦的地步，例如 Another scorching summer day is waiting for us.（又是一個炎熱的夏天在等待著我們。）

drip 的核心概念是「滴下」。

描寫汗、水、血、油等液體滴下來或流下來的模樣時，可用於句型 1，主要和介系詞 with 一起使用。例如 He is dripping with sweat.（他汗流浹背。）或是 Her fingers are dripping with blood.（她的手指在滴血。）後面接受詞時，可用於句型 3，例如 The candle is dripping wax.（蠟燭正滴著蠟。）

分詞構句當副詞

分詞構句是當主要句子和副詞子句的主詞相同時，將副詞子句的連接詞和主詞省略後，動詞改成分詞片語的形態。

ⓐ **When he arrived home**, he unpacked his suitcase.

ⓑ **Arriving home**, he unpacked his suitcase.

（到家後，他打開行李箱整理衣物。）

ⓐ 句中，副詞子句和主要句子的主詞 he 重複出現，文意上為表示前後關係而使用表示「時間」的連接詞 when。像這樣如果主詞相同，文意上又容易掌握前後句的邏輯關係時，可以省略連接詞和主詞，並且像 ⓑ 句一樣把動詞改成分詞型態。為什麼一定要用分詞構句呢？因為可以去掉副詞子句多餘的部分，只要言簡意賅地傳達核心即可。

分詞構句分成保留連接詞的分詞構句、被動式分詞構句、省略對等連接詞 and 的分詞構句。保留連接詞的分詞構句就是不省略連接詞，照原樣放在分詞構句前面，主要用於前後句的邏輯關係模糊或想強調相反觀點時。

Once you start, you won't be able to stop it.

→ **Once starting**, you won't be able to stop it.

一旦開始，你就停不下來。

被動式分詞構句是在副詞子句為被動式的型態時使用。簡單地說，就是將

被動式的 be 動詞改成分詞的形態，此時 being 常被省略。

被動式
Because his team was defeated in the playoffs, his team has to wait for the next season.

分詞構句
→ **(Being) defeated in the playoffs**, his team has to wait for the next season.

由於在季後賽中被擊敗，他的球隊必須等待下個賽季。

需要注意的是省略對等連接詞 and 的分詞構句。英語教科書往往把教學重心放在將從屬連接詞連結的句子改成分詞構句，但是實際上更常用的是將對等連接詞 and 連結的句子改成分詞構句。

「然後」
Julia opened the door **and she let me inside**.

→ Julia opened the door, **letting me inside**.

茱莉亞開門讓我進去。

由 and 連結的兩個句子如果主詞相同，就可以用分詞構句表示。再加上 and 具有「而且、所以、然後」等多種意義，因此可以在許多文意脈絡中代替從屬連接詞。此外，當意指整個句子的 it 是對等連接詞 and 所在句中的主詞時，可以像下方例句一樣改成分詞構句。

「因此」
The weather was terrible, **and it made it impossible to complete the road construction**.

→ The weather was terrible, **making it impossible to complete the road construction**.

天氣很糟糕，使道路施工不可能完成。

熱帶雨林樹木的樹冠,即樹的最頂部長得又寬又厚,扮演著像雨傘一樣的角色,阻止大部分的雨水下到地上。它們也遮蔽大部分的陽光,使森林的地面陰暗又神祕。叢林是熱帶雨林中最茂密的部分。植物生長地如此緊密,彼此交錯在一起,你唯一可以穿越它們的方法是開闢一條新路。

1 熱帶雨林樹木的樹冠,即樹的最頂部長得又寬又厚,扮演著像雨傘一樣的角色,阻止大部分的雨水下到地上。

提示 引出同義詞的 or,so ~ that 句型,句型 2 動詞 grow,現在分詞修飾,stop A from ~ ing

2 它們也遮蔽大部分的陽光,使森林的地面陰暗又神祕。

提示 省略對等連接詞的分詞構句,句型 5 動詞 make

3 叢林是熱帶雨林中最茂密的部分。

提示 形成最高級

4 植物生長地如此緊密,彼此交錯在一起,你唯一可以穿越它們的方法是開闢一條新路。

提示 句型 2 動詞 grow,so ~ that 句型,介系詞 by

字詞建議

crown 樹冠 / top 頂部 / rainforest 熱帶雨林 / thick 厚的 / ground 地面 / shade out 遮住(光線)/ floor 地面 / murky 陰暗的 / tangled 糾結的 / get through 通過 / hack 開闢 / path 路

「最頂部」修飾「樹冠」，修飾語最好能夠靠近修飾的對象，因此第一個句子建議由 "The crowns, or tops, of rainforest trees" 開始。敘述部分可以使用「so ～ that」句型表達「如此～以至於～」的意思，寫成 grow so wide and thick that they act like umbrellas。

這裡值得注意的是，「阻止大部分的雨水下到地上」是將前面整個句子當作主詞，因此要像 "and it stops much of the rain from reaching the ground" 一樣以對等連接詞連結，如此一來，大部分都具有分詞構句的結構。

第 2 句的情況也一樣，「遮蔽大部分的陽光」是後句的主詞，所以可以寫成 They also shade out most of the sunlight, making (=and it makes) the forest floor murky and mysterious.

最後一句也需要「so ～ that」，將「生長地如此緊密，彼此交錯在一起」寫成 "grow so closely tangled together that"。副詞 closely 和 together 修飾過去分詞型態的形容詞 tangled，而 tangled 則放在句型 2 動詞 grow 的主詞補語位置。和第一句一樣，grow「成（長）為～」的涵義中，這裡的結構更強調「成長」。

The crowns, or tops, of rainforest trees grow so wide and thick that they **act** like umbrellas, stopping much of the rain from reaching the ground. They also **shade** out most of the sunlight, making the forest floor murky and mysterious. Jungles are the thickest parts of a rainforest. The plants grow so closely tangled together that the only way you can get through them is by **hacking** out a new path.[43]

✦ 核心動詞字義用法解說

act 的核心概念是「行動、起作用」。

主要和 like 或 as if 一起使用,表示特定的行為,例如 You should act like adults.(言行舉止要像個大人。)或是 He acts as if he were a millionaire.(他表現得好像他是個百萬富翁。)此意義延伸後,可用來表示「扮演」,例如用於句型 1 的 He has acted in play before.(他以前演過戲。)或用於句型 3 的 She acted the role of the queen.(她演皇后的角色。)

此外,也表示為了解決問題而採取行動,例如 Lifeguards acted quickly to rescue drowning swimmers.(救生員迅速行動救援溺水的泳客。)

另外也有「起作用」的意思,即表示看見特定效果,例如 We are trying to figure out how this drug acts in the body.(我們正努力了解這種藥在體內的作用。)

shade 的核心概念是「陰影」和「變化」。

可表示遮住光線,製造陰影,例如 Old city streets were completely shaded by newly-built skyscrapers.(舊的城市街道完全被新建的摩天大樓遮蔽了。)或表示利用鉛筆或類似工具加入陰影,例如 Why is this part of the painting shaded?(為什麼畫作的這個部分有陰影?)

Shade 也表示特定對象在逐漸變化，例如 His dislike of woman has shaded into misogyny.（他對女性的反感逐漸變成厭女症。）此外，也表示兩個對象之間逐漸沒有明確的界線，例如 The leaf is bright red at its base, shading into dark brown at its tip.（葉子底部是亮紅色，葉尖逐漸變成深褐色。）

hack 的核心概念是「亂劈亂砍」。

表示以物理的方式劈砍某對象時，可用於句型 1，例如 We hacked at the bushes and ventured into the unknown.（我們劈開草叢，冒險進入未知的世界。）或用於句型 3，例如 It bothered me a lot to see a butcher hacking off a chunk of meat.（看到肉販切下一大塊肉令我感到很困擾。）

可用於表示亂砍資料或把資料弄得亂七八糟，意指駭客入侵電腦，例如用於句型 1 的 Computer hacking has become so widespread that each country is seeking cooperation with Interpol.（電腦駭客入侵氾濫，各國都在尋求與國際刑警組織合作。）或用於句型 3 的 A man hacking the top-secret government data was arrested yesterday.（駭入政府最高機密檔案的男子昨天被捕。）

在足球之類的運動比賽中，表示在最前方使勁把球截下踢出去，例如 He managed to hack the ball away.（他好不容易把球踢了出去。）或表示披荊斬棘地突破特定狀況，例如 Innumerous people have left this job because they couldn't hack it.（無數人因為無法勝任這份工作而離職。）

中翻英寫作練習 44

海岸在許多方面需要我們的保護和保存。每個海岸都是獨特的棲息地，一旦消失，可能再也無法恢復。因著來自於陸地和海洋兩邊都發生的污染等問題，海洋被困在中間，需要額外的照顧。有時鯨魚會擱淺在海灘上，或許牠們是因為污染而生病。為了拯救牠們所作的努力並不總是能成功。

❶ 海岸在許多方面需要我們的保護和保存。

提示 副詞片語 in many ways

❷ 每個海岸都是獨特的棲息地，一旦消失，可能再也無法恢復。

提示 保留連接詞 (once) 的分詞構句，助動詞 may

❸ 因著來自於陸地和海洋兩邊都發生的污染等問題，海洋被困在中間，需要額外的照顧。

提示 介系詞 with，動詞 come（現在分詞），介系詞片語 in the middle

❹ 有時鯨魚會擱淺在海灘上，或許牠們是因為污染而生病。

提示 句型 2 動詞 get，連接詞 because

❺ 為了拯救牠們所作的努力並不總是能成功。

提示 to 不定詞的形容詞用法

字詞建議

seashore 海岸 / conservation 保護、保存 / unique 獨一無二的、特有的 / habitat 棲息地 /
gone 結束的、消失的 / return 恢復 / such as 比如（例如）/ come from 來自 [起源] / stuck 卡住的 /
extra 額外的、特別的 / strand 擱淺（動彈不得）/ be ill from 因～生病

第 2 句有點複雜。「每個海岸都是獨特的棲息地」、「一旦（海岸）消失」、「（海岸）可能再也無法恢復」的主詞都一樣，因此可以用分詞構句寫出簡潔的句子。首句可以用句型 2 簡單扼要的寫成 Each shore is a unique habitat。接著使用表達「做一次就～」的從屬連接詞 once，以副詞子句表示為 once it is gone，再把重複出現的主詞和 be 動詞省略，保留連接詞，形成 once gone 的分詞構句。

「因著污染等問題」説明了原因，但是這裡如果使用 because of 或 due to 會顯得有些格格不入。我會用介系詞 with，因為文意上看來，與其説這問題是直接的原因，更像是「帶著問題」被夾在中間。將 with 構句倒裝於句首，也可達到強調 problems 的效果。「來自於～發生的污染」是以 pollution 作為動作的主體，以表示主動關係的現在分詞 pollution coming from 表現修飾結構。

在被動語態中，用 get 代替 be 動詞時，可表示「遭遇（不好的事）」。這麼一來，腦海中便能描繪出鯨魚動也不動地擱淺在陸地上，處於孤立狀態且令人惋惜的場面。

該如何表達「或許」呢？令人訝異的是，一個逗號就可以解決這個問題。在從屬連接詞前面加逗號時，從屬連接詞的功能就不是修飾（限定），而是補充説明（非限定）。例如，He won the prize because he had worked hard. 是「他因為努力工作而得獎」，但是 He won the prize, because he had worked hard. 就可以解釋為「他得了獎，這是因為他努力工作的緣故」。

> Seashores need our protection and conservation in many ways. Each shore is a unique habitat, and once gone, it may never **return**. With problems such as pollution coming from both the land and the sea, seashores are **stuck** in the middle and need extra care. Whales sometimes get stranded on beaches, perhaps because they are ill from pollution. Efforts to **save** them do not always succeed.[44]

✦ 核心動詞字義用法解說

return 的核心概念是「返回」。

可表示人的回歸或返回，例如 How long have you waited for your son to return?（你等你兒子回來等多久了？）或表示讓事物回到原來的位置，例如 I returned the book that I had borrowed last month to the library.（我把上個月借來的書還給圖書館了。）也表示某種感情或狀態再次發生，例如 This pain can be managed but not cured, so it can return anytime.（這種疼痛可以控制，但是無法治癒，隨時都可能復發。）

此外，可表示退回，例如 He never returns my request.（他從不退回我的請求。）或表示以類似的行動或方式回報，例如 Do you think you can return her love?（你覺得你能回報她的愛嗎？）

stick 的核心概念是「木棍」和「黏住」。

主要用來比喻像棍子一樣朝特定方向凸出來時，可用於句型 1，例如 The letter was sticking out of her handbag.（信從她的手提包裡露出來。）或用於句型 3，Don't stick out your tongue—it is rude.（不要伸出你的舌頭，這樣很不禮貌。）

表示像棍子一樣長或尖的東西插入或刺入某處時，可用於句型 1，例如 A rose thorn stuck

in my hand.（一根玫瑰刺扎進了我的手。）或用於句型 3，例如 Could you stick the needle into my left arm?（你能把針打在我的左手臂上嗎？）

表示「黏住、固定住」時，可用於句型 1，例如 The sauce stuck to the pan. You should have stirred it.（醬汁黏在平底鍋了，你應該攪拌一下醬汁的。）或用於句型 3，例如 His car was stuck in the mud.（他的車子陷進泥裡了。）另外，也可表示「忍耐」，不論再艱困也要堅持到底，例如 She can't stick with this job any longer.（她再也無法忍受這份工作。）

除此之外，也有隨意放置的意思，例如 Why don't you stick your coat there and come up to the fire?（請把你的外套隨意擺放在那裡，並到火爐這邊來。）

save 的核心概念是「救助」和「節省」。

可表示把人從危險中救出，例如 He saved his son from drowning.（他救了溺水的兒子。）或表示在某種狀況或狀態下進行援救，例如 Despite their efforts to save the failing marriage, they ended in divorce last month.（儘管他們努力挽救失敗的婚姻，但是上個月他們仍然以離婚收場。）

為了將來著想，不隨意使用並好好保管或珍視，意指「保存」時，可用於句型 1，例如 He is saving up for a new house.（他正在存錢買新房子。）或用於句型 3，例如 She saved all her letters so that she could remember her fun days.（她把所有的信都保存下來，這麼一來她就能記得快樂的日子。）也可用於句型 4，例如 Could you please save me a seat?（能請你幫我保留個座位嗎？）

表示對於時間、金錢或努力等「節省、節約」時，可用於句型 3，例如 I think we will save time if we take the train.（我想如果我們搭火車，將能夠節省時間。）或用於句型 4，例如 Your help has saved me a lot of work.（你的幫忙讓我省了很多事。）

有些爬蟲類的成體會保護自己的卵，在卵孵化後會保護自己的幼子。但大多數爬蟲類會在安全的地方產卵，讓幼子獨自謀生。海龜在夜間於海邊的洞穴裡產卵，當小海龜孵化後，牠們急忙奔向大海。牠們以最快的速度奔跑，試圖在被吃掉之前到達大海。

1 有些爬蟲類的成體會保護自己的卵，在卵孵化後會保護自己的幼子。

提示 連接詞 when

2 但大多數爬蟲類會在安全的地方產卵，讓幼子獨自謀生。

提示 句型 3 動詞 lay，句型 5 動詞 leave

3 海龜在夜間於海邊的洞穴裡產卵。

提示 介系詞 at/in/on

4 當小海龜孵化後，牠們急忙奔向大海。

提示 連接詞 when，介系詞 to

5 牠們以最快的速度奔跑，試圖在被吃掉之前到達大海。

提示 as ＋原級＋ as，動詞 try（現在分詞），句型 2 動詞 get

字詞建議

reptile 爬蟲類 / hatch 孵化 / lay 產（卵）/ fend for oneself 照顧自己、獨自謀生 / burrow 洞穴 / dash 急奔 / reach 抵達

「大多數爬蟲類～讓幼子獨自謀生」當中的「讓～獨自做～」可以用句型 5 的動詞 leave 表示。受詞 the babies 後面的受詞補語位置可以使用 to 不動詞，以 to fend for themselves 表示。

在接下來的句子中，「在夜間」、「於海邊」、「洞穴裡」等都需要介系詞，可以分別以 at night、in burrows、on the beach 表示，依照作者認為重要的順序排列即可。如果把重點放在時間上，則可以寫成 Turtles lay their eggs at night in burrows on the beach.

最後一句可以使用省略連接詞的分詞構句，形成簡潔有力的句子。原本是兩個句子，主詞都是指 baby turtles 的代名詞 they，分別為 They run as fast as they can 以及 they are trying to reach the sea before they get eaten，從文意看來，適合使用表示同時間發生的連接詞 while/as。由於省略重複出現的後句主詞也能推敲出兩句的邏輯關係，我們可以再將連接詞和 be 動詞省略，簡潔地縮減成分詞構句，這麼一來，trying to reach the sea before they get eaten 就成為修飾 they 的結構。在 before 副詞子句中，由於表達的內容和主詞的意志悖逆，是處於「被抓去吃」的狀態，所以要用被動語態的 get eaten 表示。

Some reptile parents protect their eggs and their babies when they **hatch**. But most reptiles **lay** their eggs in a safe place and just leave the babies to fend for themselves. Turtles lay their eggs at night in burrows on the beach. When the baby turtles hatch, they dash to the sea. They run as fast as they can, **trying** to reach the sea before they get eaten.[45]

✦ 核心動詞字義用法解說

hatch 的意思和「蛋」有關。

表示從蛋裡破殼而出時,可用於句型 1,例如 We put the eggs in a warm place and the birds hatched the next morning.（我們把蛋放在溫暖的地方,鳥兒們在第二天早上孵化了。）表示孵蛋、使孵化時,可用於句型 3,例如 Where do you think the eggs are best hatched?（你認為蛋在哪裡最好孵化?）

從孵蛋的樣子引申出秘密策劃圖謀的意思,例如 Is this a little plan that you and your confederates hatched up last night?（這是你和你的同夥在昨晚策劃的計謀嗎?）

lay 的核心概念是「放置」。

可表示小心翼翼地放下,例如 I tried to lay the baby on the sofa.（我小心翼翼地試著把嬰兒放在沙發上。）或表示放在下方,例如 Workers are digging up the road to lay cables.（工人正在挖路鋪設電纜。）也有鋪開、鋪平擺放的意思,例如 Seaweeds are being laid to dry on the floor.（海草晾在地上曬乾中。）

此外,就像「放下」的動作一樣,也可用來表示產卵、下蛋,例如 What is the name of a bird that lays its eggs in other birds' nests?（在別的鳥巢裡下蛋的鳥叫什麼名字?）另外,

也有花錢下注打賭的意思，例如 I think he will be fired soon, but I would not lay money on it.（我想他很快就會被解雇，但我不想花錢打這個賭。）

也可表示準備詳細內容，例如 He began to lay his plans for attack.（他開始擬定攻擊計畫。）或用於表示推卸指責、責任，例如 He is always trying to lay the blame on his friends.（他總是想把責任推給他的朋友。）

try 的核心概念是「嘗試」。

表示嘗試或努力試試看時，可用於句型 1，例如 If I can't make it this time, I will try again.（如果這次沒有做到，我會再試一次。）或用於句型 3，例如 He kept trying to prove his innocence but it didn't work.（他持續證明自己的清白，但是沒有成功。）表示當做試驗試一次看看時，可用於句型 3，例如 Try using a different color.（試著用其他顏色看看。）

此外，也表示在法庭上為了分辨有罪或無罪而調查被告或相關證據，例如 The case is going to be tried by the end of the week.（這個案子將在這個周末開庭審理。）

┃ 介系詞片語當副詞

作為副詞的介系詞片語在具有修飾功能的片語和子句中使用最為廣泛，但是對於介系詞片語以何種方式當副詞使用，卻很難找到相關說明。這一章節正是以此為出發點，將集中探討扮演副詞角色的介系詞片語。介系詞片語首重正確理解文意脈絡。從以下把中文轉換成英文的過程，我們再更詳細探討介系詞片語。

ⓐ 他小心翼翼地對待這個東西。

ⓑ 他偷偷溜出家。

應該如何把 ⓐ 句轉換成英文呢？是寫成 "He handled this thing carefully." ？還是寫成 "He handled this thing with care." 呢？carefully 和 with care 的詞類都是副詞，但是 carefully 比 with care 的小心強度更高，和 with great care 的程度差不多。即使同樣是副詞，語意也有些許的不同，因此在進行英文寫作時，必須更謹慎地挑選單字。

ⓑ 句的關鍵在於如何表達「偷偷溜出」。通常人們會把「溜出」當動詞，再以副詞表達「偷偷」，但事實上正好相反。從結論講起，這句話翻成英文是 He sneaked out of the house. 動詞 sneak 表示「偷偷移動」，「溜出」則是出乎意外地以介系詞片語 out of 表示。附帶一提，out of 的反義概念是 into。例如，「他的貓跟著他進了房間」翻成英文就是 His cat followed him into the room.

提到介系詞片語，絕對不能遺漏的型態是「表示附帶狀況的 with」句型。這個用法在英語教科書上至少接觸過一次，也是在日常英語中經常出現的表達方式。表示附帶狀況的 with 句型是指「with ＋名詞＋修飾語」形態的副詞片語，一般可以解釋為「在～情況下」。例如，「他翹著二郎腿，露出自信的微笑」翻成英文時，不用逐字逐句地加長句子，只需要使用表示附帶狀況的 with 句型，簡潔地寫成 He was throwing a confident smile with his legs crossed. 即可。這時，修飾語位置主要是放分詞。

如果能正確運用介系詞片語的慣用語，就能表達出口吻自然的母語人士英語。例如，當我們把「面臨危機時」轉換成英語時，通常會用 when 作為句子的開頭，但母語人士會簡單地以 in times of crisis 表示。同樣地，「沒有朋友的時候」也不是以 when 起頭，而是以 in the absence of friends 表示。

或許是因為中文的修飾結構與使用從屬連接詞的副詞子句相似，以致於許多人有過度使用副詞子句的傾向，寫出來的英文作文也顯得有些彆扭。因此，如果可以熟記以下的介系詞慣用語，將對英文寫作很有幫助。

in times of	**在～時候** **In times of** crisis, people tend to spend less money. 在面臨危機時，人們傾向少花錢。
in the middle of	**正忙於～時** She cut her finger **in the middle of** making dinner. 她在準備晚餐時割傷了手指。
in the absence of	**在缺少～之下** What can we substitute **in the absence of** milk? 沒有牛奶的時候，我們可以用什麼代替？
for fear of	**因為害怕～** He did not say anything **for fear of** losing his job. 他生怕丟了工作，所以什麼話也沒說。
on the occasion of	**在～時刻、正逢～之際** **On the occasion of** her birthday, we prepared this party. 為迎接她的生日，我們準備了這次的派對。
in the face of	**不顧、面對、縱然** He moved forward with his plan **in the face of** adversity. 面對逆境他仍持續推動他的計畫。
instead of	**取代～、而不是～** We spent most time at home **instead of** going out. 我們大部分時間都在家裡，而不是出去。

in terms of	**就～來說、以～的觀點來看** Both insects are similar **in terms of** size and shape. 這兩種昆蟲在大小和形狀上都很相似。
on behalf of	**代表（代替）～、為了（某人）** The laywer could have taken action **on behalf of** the client. 那位律師可以代表委託人採取行動。

用餐時間對 Keller 一家來說簡直是慘不忍睹。Helen 把手伸進每個人的食物裡。她把東西扔到餐桌另一邊。Helen 想做什麼就做什麼。她的父母無法讓她舉止得體。有一次，Helen 半夜醒來。因為她看不見，她以為是早晨。Keller 太太試圖讓她的女兒回到床上睡覺，但是 Helen 堅持要起床穿衣服。

❶ 用餐時間對 Keller 一家來說簡直是慘不忍睹。Helen 把手伸進每個人的食物裡。

提示 the ＋姓，介系詞 for/into

❷ 她把東西扔到餐桌另一邊。Helen 想做什麼就做什麼。

提示 關係代名詞 whatever

❸ 她的父母無法讓她舉止得體。

提示 句型 5 動詞 make

❹ 有一次，Helen 半夜醒來。因為她看不見，她以為是早晨。

提示 連接詞 since，連接詞 that 省略

❺ Keller 太太試圖讓她的女兒回到床上睡覺，但是 Helen 堅持要起床穿衣服。

提示 句型 3 動詞 put，副詞 back，句型 1 動詞 insist，句型 2 動詞 get

字詞建議

mealtime 吃飯時間 / terrible 可怕的 / stick 插入、伸入 / throw 扔 / across 橫越、到另一邊 /
behave 行為得體、（孩子）舉止文靜 / wake 喚醒 / in the middle of 在～中間 / put to bed 哄入睡

第 1 句提到，對 Keller 一家來説，吃飯時間是一件痛苦的事。這裡可以使用表示「令人不快的、痛苦的、糟透的」的 terrible，寫成 Mealtime was terrible for the Keller family. 即可。

「伸進」應該用哪一個動詞呢？這個時候是用 stick。除了「黏住」的意思之外，動詞 stick 主要也用來描述把什麼東西插進去或把身體的一部分伸出去的模樣。受詞後面要使用 into 表示伸進去的方向。

想表達「不論什麼」時，可以用結合先行詞 anything 和 that 的關係代名詞 whatever 表示，後面必須接含有主詞和動詞的子句。

「她的父母無法讓她舉止得體」這句話雖然看起來不容易，但如果使用「主詞＋動詞＋受詞＋受詞補語」型態的句型 5，反而出乎意料地簡單。文意上是表示父母強制性地讓孩子乖巧聽話，因此適合用動詞 make。

「因為她看不見」需要表示理由的連接詞。because/since/as 當中，哪一個比較適合呢？是 since。由於看不見是既定事實，所以要寫成 Since she could not see。

「試圖讓她的女兒回到床上睡覺」是在 put someone to bed 中加入表示「回到原本狀態、返回」的 back，句子即告完成。back 是修飾介系詞片語 to bed 的副詞。「堅持」是以 insist 表示，由於 insist 是構成句型 1 的不及物動詞，後面若要加受詞，必須使用介系詞 on，寫成 insisted on getting up and getting dressed。

Mealtime was terrible for the Keller family. Helen stuck her hands into everyone's food. She **threw** things across the dinner table. Helen did whatever she wanted. Her parents could not make her **behave**. Once, Helen woke in the middle of the night. Since she could not see, she thought it was morning. Mrs. Keller tried to put her daughter back to bed. But Helen **insisted** on getting up and getting dressed.[46]

✦ 核心動詞字義用法解說

throw 的核心概念是「（突然猛力）扔」。

表示用手或手臂使力投出去時，可用於句型 3，例如 They were arrested for throwing stones at passersby.（他們因為對路人丟石頭而被逮捕。）或用於句型 4，例如 Don't throw the ducks any food. They will follow you.（不要扔任何食物給鴨子，牠們會跟著你。）

如同用力投擲一般，表示往某個位置移動或擊打時，可用於句型 3，例如 He was found guilty and thrown in jail.（他被判有罪，被關進監獄。）或用於句型 5，例如 The door was thrown open, and armed soldiers stormed into the house.（門突然打開，武裝士兵衝進了房子。）如同丟下一樣，也可表示陷入某種狀態，例如 The news of his death threw many people into a state of despair.（他過世的消息讓很多人陷入絕望。）

與特定名詞一起使用時，表示向某個地方傳送什麼，例如傳送亮光的 The street lamps were throwing their bright light.（路燈發出明亮的光芒。）或傳送視線、微笑等，例如 He threw a suspicious glance at her.（他用可疑的眼神掃她一眼。）

此外，也可表示舉辦派對或聚會，例如 They threw a welcoming party for me.（他們為我舉辦了歡迎派對。）

behave 的核心概念是「行動」。

表示特定行為方式或處事方式時，可用於句型 1，例如 Whenever I try to discipline him, he behaves aggressively.（每當我試著管教他時，他會表現得咄咄逼人。）不僅用於人，也可表示機器等以特定方式運作，例如 Each device behaves differently.（每個裝置運作的方式都不一樣。）

表示「按照社會規定行動、（孩子）舉止得體」的意思時，可用於句型 1。不過，此時受詞位置要用反身代名詞，例如句型 3 的 Does your child behave himself?（你的孩子守規矩嗎？）

insist 的核心概念是「堅持」。

表示不顧反對或困境也要堅持主張、堅決要求或固執己見時，可用於以 that 子句作為受詞的句型 3，例如 My son insisted that he did nothing wrong.（我的兒子堅持說他沒有做錯任何事。）或用於和介系詞 on 一起使用的句型 1，例如 She insisted on her innocence.（她堅決主張自己是清白的。）

表示要求或固執時，要與介系詞 on 一起使用，例如用於句型 1 的 He insisted on seeing his lawyer.（他堅決要求要見他的律師。）或 She insisted on wearing winter boots.（她執意要穿冬天的靴子。）

在幾秒鐘內，食物飛得到處都是。一團黏糊狀的起司打在我的肩膀上。突然間，我聽到特別響亮的尖叫聲。Buster 站立著，同時兩隻前爪都搭在 Smiley 校長的禮服上。牠邊叫邊搖著牠的尾巴。接著，牠給她一個又熱情又潮溼的狗吻。Smiley 校長把 Buster 推開。

1 在幾秒鐘內，食物飛得到處都是。

提示 介系詞 within，副詞 everywhere，過去進行式

2 一團黏糊狀的起司打在我的肩膀上。

提示 表示份量的介系詞 of，介系詞 on

3 突然間，我聽到特別響亮的尖叫聲。Buster 站立著，同時兩隻前爪都搭在 Smiley 校長的禮服上。

提示 表示附帶狀況的 with，過去進行式，形容詞 up

4 牠邊叫邊搖著牠的尾巴。接著，牠給她一個又熱情又潮溼的狗吻。

提示 對等連接詞 and，連接副詞 then，句型 4 動詞 give

5 Smiley 校長把 Buster 推開。

提示 副詞 away

字詞建議

blob 一團 / gooey 黏糊狀的 / extra 非常地、特別地 / scream 尖叫 / front paw 前爪 / wag 擺動 / doggy 狗的、像狗的

「在幾秒鐘內」用意在描述「轉眼間」，可以用介系詞片語 within seconds 表示。within 表示「在～內（裡）」，不僅表示空間的範圍或限制，也像這裡一樣，意指「在（時間或程度）～以內」。「到處」可以簡單地用表示「四面八方、處處、每個地方」的副詞 everywhere。

第 2 句裡有個很好用的表達方式。像「打在肩膀上」這種表達接觸特定身體部位的意思時，要以人作為受詞，不是身體部位。具體的身體部位則是以介系詞片語表示。所以，應該寫成 A blob of gooey cheese hit me on the shoulder. 不是寫成 A blob of gooey cheese hit my shoulder.

「同時～」適合用表示附帶狀況的 with。狗是四足步行的動物，「同時兩隻前爪都搭在 Smiley 校長的禮服上」是表示兩隻前腳搭在上面，並且以後腳站立的狀態。此時使用 up 來描述兩隻腳搭在上面，把身體撐起來的模樣。由於是接觸禮服的狀態，要用介系詞 on，寫成 on Principal Smiley's dress。

中文會以「校長」等職稱來稱呼人物，但英語母語人士一旦遇到前面提過的人又再次出現時，就會以代名詞表示。中文不常使用指稱第三人的人稱代名詞（他、她、他們等），但英語在指稱人物時，主要會以代名詞表示。

Within seconds, food was flying everywhere. A blob of gooey cheese **hit** me on the shoulder. Suddenly I **heard** an extra-loud scream. Buster was standing with both front paws up on Principal Smiley's dress. He barked and wagged his tail. Then he gave her a big, wet, doggy kiss. Principal Smiley **pushed** Buster away.[47]

✦ 核心動詞字義用法解說

hit 的核心概念是「用力擊打」。

可表示以物理性的力量強力擊打某物,例如 Fortunately, there was no one inside when the bus hit the house.(當公車撞擊房子時,幸好裡面沒有人。)也可表示用手或物體猛力擊打,例如 The old man hit the floor with his cane.(老人用自己的拐杖敲打地板。)或者如同用力擊打一樣,可表示以槍或炸彈擊打目標物,例如 The building was hit by bombs again.(那棟大樓再次被炸彈擊中。)也可表示帶來負面的影響,例如 Middle-income individuals have been worst hit by tax increases.(中等收入階層受增加稅收的打擊最為嚴重。)

此外,還可用來表示「到達某種水準或地點」,例如 BTS's new single hit the charts today at number 1.(防彈少年團的新單曲位居今日排行榜的第一名。)或者 Take this road, and you will hit the beach at the end.(走這條路,到盡頭你就會看到海灘。)

hear 的核心概念是「用耳朵聽」。

單純表示聽見聲音時,可用於句型 1,例如 The old people can't hear very well, so we should speak a little louder.(長輩們聽不太清楚,我們應該說大聲一點。)或用於句型 3,例如 "Can you hear me?" he yelled from a distance.(「你能聽見我的聲音嗎?」他從遠處喊道。)以及用於句型 5,例如 I heard something crawling out of the room.(我聽到有東

西從房間爬出來。）

也可表示聽聞資訊，例如用於句型 1 的 If you haven't heard by 6 p.m., assume the project will go as planned.（如果到下午 6 點還沒聽到消息，就當做專案將照原定計畫進行。）或用於句型 3 的 I haven't heard what happened to him.（我沒聽說他發生了什麼事。）

此外，也用於表示在法院等正式場合盡全力傾聽，例如 This case should be heard by the court.（這個案子需要法院審理。）也因此我們稱公聽會為 hearing。

push 的核心概念是「力量」。

表示使用物理性的力量推某物時，可用於句型 1，例如 The car is stuck in the mud. We have to push hard to move it.（汽車陷進泥裡了。我們要用力推才能移動它。）或用於句型 3，例如 No matter how hard you push the gate, it won't budge.（不管你怎麼用力推這道門，它就是動也不動。）也可用於句型 5，例如 We pushed the door open to find nothing.（我們把門推開，卻什麼也沒發現。）

表示突破擁擠的空間往前進時，可用於句型 1，例如 He pushed past the waiting fans and entered the concert hall.（他擠過等待的粉絲，進入了音樂廳。）或用於句型 3，例如 She pushed her way through the crowds to get to the front.（她擠過人群到最前面。）

此外，也可表示促使達到特定水準、狀態，例如 Population growth will push food prices up.（人口增加促使食物價格上漲）。或者表示強迫他人，例如用於句型 3 的 His parents pushed him into creating his own family before he reached his 30s.（他的父母催逼他在 30 歲以前建立自己的家庭。）或用於句型 5 的 They should have pushed him to accept the offer.（他們應該迫使他接受這個提案才對。）

登山者們用繩子互相連接彼此，成群結隊地移動。那麼，如果其中一人掉下去，其他人可以試著抓住他。他們可以把冰爪咚咚地重重踩入冰中，也可以啪啪地猛力敲擊斧頭嵌入。但是這種攀爬方式有時反而會奪走性命，而不是拯救他們。只要有一名登山者摔倒，就可能拖下他所有的同伴。

1 登山者們用繩子互相連接彼此，成群結隊地移動。

提示 動詞 attach（被動語態分詞構句）

2 那麼，如果其中一人掉下去，其他人可以試著抓住他。

提示 連接副詞 then，if 條件子句，句型 1 動詞 fall

3 他們可以把冰爪咚咚地重重踩入冰中，也可以啪啪地猛力敲擊斧頭嵌入。

提示 對等連接詞 and，句型 3 動詞 stomp，介系詞 into/in

4 但是這種攀爬方式有時反而會奪走性命，而不是拯救他們。

提示 句型 3 動詞 cost，instead of

5 只要有一名登山者摔倒，就可能拖下他所有的同伴。

提示 形容詞 single，表示可能性的助動詞 can，對等連接詞 and

字詞建議

climber 登山者、攀登者 / in groups 三五成群（以小組的形式） / attach to 與～連結 / hold 抓住 /
stomp 重踩 / crampon （登山用）冰爪 / whack 重擊 / topple over 倒下 / drag 拖、拉 / companion 同伴

第 1 句的核心語句是「登山者們成群結隊地移動」，而「（登山者們）用繩子互相連接彼此」是扮演修飾核心語句的角色，因此可以省略重複的主詞，表示為 The climbers move in groups, (and they are) attached to each other by rope. 型態的被動語態分詞構句。

要把「咚咚地重重踩入、啪啪地猛力敲擊嵌入」轉換成英語看似很難，不過動詞 stomp 可以讓人生動地感受到踩踏動作所產生的狀聲詞咚咚，而介系詞 into 可以表示「進入」的方向，兩字一起使用就能輕鬆搞定。「啪啪地猛力敲擊嵌入」也是一樣，可以使用描寫重擊某物的動詞 whack，令人覺得聲音彷彿就在耳邊，再加上表示「往裡面」的副詞 in 即可。

Instead 有「代替」的意思，也可以表示與前述內容相反。此時要用介系詞慣用語 instead of。「奪走性命」可以用句型 3 結構的 cost lives 簡單表示。cost 除了「花費」的意思之外，也有「犧牲（貴重之物）[喪失]」的意思，因此適合與「性命、生命」一起使用。

最後一句的文意與其說是假設某種狀況，不如說是意味著某種可能性的「有時會發生～事」，所以要使用表示「（有時）可能[會]～、有（發生）～的可能」的助動詞 can。前後的狀況是「就～」的意思，因此要以表示前後關係的 and 連結。

The climbers move in groups, attached to each other by rope. Then if one of them falls, the others can try to hold him. They can stomp their crampons into the ice and whack their axes in, too. But this way of **climbing** can sometimes **cost** lives instead of saving them. A single climber can topple over and **drag** all his companions with him.[48]

✦ 核心動詞字義用法解説

climb 的核心概念是「爬升」。

單純表示爬上高處時，可用於句型 1，例如 Can you climb to the top of this tower?（你能爬到塔頂嗎？）或用於句型 3，例如 She looked at me as she was climbing up the stairs.（她邊看著我邊爬樓梯。）

表示手腳並用，艱辛地攀爬時，可用於句型 1，例如 Who is the guy climbing over the wall?（翻越那面牆的人是誰？）或用於句型 3，例如 I don't think it is a good idea to climb the mountain in this weather.（我不認為在這種天氣去爬山是個好主意。）

也可表示數值、程度、數量等增加，例如 The prices have climbed rapidly in the last few months.（最近幾個月的價格快速攀升。）或表示社會地位或職場位階提升，例如 Do you want to know how to climb to the top of your profession?（你想知道如何在你的領域登上顛峰嗎？）

cost 的核心概念是「帶走珍貴的東西」。

很多人認為金錢很珍貴，當某件事需要金錢或需要花錢時，我們常説「花費」。cost 表示花費時，可用於句型 1，例如 It costs a lot to stay in this luxury hotel.（住這家豪華飯店要花很多錢。）也可用於句型 3，例如 This laptop only costs $500.（這台筆記型電腦只要 500

美元。）或用於句型 5，例如 Good food should cost us a lot of money.（好的飲食應該會花我們很多錢。）此意義也可擴大為「計算花費」，例如 He asked me to cost our business trip next month.（他要我計算我們下個月的出差費用。）

不只是與金錢相關的東西，也可以表示奪走人命等重要的事物，例如用於句型 3 的 Chain smoking can cost lives.（一根接一根地抽煙可能會送命。）或用於句型 4 的 Alcohol addiction cost me my job and my family.（酗酒讓我失去了工作和家庭。）

drag 的核心概念是「拖」。

表示沿著表面拉動某物時，可用於句型 1，例如 Your scarf is dragging behind you.（你的圍巾在地上拖著。）或用於句型 3，例如 We managed to drag the boat down to the water.（我們設法把船拖到水裡。）

也可表示挖掘事實或資訊，例如 We found it impossible to drag the truth out of him.（我們發現要從他口中揪出真相是不可能的事。）或表示將不想離開的人強硬拉走，例如 Why don't you drag your kids away from the TV?（你何不讓你的孩子遠離電視？）

此外，也可用來表示因疲勞等因素而拖著身體艱辛地行進，例如 We were all dragging after the long trip last week.（在上周的長途旅行後，我們都累壞了。）或作為不及物動詞，表示程序等進行緩慢，例如用於句型 1 的 Their divorce lawsuit has dragged on for years.（他們的離婚訴訟拖了好幾年。）

| to 不定詞片語當副詞

to 不定詞片語也可扮演副詞的角色。作為副詞時，是修飾整個句子，表示「目的、根據、結果、理由」。我們從以下例句來看它所表示的意義。

ⓐ He knocked on the window **to wake me up**. 他敲窗戶叫醒我。

ⓑ She must be a fool **to believe their words**. 她一定是個傻瓜，竟然相信他們的話。

ⓒ He grew up **to be a great leader**. 他長大後成為一位出色的領袖。

ⓓ He was surprised **to see you again**. 他很驚訝能再次見到你。

讀完例句後，會產生一個疑問。ⓒ 句的 to 不定詞表示結果，「長大後成為一位出色的領袖」和「為了成為出色的領袖而長大」的「目的」，在意義上是否有很大的差別？實際上，是結果還是目的取決於文章的上下文，很多時候難以確實區分。但是單從 grow 的意思來看時，很難認為 to 不定詞是表示「目的」，因為生物學上的成長是自然形成的，不是因著特別的目的而人為達成的。

即便如此，如果動詞的意義不明確，「目的」和「結果」就很容易混淆不清。因此，通常在 to 不定詞前面會加上逗號，或加上副詞 (just, only) 等，以明確表示「結果」，例如 She turned around, just to find nothing.（她轉過身去，卻什麼也沒找到。）

除此之外，最具代表性的 to 不定詞副詞用法是表示「太～而不能…」的「too ～ to...」。如果在 too 和 to 之間插入意義上的主詞，也可以表現出 to 不定詞的主體。

It is **too cold to do exercise**. 天氣太冷了，不能運動。

It is **too cold for you to do exercise**. 天氣太冷了，你不能運動。

表示「足以（足夠）能做～」的「enough to ～」和表示「為了做～」的「in order to ～」也是常用的 to 不定詞構句。

He is smart **enough to do the homework** by himself.
他足夠聰明到可以自己做作業。

In order to pass the exam, he has studied day and night.
為了通過考試，他日以繼夜地讀書。

沙質海岸需要溫和的風、浪和海流，它們仍然足夠強勁到可以沖走淤泥和泥漿。由於任何雨水都會迅速從沙粒間流失，這對陸地植物而言太過乾燥以致於無法生長。在這下方，這些顆粒隨著風、浪和潮水移動，所以也幾乎沒有海洋植物能在那裡生長。大多數沙質海岸生物都生活在表面底下。

❶ 沙質海岸需要溫和的風、浪和海流，它們仍然足夠強勁到可以沖走淤泥和泥漿。

提示 主格關係代名詞 that，副詞 still，enough + to 不定詞

❷ 由於任何雨水都會迅速從沙粒間流失，這對陸地植物而言太過乾燥以致於無法生長。

提示 形容詞 any，介系詞 of/between，連接詞 so，too ～ to，意義上的主詞

❸ 在這下方，這些顆粒隨著風、浪和潮水移動，所以也幾乎沒有海洋植物能在那裡生長。

提示 介系詞 below，接續詞 so，形容詞 few，副詞 either

❹ 大多數沙質海岸生物都生活在表面底下。

提示 介系詞 under

字詞建議

sandy shore 沙質海岸 / gentle 輕柔的、溫和的 / current 海流 / wash away 沖走、沖掉 / silt 淤泥、泥 / mud 泥土、泥漿 / drain away （水從～）逐漸流失 / grain 顆粒、粒子 / tide 潮水 / sea plant 海洋植物 / surface 表面

第 1 句是使用句型 3，表示「～需要…」。結構上是關係詞子句「仍然足夠強勁到可以沖走淤泥和泥漿」修飾「溫和的風、浪和海流」，使用修飾語「enough ＋ to 不定詞」寫成 that are still strong enough to wash away silt and mud 即可。為什麼這裡要放副詞 still 呢？still 有「儘管如此、還（依然）」的意思，可表示意義上的轉折。也就是說，風、浪、海流雖然是溫和的，但卻依然強而有力到可以沖走淤泥和泥漿。

「任何雨水都」可以用 any rain 表示，「任何～都」的意思實際上是指「全都」。由於邏輯上意味著原因和結果，因此可以使用連接詞 so 連結兩句。「太～以致於無法～」是以 to 不定詞的副詞用法「too ～ to 不定詞」表示，「for ＋名詞」則是意義上的主詞，用來指出 to 不定詞的主體。

beneath/under/below 當中，哪一個適合用來表示「在這下方」呢？beneath 表示在正下方且有「接觸」，under/below 則表示「空間上的下方」，這裡的文意顯示是空間上的「下方」，因此適合使用意味著間接接觸的 below。

說到「幾乎沒有」，令人想起形容詞 few/little。few 適合用於可數名詞，例如 We have a few students.（我們幾乎沒有學生。）little 適合用於不可數名詞，例如 We have little money.（我們幾乎沒有錢。）plant 是可數名詞，可以寫成 few sea plants can grow。few 本身就含有否定意義，因此不一定要使用否定詞。

Sandy shores need gentle winds, waves and currents that are still strong enough to **wash** away silt and mud. Any rain quickly **drains** away between the grains of sand, so it is too dry for land plants to grow. Below this, the grains **move** with wind, waves and tides, so few sea plants can grow there either. Most sandy shore life is under the surface.[49]

✦ 核心動詞字義用法解說

wash 的核心概念是「水」。

表示將身體的一部分洗乾淨時，可用於句型 1，例如 It looks like you should wash before dinner.（看來你好像應該在晚飯前清洗一下。）或用於句型 3，例如 Did you wash your hair today?（你今天洗頭了嗎？）

表示清洗某東西時，可用於句型 1，例如 This T-shirt needs washing.（這件 T 恤衫需要清洗。）或用於句型 3，例如 He always washes used yogurt tubs and uses them again.（他總是把用過的優格容器清洗後再使用。）

此外，可用來表示因海浪等水的流動而移動某物，例如 Dead turtles have been washed ashore since the oil spill spread.（自從漏油擴散開來後，烏龜的屍體被沖到海岸邊。）也可用來描述水的流動，例如 They strolled along the beach and let the water wash over their feet.（他們沿著海灘散步，讓水流過他們的雙腳。）

drain 的核心概念是「去除」。

可表示積極去除水份，例如 Don't drain the rice—it needs to absorb all the water.（不要把米瀝乾，它需要吸收所有的水份。）或表示原封不動地放著讓水份消失，例如 Leave the plate to drain for a while.（把盤子放乾一陣子。）

也可表示去除人的力氣，例如 He was completed drained after the long journey.（在長途旅行後，他已經筋疲力盡。）或表示資源全部流失，例如 The war drained this nation of its resources.（戰爭耗盡這個國家的資源。）

move 的核心概念是「移動」。

表示移動並改變位置時，可用於句型 1，例如 He just moved to the window.（他剛走到窗邊。）或用於句型 3，例如 Do you mind moving your car? I can't get mine out.（可以請你移動一下你的車子嗎？我的車出不去。）也可表示搬遷或搬來，例如 My family moved to Seoul when I was five years old.（在我五歲的時候，我的父母搬到首爾。）

「移動」會帶來變化，因此可表示進展、發展，例如 Now that we have enough resources, we can move forward with our project.（現在我們有足夠的資源，我們可以繼續進行我們的專案。）或者用於表示驅使、促使某人去做某事，例如 Her love of ballet moved her to take lessons at the age of 50.（她對芭蕾舞的熱愛促使她在 50 歲時去上課。）

此外，也用於表示引起傷心或共鳴等情感，例如 He felt deeply moved by her incredible life story.（他被她不可思議的人生故事深深地打動。）

鳥有各種顏色。有些鳥的顏色暗沉，可以幫助牠們把自己隱藏在周圍的環境。而另一些鳥的顏色明亮鮮豔，可以幫助其他鳥辨識牠們。在冬天，雷鳥會長出與雪相稱的白色羽毛。雪融化時，羽毛就變成棕色，與周圍環境相稱。幾乎所有雛鳥都有保護色，以便能夠讓牠們隱藏起來躲避獵人。

1 鳥有各種顏色。

提示 形容詞 all，介系詞 of

2 有些鳥的顏色暗沉，可以幫助牠們把自己隱藏在周圍的環境。

提示 代名詞 some，to 不定詞的副詞用法，句型 5 動詞 help

3 而另一些鳥的顏色明亮鮮豔，可以幫助其他鳥辨識牠們。

提示 代名詞 others，to 不定詞的副詞用法，句型 5 動詞 help

4 在冬天，雷鳥會長出與雪相稱的白色羽毛。

提示 to 不定詞的形容詞用法

5 雪融化時，羽毛就變成棕色，與周圍環境相稱。

提示 連接詞 when，句型 2 動詞 turn，to 不定詞的副詞用法

6 幾乎所有雛鳥都有保護色，以便能夠讓牠們隱藏起來躲避獵人。

提示 to 不定詞的副詞用法，句型 5 動詞 keep

字詞建議

sort 種類、類型 / **dull** 陰暗的 / **hide(from)** 隱藏（不讓～發現）/ **surroundings** 環境 / **vivid** 鮮豔的、強烈的 / **recognize** 認出、辨識 / **ptarmigan** 雷鳥、松雞 / **feather** 羽毛 / **match** 與～相配 [相稱] / **melt** 融化 / **camouflage** 偽裝

第 2 句和第 3 句正好是一組代名詞 some/others 的用法，將這些代名詞當作主詞並以相同的構造呈現即可。兩句的動詞適合用 help，意思是「幫助（受詞）做～」，因此要以「help ＋受詞＋受詞補語」表示。

在「羽毛就變成棕色，與周圍環境相稱」句中，適合使用 to 不定詞片語作為副詞的「結果」用法。也就是說，羽毛變成棕色的結果是與周圍環境相稱，因此要寫成 to match the surroundings，前面加上逗號以表示結果。

最後一句需要表示持續狀態的句型 5 動詞 keep。你是否寫成 to hide them from hunters 了呢？從邏輯上來看，保護色將牠們隱藏起來，使牠們持續處於不被獵人發現的狀態，所以適合使用表示「維持」和「持續」的 keep。也因此，為了表示 them 是因著保護色而處於「被隱藏」的狀態，受詞補語位置必須使用表示被動的過去分詞，寫成 to keep them hidden from hunters。

Birds have all sorts of colors. Some have dull colors to help them hide in their surroundings. Others have bright, vivid colors to help other birds **recognize** them. In winter, a ptarmigan has white feathers to **match** the snow. When the snow **melts**, the feathers turn brown, to match the surroundings. Almost all baby birds have camouflage colors to keep them hidden from hunters.[50]

✦ 核心動詞字義用法解說

recognize 的核心概念是「認出」。

可表示曾經有所聽聞而能夠分辨,例如 You might not recognize her because she has changed a lot.(她改變了很多,你可能認不出她了。)或表示認知到某種存在,例如 He has recognized the increasing demand of eco-friendly devices.(他認知到對環保設備的需求日益增加。)

也可表示正式承認某對象,例如 The government has refused to recognize this organization as a trade union.(政府拒絕正式承認這個組織為工會。)或普遍認為重要,給予認定,例如 This book is recognized as an excellent learning resource.(這本書被認定為傑出的學習資料。)

此外也表示認定貢獻或成就,例如 His contribution has been recognized with the Best Employee Award.(他的貢獻受到最優秀員工獎的表彰。)

match 的核心概念是「對等」和「相配」。

可表示變得同等、比得上,例如 How can we match the service this shop provides to its customers?(我們如何趕上這家店提供給顧客的服務水準?)

表示相同的意思時，可用於句型 1，例如 These two fingerprints don't match. （這兩個指紋不一樣。）或用於句型 3，例如 He seems to match the description the witness has given. （他似乎與目擊者的陳述一致。）

相同時，彼此會很協調相稱，因此也有合適、相配的意思，例如用於句型 1 的 I don't think these two colors match each other. （這兩個顏色似乎不搭配。）或用於句型 3 的 Does this scarf match my blouse? （這條圍巾和我的罩衫相配嗎？）此外也可表示幫忙尋找適合的人或物，例如 This agency matches you with a suitable partner. （這家公司會為你尋找適合的夥伴。）

melt 的核心概念是「變軟」。

表示固體溶解成液體時，可用於句型 1，例如 The frozen river shows no sign of melting. （結冰的河流沒有融化的跡象。）或用於句型 3，例如 The heat has melted the chocolate. （熱度使巧克力融化。）

表示憤怒等情感或緊張感逐漸緩和時，可用於句型 1，例如 The tension between the two countries has begun to melt. （兩國之間的緊張局勢已開始緩和。）或用於句型 3，例如 The children's beautiful faces melted his heart. （孩子們美麗的臉龐軟化了他的心。）

也可表示像冰塊融化一樣逐漸消聲匿跡，例如 The crowd melted away as it started to rain. （開始下雨後，人群逐漸散去。）或用於表示和周圍融合在一起，不被發現，例如 The bodyguard melted into the background until she gave him a sign. （保鏢躲在不顯眼的地方，直到她向他發出信號。）

香料是由植物製成的。它們具有如此強烈的香氣和味道，我們為了在食物裡增添風味而在烹飪時使用它們。在收成後，大多數的香料被乾燥並壓碎成粉，讓你可以加入食物中。我們不像牛和其他動物一樣吃樹葉。我們收成種子。接著我們不是把它們整個吃掉，就是把它們磨成粉，以便做成義大利麵、麵包或其他重要的食品。

❶ 香料是由植物製成的。

提示 be made from

❷ 它們具有如此強烈的香氣和味道，我們為了在食物裡增添刺激的味道而在烹飪時使用它們。

提示 such ＋名詞＋ that，to 不定詞的副詞用法

❸ 在收成後，大多數的香料被乾燥並壓碎成粉，讓你可以加入食物中。

提示 after，被動語態分詞構句，連接副詞 then，受格關係代名詞 that

❹ 我們不像牛和其他動物一樣吃樹葉。我們收成種子。

提示 連接詞 like，do 代替已提過的動詞

❺ 接著我們不是把它們整個吃掉，就是把它們磨成粉，以便做成義大利麵、麵包或其他重要的食品。

提示 連接副詞 then，相關連接詞 either A or B，to 不定詞的副詞用法

字詞建議

taste 味道 / kick 刺激性 / harvest 收成 / spice 香料 / dry 使乾燥、弄乾 / crush to 壓碎成～ / add to 添加入～ / whole 全部、整個 / grind into 磨成～

第 2 句可以使用 such ～ that 構句，形成表示「如此～以致於」的副詞子句。such 和 that 之間是「形容詞＋名詞」型態的 a strong smell and taste。「為了在食物裡增添風味」是表示「目的」，因此要寫成 to give food a kick。

從屬子句「（香料）在收成後」要省略和主要句子重複的主詞，並以被動語態的分詞構句表示。但是像 after being harvested 這種以 after/before 連結兩子句的情況，則不省略 being，因為從性質上來說，與其說是連接詞，不如說是只有（動）名詞（片語）才能使用的介系詞。由於「讓你可以加入食物中」修飾「粉」，可以用關係代名詞連結 Most spices are dried, and then crushed to a powder 和 you can add it (= a powder) to your food，表示為 a powder that you can add to your food 即可。

接下來的句子是使用扮演連接詞角色的 like，而連接詞後面要接「主詞＋動詞」型態的子句，因此要寫成 like cows and other animals do。這裡的 do 是代替前面出現過的 eat the leaves。like 也可以作為介系詞使用，接名詞也沒問題，但是這裡必須強調「吃的行為」，因此是當連接詞使用。

最後一句的內容提出「整個吃掉或磨成粉」兩種選擇，適合使用 either A or B。whole 可以作為各種詞類使用，當名詞時表示「整體、全部」，當形容詞時表示「所有的、整個的、整體的」，當副詞時表示「整個地」。

Spices are made from plants. They have such a strong smell and taste that we use them in cooking to give food a kick! After being harvested, most spices are dried, and then **crushed** to a powder that you can **add** to your food. We don't eat the leaves like cows and other animals do. We harvest the seeds. Then we either eat them whole, or **grind** them into flour to make pasta, bread and other important foods.[51]

✦ 核心動詞字義用法解説

crush 的核心概念是「壓碎」。

可表示壓碎，使失去形體或造成相當大的傷害，例如 His bike was completely crushed under the bus.（他的腳踏車被公車徹底壓扁。）也可表示搗碎成小碎塊或粉末，例如 Crush the garlic first using the back of a spoon.（請先用湯匙的背面將大蒜壓碎。）

此外也表示像壓碎似地毀滅某物，例如 It was reported that the rebellion was crushed by the government.（據報導，政府鎮壓了暴動。）或表示踐踏別人的自尊心或幸福，例如 My friends were completely crushed by his brutal criticism.（我的朋友被他殘忍的批評徹底擊垮。）也用來表示彷彿要把人或物捏碎似地塞進狹小的空間裡，例如 Over fifty students were crushed into a small messy classroom.（50 多名學生被擠進又小又亂的教室。）

add 的核心概念是「加」。

表示使大小、數值或數量增加時，可用於句型 1，例如 His criticism only added to my despair.（他的批評只會增加我的挫折感。）或用於句型 3，例如 Is there anyone who wants to add a comment to the discussion?（有人想在討論中添加評論嗎？）

表示全部加起來算出總和時，可用於句型 1，例如 Do you know how to add and subtract?（你知道怎麼做加法和減法嗎？），或用於句型 3，例如 If you add three and five you get eight.（三加五等於八。）

也可用來表示補充說，例如 "Thank you for welcoming me! " he added as he was shaking hands.（「謝謝你們歡迎我！」他邊握手邊補充道。）或表示加上特定的性質，例如 This pillow will add a touch of antique to your bedroom.（這個枕頭將為你的臥室增添古色古香的感覺。）

grind 的核心概念是「研磨」。

主要表示磨成粉或磨成小碎塊，例如 Do you know how to grind coffee beans without a grinder?（你知道不用研磨機怎麼磨咖啡豆嗎？）也表示磨得光亮或磨得鋒利，例如 Tom has a special sharpening stone for grinding knives.（湯姆有個用來磨刀的特殊磨刀石。）

還可用來表示因反覆磨擦的行為而產生噪音的情況，例如用於句型 1 的 Some parts of the device are grinding noisily.（這台設備有些零件發出刺耳的噪音。）或用於句型 3 的 He grinds his teeth and snores loudly.（他磨牙且大聲地打呼。）

此外也表示在表面施加壓力，像磨碎似地按壓某物，例如 As soon as I looked at him, he ground his cigarette into the ashtray.（我一看他，他立刻把手中的香煙按在煙灰缸裡捻熄。）

✦ 索引：

由核心動詞形成的
基本句型

act
p.244

行為	行為	句型 1	You should **act** like adults. 言行舉止要像個大人。
	扮演	句型 1	He has **acted** in play before. 他以前演過戲。
		句型 3	She **acted** the role of the queen. 她演皇后的角色。
	採取行動	句型 1	Lifeguards **acted** quickly to rescue drowning swimmers. 救生員迅速行動救援溺水的泳客。
作用		句型 1	We are trying to figure out how this drug **acts** in the body. 我們正努力了解這種藥在體內的作用。

add
p.282

加	添加	句型 1	His criticism only **added** to my despair. 他的批評只會增加我的挫折感。
		句型 3	Is there anyone who want to **add** a comment to the discussion? 有人想在討論中添加評論嗎？
	總和	句型 1	Do you know how to **add** and subtract? 你知道怎麼做加法和減法嗎？
		句型 3	If you **add** three and five, you get eight. 三加五等於八。
	說到	句型 3	"Thank you for welcoming me!" he **added** as he was shaking hands." 「謝謝你們歡迎我！」他邊握手邊補充道。
	性質	句型 3	This pillow will **add** a touch of antique to your bedroom. 這個枕頭將為你的臥室增添古色古香的感覺。

affect
p.176

| 對結果的影響 | | 句型 3 | A mother's health is believed to **affect** the baby in the womb.
母親的健康被認為會影響子宮裡的嬰兒。 |

answer
p.102

應答	答覆信件或問題	句型 1	He politely asked an interview result but they didn't **answer**. 他禮貌地詢問面試的結果，但他們沒有回答。
		句型 3	You haven't **answered** my question yet—where were you last night? 你還沒有回答我的問題，你昨晚在哪裡？
	回應電話	句型 1	I phoned this morning and your son **answered**. 我早上打電話過去，是你的兒子接的。

		句型 3	Someone knocked on the door and I went downstair to **answer** it. 有人敲門，於是我下樓去開門。
適合要求	句型	We are looking for tools that could **answer** our needs. 我們正在尋找能夠滿足我們需求的工具。
與描述符合		句型 1	Haven't you met a woman who **answers** to the police's description? 你沒有看到符合警察描述的女子嗎？
		句型 3	A man **answering** his description was seen at a store downtown. 有人在市區的一家商店看到一名符合他描述的男子。

appear
p.234

出現	出現	句型 1	Have you seen new shoots **appearing** at its base? 你看到它的根部長出新芽了嗎？
	存在	句型 1	Do you know when dinosaurs **appeared** on the earth? 你知道恐龍是什麼時候出現在地球上的嗎？
	演出	句型 1	She has **appeared** in over 100 movies in the last three decades. 她在過去三十年演出 100 多部的電影。
	上市	句型 1	His new novel will be **appearing** next summer. 他的新小說將在明年夏天出版。
(看起來)似乎		句型 1	It **appeared** to us that we needed to do something. 我們好像需要做點什麼的樣子。
		句型 2	He may **appear** unfriendly to those who don't know about him. 對那些不了解他的人來說，他可能看起來不友善。

attack
p.106

物理性攻擊	句型 1	The dog won't **attack** unless you provoke him. 這隻狗不會攻擊你，除非你挑釁牠。
	句型 3	Air forces **attacked** the town last night. 昨晚空軍攻擊了這座城市。
疾病的攻擊	句型 3	The bacteria **attack** the immune system. 細菌攻擊免疫系統。
言語的攻擊	句型 3	The newspaper **attacked** the government's policy on health care. 那報紙抨擊了政府的醫療保健政策。
積極的對應	句型 3	It is time to **attack** the problem and find a solution. 現在是積極處理那問題，尋找解決方案的時候了。

attract
p.186

魅力	吸引對象	句型 3	The event can **attract** not only huge crowds but also local investments. 這活動不僅可以吸引大量群眾，也可吸引當地投資。

引起反應		句型 3	His criticism of the committee has **attracted** widespread support. 他對委員會的批評得到廣泛的支持。
關注		句型 3	Many people have been **attracted** to the idea of working from home. 許多人被在家工作這個想法所吸引。
愛慕		句型 3	I am not **attracted** to a strong man like him. 我不喜歡像他一樣健壯的人。

begin p.196

開始	狀況	句型 1	The movie will **begin** soon, so let's hurry. 電影馬上就要開始，我們快點吧。
		句型 3	The soup is **beginning** to boil. 湯開始滾了。
	行動	句型 1	He always **begins** with something simple when he teaches his sons. 當他教兒子的時候，總是從簡單的事情開始。
		句型 3	Have you **begun** the book you borrowed from the library? 你開始看從圖書館借來的書了嗎？
	說話	句型 3	"Well," she **began**, "I have something to tell you." 「好吧！」她開始說：「我有事要告訴你。」

behave p.261

行動	人	特定方式	句型 1	Whenever I try to discipline him, he **behaves** aggressively. 每當我試著管教他時，他會表現得咄咄逼人。
		舉止端正	句型 3	Does your child **behave** himself? 你的孩子守規矩嗎？
	機械	運轉、運作	句型 1	Each device **behaves** differently. 每個裝置運作的方式都不一樣。

believe p.116

接受	（沒有證據的）事實	句型 3	I **believed** his story for a while. 我有一段時間相信了他的話。
		句型 5	They **believe** him dead. 他們相信他已經死了。
	他人的主張	句型 3	She claims to have seen a tornado, but I don't **believe** her. 她聲稱看到了龍捲風，但是我不相信她。
	特定立場	句型 3	He still **believes** that a ghost is a mythical creature. 他仍然相信鬼魂是只存在於神話中的存在。
		句型 5	I **believe** him to be the greatest leader in this country. 我相信他將成為這個國家最偉大的領導人。

blow

p.218

吹	移動	句型 1	The ten-dollar bills **blew** away and people ran after them. 十元美金的鈔票被吹走，人們在後面追。
		句型 3	She **blew** the dust off the table. 她把桌上的灰塵吹掉。
	聲音	句型 1	Just before the whistle **blew**, she scored the goal. 在哨音響起前，她踢進了一球。
		句型 3	The driver **blew** his horn, which brought her to the window. 司機按了喇叭，她因而走到窗邊。
	爆開	句型 3	I don't know why my car was **blown** to pieces last night. 我不知道為什麼我的車在昨晚被炸得粉碎。
	浪費	句型 3	Mike **blew** $2,000 all on a night out. 麥克出去一個晚上就花掉 2000 美元。

boil

p.230

沸騰	液體	句型 1	The water is **boiling** and bubbles are rising. 水在沸騰，氣泡在上升。
		句型 3	The chef told me to **boil** salted water first. 廚師叫我先把鹽水燒開。
	料理	句型 3	**Boil** the eggs for ten minutes so that they don't get overcooked. 雞蛋煮十分鐘，以免煮太熟。
	容器	句型 1	The pot is **boiling** now. 現在鍋子燒開了。
		句型 3	Let me **boil** the kettle and make some tea for you. 讓我把水壺燒開，為你泡點茶。
	情感	句型 1	My dad was **boiling** with anger when he found out that I had quit school. 當爸爸知道我退學時，他怒不可遏。

break

p.32

破碎	物品 / 對象	句型 1	My mobile phone fell to the floor and **broke**. 我的手機摔在地上壞掉了。
		句型 2	The boat **broke** loose during the storm. 暴風雨來襲時，綁在船上的繩子鬆開了。
		句型 3	Jack fell and **broke** his leg. 傑克跌倒摔斷了腿。
		句型 5	They **broke** the safe open. 他們撬開了保險箱。

維持	狀態	句型 3	We need someone to **break** the silence. 我們需要有人打破沈默。
	規則	句型 3	Anyone who **breaks** the law will be subject to punishment. 任何觸犯法律的人都將受到懲罰。
	約定	句型 3	He has finally **broken** his promise to me. 他最終違背了對我的承諾。
分開		句型 3	Let me **break** the cost down into transportation, food, and hotel. 讓我來把費用細分為交通費、餐費、住宿費等。
揭露		句型 1	His happy marriage came to an end when the scandal **broke**. 醜聞曝光後，他的幸福婚姻生活也結束了。
		句型 1	Do you know which newspapers **broke** the story? 你知道是哪家報社揭露這條新聞嗎？

bring

p.78

帶來	位置	句型 3	We are not allowed to **bring** pets with us in train. 我們不能帶寵物上火車。
		句型 4	He hastened to **bring** her a drink. 他趕緊拿飲料給她。
	提供	句型 3	He **brought** inspiration to us. 他帶給我們靈感。
		句型 4	Her novels **bring** her millions of dollars a year. 她的小說每年為她帶來數百萬美元的收入。
	狀態	句型 3	The scandal **brought** his career to an end. 這樁醜聞使他的職業生涯結束了。
		句型 4	My daughter **brings** me so much happiness. 女兒為我帶來許多快樂。
		句型 5	He finally **brought** everything normal. 他終於使一切恢復正常。

build

p.214

堅固	物品	句型 3	The birds are busy **building** their nest for new babies. 鳥兒們正忙著為牠們剛出生的幼鳥築巢。
	情況	句型 3	We have been working to **build** a better future for our children. 我們一直在為我們的孩子們努力創造一個更好的未來。
	情感 / 氣氛	句型 1	The air of anticipation is **building** among teenage girls. 充滿期待的氛圍在十幾歲的女孩們中高漲。
		句型 3	What is the best way to **build** up my confidence? 建立自信的最好方法是什麼？

carry

p.187

搬動	手 / 手臂 / 背部	句型 3	They told me to **carry** the bag upstairs. 他們告訴我把背包提上樓。
	運輸工具	句型 3	The subway service **carries** tens of thousands of passengers every day. 地鐵服務系統每天運送數以萬計的乘客。
穿戴	人	句型 3	Police officers in this region always **carry** guns. 這個地區的警察總是帶著槍。
刊登	資訊	句型 3	The law forces all cigarette packets to **carry** a health warning. 法律強制規定所有香煙盒上都必須印有健康警語。
維持	人	句型 3	Should we **carry** people who don't work as hard as they are supposed to? 我們應該繼續負擔那些不盡力工作的人嗎？
	行為	句型 3	Why don't we **carry** today's discussion forward tomorrow? 我們何不在明天繼續進行今天的討論？
	移動	句型 3	My shoe **carried** high into the air and landed the inside of Anny's house. 我的鞋子高高飛上天，落在了安妮的房子裡。

cast

p.61

投擲	特定方向	句型 3	The fisherman **cast** the net far out into the river. 漁夫把魚網撒到遠處河裡。
	影子 / 光	句型 3	The established old tree **cast** a shadow over our cozy cottage. 那棵老樹在我們舒適的小屋上投下了陰影。
	視線、微笑	句型 3	He **cast** a quick look at me as he passed by. 他經過時快速地看我一眼。
		句型 4	She has **cast** him a welcoming smile. 她向他露出歡迎的微笑。
	疑問	句型 3	New studies **cast** doubt on the previous analysis on this matter. 針對這個問題，新研究對過去的分析提出質疑。
扮演		句型 3	She was **cast** as a cool-headed surgeon in the latest movie. 她在最新一部電影中扮演一位頭腦冷靜的外科醫生。
鑄造		句型 3	Bronze was **cast** and made into tools. 青銅被鑄造成為工具。

change

p.79

改變		句型 1	My life has **changed** completely since I met you. 自從我遇見你，我的人生完全改變。

		句型 3	We are studying how technology has **changed** the way people work. 我們正在研究科技如何改變人們的工作方式。
更換	類似對象	句型 3	I am wondering why he has **changed** his jobs. 我想知道他為什麼換了工作。
	交通	句型 1	I have **changed** several times to come here. 我為了來這裡換了好幾次車。
		句型 3	The train will terminate soon—we have to **change** trains. 火車即將抵達終點,我們得換車了。
	衣服 / 床單	句型 1	Please **change** out of the work clothes before dinner. 請在晚餐前更換工作服。
		句型 3	How often do you **change** the bed in the sleeping room? 你多久更換一次臥房的床單?
	兌換 / 零錢	句型 3	Could you please **change** this 50,000won bill? 請問你能把這 5 萬韓幣換開嗎?

check   p.92

確認	正確	句型 1	He gave me a few minutes for **checking** before I turned in the paper. 在我交報告之前,他給我幾分鐘檢查的時間。
		句型 3	Customs officers are responsible for **checking** all luggage. 海關人員負責確認所有行李。
	確認事實	句型 1	If you are not certain about your rights, you should **check** with a lawyer. 如果你不清楚自己的權利,你應該去請教律師。
		句型 3	Didn't you **check** whether anyone was following? 你沒確認過有沒有人跟蹤你嗎?
控制	惡化 / 增加	句型 3	Mass vaccination programs were launched to **check** the spread of the disease. 為抑制疾病擴散,實施了大規模疫苗接踵計畫。
	情感 / 行動	句型 3	Let your tears run down your face—Don't make any effort to **check** them. 讓你的眼淚流下來吧,不要費力去壓抑它們。

circle   p.65

畫圓繞圈		句型 1	The bird is **circling** for an hour above us. 那隻鳥在我們上空盤旋了一個小時。
		句型 3	The police **circled** the building every half an hour. 警察每半小時在大樓周圍巡邏一次。

| 畫圓形 | | 句型 3 | The teacher **circled** the correct answer.
老師把正確答案圈起來。 |
| 迴避答覆 | | 句型 1 | My boss has **circled** around the idea of paying me more.
我的老闆一直迴避幫我加薪的問題。 |

clear p.172

清除	物理對象		句型 1	His nose **cleared** after he used this nasal spray. 在用了這種噴鼻劑之後，他的鼻子通了。
			句型 3	It seems to take several days to **clear** all the snow. 清除所有的雪似乎要花幾天的時間。
	狀態	嫌疑	句型 3	He was **cleared** of all charges. 他洗脫了所有的嫌疑。
		通過	句型 3	Could you tell me how to **clear** customs? 你能告訴我如何通關嗎？
	清晰的狀態		句型 1	My skin has **cleared** after having a healthier diet. 在吃得健康後，我的皮膚變得更好了。
			句型 3	Fresh air helps you **clear** your head. 新鮮的空氣幫助你的頭腦清醒。

climb p.268

爬升	位置移動	句型 1	Can you **climb** to the top of this tower? 你能爬到塔頂嗎？
		句型 3	She looked at me as she was **climbing** up the stairs. 她邊看著我邊爬樓梯。
	手 / 腳	句型 1	Who is the guy **climbing** over the wall? 翻越那面牆的人是誰？
		句型 3	I don't think it is a good idea to **climb** the mountain in this weather. 我不認為在這種天氣去爬山是個好主意。
	數值 / 程度	句型 1	The prices have **climbed** rapidly in the last few months. 最近幾個月的價格快速攀升。
	地位	句型 1	Do you want to know how to **climb** to the top of your profession? 你想知道如何在你的領域登上顛峰嗎？

come p.42

| 來 | 人 | 句型 1 | He **came** towards me to hand it over.
他走過來把它交給我。 |
| | | 句型 2 | Jack **came** rushing
傑克衝過來。 |

事物		句型 1	This news **came** as a shock. 這消息令人震驚。
變成		句型 1	His teeth **came** out. 他的牙齒全都掉了。
		句型 2	The window **came** open with a strong gust of wind. 一陣強風把窗戶吹開了。

convince

p.140

使確信	句型 3	+ of	He had to **convince** me **of** his innocence. 他必須說服我他是無辜的。
		+ that	He tried to **convince** international organizations **that** he needs help. 他試圖說服國際組織他需要幫助。
說服	句型 5		My mother **convinced** me to change my major. 我母親說服我更改我的主修。

cool

p.231

涼爽	溫度	句型 1	Leave the soup to **cool** for a while. 讓湯放涼一下。
		句型 3	I remember the evening breeze that **cooled** my face. 我記得那吹涼了我的臉的晚風。
	熱情	句型 1	His interest in this book seems to be **cooling** off. 他對這本書的興趣似乎正在逐漸冷卻。
	成長	句型 1	He predicted that the housing market would **cool** off later this year. 他預測今年下半年度的房屋市場將會降溫。

cost

p.268

帶走	錢	句型 1	It **costs** a lot to stay in this luxury hotel. 住這家豪華飯店要花很多錢。
		句型 3	This laptop only **costs** $500. 這台筆記型電腦只要 500 美元。
		句型 5	Good food should **cost** us a lot of money. 好的飲食應該會花我們很多錢。
	計算 花費	句型 3	He asked me to **cost** our business trip next month. 他要我計算我們下個月的出差費用。
	失去 / 犧牲	句型 3	Chain smoking can **cost** lives. 一根接一根地抽煙可能會送命。

| | | 句型 4 | Alcohol addiction **cost** me my job and my family.
酗酒讓我失去了工作和家庭。 |

crush p.282

壓碎	變形	句型 3	His bike was completely **crushed** under the bus. 他的腳踏車被公車徹底壓扁。
	碎塊 / 粉末	句型 3	**Crush** the garlic first using the back of a spoon. 請先用湯匙的背面將大蒜壓碎。
	壓制	句型 3	It was reported that the rebellion was **crushed** by the government. 據報導，政府鎮壓了暴動。
	挫折	句型 3	My friends were completely **crushed** by his brutal criticism. 我的朋友被他殘忍的批評徹底擊垮。
	塞進	句型 3	Over fifty students were **crushed** into a small messy classroom. 50 多名學生被擠進又小又亂的教室。

darken p.172

使變暗	物理上	句型 1	The sky began to **darken** as black clouds approached. 當烏雲靠近時，天空開始變暗。
		句型 3	He is pulling down the blinds to **darken** the room. 他正拉下百葉窗使房間變暗。
	心理上	句型 1	Her mood has **darkened**. 她的情緒變得很憂鬱。
		句型 3	The misery has **darkened** the rest of my life. 這痛苦使我的餘生變得不幸。

decide p.132

決定選擇		句型 1	We have to **decide** by the weekend. 我們必須在週末之前做出決定。
		句型 3	I have not **decided** where to hang the paintings. 我還沒決定把這些畫掛在哪裡。
決定結論		句型 3	I **decided** that my parents were right. 我得出的結論是我的父母是正確的。
決定結果		句型 3	The weather will **decide** the outcome of this game. 天氣將決定這場比賽的結果。

depend p.152

| 依靠 | 依賴 | 句型 1 | Newborn babies have to **depend** on their parents.
新生兒必須依靠他們的父母。 |

信任		句型 1	Are you sure that we can **depend** on his word? 你確定我們可以相信他的話嗎？
條件		句型 1	Whether you get promoted or not **depends** on your performance. 你能否升遷取決於你的表現。
未定		句型 1	He may join us or he may not—it **depends**. 他可能加入我們，也可能不加入，視情況而定。
懸掛		句型 1	The chandelier **depending** from the ceiling was made in the early 1900s. 懸掛在天花板的水晶吊燈製作於 20 世紀初。

die
p.201

活動 中斷	死亡	句型 1	Many people **died** of hunger during the war. 戰爭期間，許多人死於飢餓。
	滅種	句型 1	An increasing number of species will **die** out within ten years. 越來越多的物種將在十年內滅絕。
	故障	句型 1	His phone **died**, so he was not able to reply to your text. 他的電話沒電了，無法回覆你的簡訊。
	熄滅	句型 1	The room turned cold as the fire was **dying**. 隨著爐火漸滅，房間變得寒冷。
消失		句型 1	His achievement was so great that his name will never **die**. 他的成就如此偉大，他的名字將永垂不朽。
減弱		句型 1	The storm that had hit the east coast **died** away this morning. 登陸東海岸的暴風雨在今天早上逐漸減弱消失了。
渴望		句型 1	We are **dying** to see you again. 我們等不及想再次看到你。

dive
p.103

潛水	跳水	句型 1	Do you have guts to **dive** into the river without any equipment? 你有膽量不配戴任何裝備潛入河裡嗎？
	潛水	句型 1	I used to go **diving** every weekend. 我以前每個週末都去潛水。
急速 下降	位置	句型 1	The hawk soared and **dived** into water to catch fish. 鷹急速上升後，為了抓魚而俯衝潛入水中。
	價值	句型 1	The shares I bought last week have **dived** by 75p. 我上週買的股票暴跌了 75 點。
快速 移動		句型 1	We **dived** into the nearest café when we heard people screaming. 當我們聽見人們尖叫時，我們趕緊躲進最近的咖啡館。

drag

p.269

拖	物品	句型 1	Your scarf is **dragging** behind you. 你的圍巾在地上拖著。
		句型 3	We managed to **drag** the boat down to the water. 我們設法把船拖到水裡。
	資訊	句型 3	We found it impossible to **drag** the truth out of him. 我們發現要從他口中揪出真相是不可能的事。
	人	句型 3	Why don't you **drag** your kids away from the TV? 你何不讓你的孩子遠離電視？
	程序	句型 1	Their divorce lawsuit has **dragged** on for years. 他們的離婚訴訟拖了好幾年。
	疲勞硬撐	句型 1	We were all **dragging** after the long trip last week. 在上週的長途旅行後，我們都累壞了。

drain

p.274

去除	水	句型 1	Leave the plate to **drain** for a while. 把盤子放乾一陣子。
		句型 3	Don't **drain** the rice—it needs to absorb all the water. 不要把米瀝乾，它需要吸收所有的水份。
	力氣	句型 3	He was completed **drained** after the long journey. 在長途旅行後，他已經筋疲力盡。
	資源	句型 3	The war **drained** this nation of its resources. 戰爭耗盡這個國家的資源。

draw

p.183

繪畫			句型 1	My son **draws** very well. 我兒子很會畫畫。
			句型 3	I have **drawn** several pictures of my friends. 我畫了幾張我朋友的畫像。
			句型 4	Let me **draw** you a quick map. 讓我幫你畫一張概略地圖。
拉	事物	特定方向	句型 3	Could you please **draw** the curtains? 可以請你拉上窗簾嗎？
		取出	句型 3	I **drew** a letter from my pocket and gave it to her. 我從口袋裡拿出一封信給她。

| | 人 | 句型 3 | This site **draws** thousands of tourists every year.
這個景點每年吸引數千名的旅客。 |
| | 協議 / 結論 | 句型 3 | Have you **drawn** any conclusion at the meeting yesterday?
昨天的會議上你們有得出結論嗎？ |

drip

p.239

滴下	句型 1 ＋ with	He is **dripping with** sweat. 他汗流浹背。
		Her fingers are **dripping with** blood. 她的手指在滴血。
	句型 3	The candle is **dripping** wax down. 蠟燭正滴著蠟。

earn

p.75

勞動	句型 3	She **earns** $20 an hour working as a babysitter. 她在做保姆，每小時賺 20 美元。
	句型 4	Car exports **earn** this country billions of dollars per year. 汽車出口每年替這個國家賺取數十億美元。
辛勞	句型 3	After years of hard work, she has finally **earned** a long vacation. 經過多年的努力工作，她終於獲得一個長假。
投資	句型 3	Put your money in this account where it will **earn** interest. 把你的錢存放在這個會生利息的帳戶裡。

eat

p.190

吃	句型 1	I don't feel like **eating**. Could you give me a glass of warm water? 我沒有胃口。你可以給我一杯溫開水嗎？
	句型 3	I don't **eat** meat. Do you have other menu items for vegetarians? 我不吃肉。你們有其他適合素食者的菜單嗎？
毀損	句型 1	Running water has gradually **eaten** into the rock. 流水逐漸侵蝕了岩石。
吃光	句型 3 ＋ up	The expenses for caring for his tens of dogs have **eaten up** most of his savings. 照顧幾十隻狗的費用幾乎花掉了他大部分的積蓄。

expose

p.177

| 暴露 | 物品 / 場所 | 句型 3 | The area is **exposed** to air during low tide.
退潮期間，此區域會暴露在空氣中。 |

	狀況		句型 3	Have you ever been **exposed** to an English-speaking environment? 你曾經接觸過說英語的環境嗎？
揭露			句型 3	His embarrassing private life was **exposed** to the public. 他那令人難堪的私生活被公諸於世。

face p.61

正視	方向		句型 1	They were **facing** each other across the street. 他們隔街相望。
			句型 3	I would like to book a room that **faces** the sea. 我想預訂一間面海房。
	狀況	處理	句型 3	We could **face** the hassle of moving all these things again. 我們可能會面臨再次移動這些東西的麻煩。
		接受	句型 3	You have to **face** the truth. 你必須面對現實。

fall p.29

位置 下降	句型 1	落下		The rain has been **falling** all day. 雨已經下了一整天。
		跌倒		My mother **fell** as she reached for the glass. 我母親伸手去拿杯子的時候跌倒了。
狀態 下降	句型 1			The sales in the automotive industry are expected to **fall** this year. 今年汽車產業的銷售量預計將下滑。
	句型 2			She always **falls** asleep before midnight. 她總是在午夜前入睡。

feed p.50

供應 糧食	食物		句型 1	A lion is a meat-eater and **feeds** on flesh. 獅子是肉食動物，以肉為食。
			句型 3	We should **feed** the kids first and have ours later. 我們應該先餵孩子，之後我們再吃。
			句型 4	Did you **feed** your cat the tuna fish? 你餵你的貓鮪魚了嗎？
	燃料	物質	句型 3	It is freezing outside. Please keep **feeding** the fire. 外面很冷，請繼續給火添柴。
		機械	句型 3	Have you **fed** the meter with coins? 你在計費器裡投幣了嗎？
	資訊		句型 3	The information is **fed** over satellite networks to base stations. 訊息透過衛星網路提供給基地台。

feel
p.36

感覺		句型 2	I really **felt** sick. 我真的覺得不舒服。
		句型 3	We are **feeling** hot air around us. 我們感覺到周圍有熱空氣。
		句型 5	I **felt** something crawling down my neck. 我感覺到脖子上有東西往下爬。
持有意見		句型 1	Do you **feel** very strongly about our plan? 你對我們的計畫堅信不疑嗎？
		句型 3	I **feel** that we should leave right now. 我覺得我們應該馬上離開。
		句型 5	I **feel** myself privileged to practice medicine. 我以從事醫療工作為榮。
觸摸		句型 1	I was **feeling** in the drawer for the money. 我在抽屜裡翻找著錢。
		句型 3	They **felt** the coldness of their kids' faces. 他們觸摸著孩子們冰冷的臉龐。

fight
p.191

鬥爭	身體	句型 1	I saw some boys **fighting** outside the building. 我看到一些男孩在大樓外面打架。
	言語	句型 1	They should stop **fighting** in front of their children. 他們應該停止在孩子面前爭吵。
	努力	句型 1	The organization has **fought** for improvement of gender equality. 這個組織為改善性別平等而努力。
		句型 3	It is important to start **fighting** your cold as soon as possible. 盡快開始對付感冒是很重要的事。

fill
p.182

充滿	空間	空間	句型 1	It looked like her eyes **filled** with tears. 看起來她兩眼充滿淚水。
			句型 3	Please **fill** the bottle with fresh water. 請將水瓶裝滿新鮮的水。
		空洞	句型 3	The hole will be **filled** with concrete. 這個洞將用混凝土填滿。
		強調	句型 3	The smell of fresh baked bread **filled** the room. 剛烤好的麵包香氣遍佈整個房間。

時間		句型 3	He **fills** most of his time reading books. 他把大部分的時間都用在讀書上。
位置		句型 3	The company plans to **fill** the position with skilled workers. 公司打算用熟練技工填補這個職缺。
情感		句型 3	Speaking in front of many people **fills** me with horror. 在許多人面前說話仍然是件可怕的事。
需要		句型 3	It is something to **fill** a need in the market. 這就是滿足市場需求的東西。

find
p.168

發現		句型 3	I **found** my lost book in the closet. 我在壁櫥裡找到我遺失的書。
		句型 4	They are having difficulty **finding** themselves a place to live. 他們在找房子上遇到困難。
		句型 5	His dog was **found** alive under the collapsed house. 他的狗在倒塌的房子下被發現時還活著。
得知		句型 3	We came home to **find** that someone had broken into the house. 我們回到家才發現有人闖進屋內。
		句型 5	We **found** this tribe displaying a unique food culture. 我們發現這個部落展示著獨特的飲食文化。

float
p.214

漂浮	水面	句型 1	In the lake, beavers were seen **floating** on their backs. 湖中可以看到海狸仰漂。
	移動	句型 3	The sound of a beautiful music was **floating** out of his room. 美妙的旋律從他的房間飄出來。
	徬徨	句型 1	After dropping out of school, Jack **floated** around doing nothing. 輟學後，傑克四處遊盪，無所事事。
	提議	句型 3	My father has **floated** the idea that we should move into a new place. 我父親提議我們應該搬到一個新地方。

flow
p.190

流動	液體 / 氣體	句型 1	Where does this river **flow** down into the sea? 這條河從哪裡流入大海？
	人 / 物品	句型 1	Did you see a lot of traffic **flowing** into the stadium? 你看到很多車輛不斷開進體育館了嗎？

	進行	句型 1	It seems that conversation between the two **flowed** freely. 兩人之間的對話似乎很順暢。
	動作	句型 1	Her brown hair was **flowing** in the wind. 她的棕色頭髮在風中飄逸著。
滿溢	豐足	句型 1	Money has never **flowed** freely in my family. 我們家的錢從來沒有充足到源源不絕過。
	情感	句型 1	Excitement suddenly **flowed** over my son, so I was not able to stop him. 我兒子突然興奮起來，我無法阻止他。

fly p.120

飛	句型 1	They **flew** to London last night. 他們昨晚飛往倫敦。
	句型 3	They **flew** wounded soldiers to a safe place. 他們把受傷的士兵空運到安全的地方。
駕駛（飛機）	句型 1	I learned how to **fly** when I was young. 我小時候學會駕駛飛機。
	句型 3	Can you **fly** an airplane? 你會駕駛飛機嗎？
飄揚 / 放飛	句型 1	She ran past him with her hair **flying** behind her. 她飄散著頭髮，從他身邊跑過。
	句型 3	The weather is good enough to **fly** a kite. 天氣很好，適合放風箏。
快速移動	句型 1	With the blast near the building, glass **flew** across the office. 隨著大樓附近發生的爆炸，辦公室裡玻璃碎片四處橫飛。
	句型 2	The window has **flown** open. 窗戶突然一下子打開了。

follow p.107

跟隨	位置	移動	句型 1	If you lead, we will **follow** behind. 如果你帶頭，我們將跟在後面。
			句型 3	The cats **followed** me into the house. 那隻貓跟著我進房子。
		路線	句型 3	**Follow** this road, then you will see the cathedral soon. 沿著這條路走，你很快就會看到大教堂。
	指示	理解	句型 3	I cannot **follow** you. Could you explain in detail? 我不懂，你能詳細說明一下嗎？
		遵從	句型 3	The faithful **follow** the teachings of their religions. 虔誠的信徒遵從自己的宗教教義。

	時間	句型 3	The earthquake has been **followed** by a series of minor aftershocks. 地震後又發生了一連串小規模的餘震。

form
p.137

形成	生成	句型 1	An idea began to **form** in my head. 有個想法開始浮現在我腦海中。
	特定型態	句型 1	His students **formed** into lines against wall. 他的學生靠著牆排成一排。
		句型 3	My mother has **formed** the dough into small pieces. 我母親把麵團分成小塊。

freeze
p.230

凍結	結冰	句型 1	The lake has **frozen** to a depth of over half a meter. 湖水已經結冰超過 50 公分。
		句型 2	The body **froze** solid. 屍體凍成硬塊了。
		句型 3	The cold weather had **frozen** the clothes hanging on the washing lines. 寒冷的天氣使掛在曬衣繩上的衣服結凍了。
		句型 5	This year's cold spell has **frozen** the ground hard. 今年的寒流把地面凍得硬梆梆的。
	冷凍	句型 1	Some vegetables **freeze** faster than others. 有些蔬菜比其他蔬菜更快結凍。
		句型 3	Why don't we **freeze** the cake that is left over? 何不把剩下的蛋糕冷凍起來？
	寒冷	句型 1	We are all **freezing**. Please close the window. 我們都快冷死了，請關上窗戶。
		句型 3	He was **frozen** to death on his way to the base camp. 他去大本營的路上被凍死了。
	恐懼	句型 1	We **froze** with horror as the dead body moved. 屍體移動時，我們都嚇呆了。
	凍結	句型 3	Wages have been **frozen** at the level of last year. 工資被凍結在去年的水準。

gather
p.60

聚集	人	句型 1	Union members have **gathered** in front of the headquarters. 工會成員聚集在總部前面。
		句型 3	Toddlers were **gathered** around the TV to see Pororo. 剛學會走路的幼童們聚集在電視周圍看〈小企鵝啵樂樂〉。

事物		句型 3	What were you doing while she **gathered** her belongings? 她在收拾她的東西時，你在做什麼？
資訊	資訊	句型 3	How long does it take to **gather** all the data? 收集所有的數據需要多久？
	推測	句型 3	From these notes, I **gathered** that it is not true. 從這些筆記來看，我認為這不是真的。
速度 / 力量		句型 3	The train began to **gather** speed. 火車開始加速。
增加		句型 1	The sky turned dark as the clouds were **gathering**. 隨著雲的聚積，天空變暗。
手臂	人	句型 3	He **gathered** his son up and left in a hurry. 他抱起他的兒子後急忙地離開。
	衣服	句型 3	The weather was so cold that she **gathered** her coat around her. 天氣很冷，她把她的外套裹緊緊地裹在身上。

get

p.28

得到	獲得	句型 3	I like a room that **gets** plenty of sunshine. 我喜歡採光好的房間。
	積極	句型 3	He was in trouble but **got** the money somehow. 他遇到了麻煩，但還是設法拿到錢。
	交通	句型 3	Let's **get** a taxi, or we will be late. 我們搭計程車吧，否則我們會遲到。
	痛苦	句型 3	He **got** terrible headaches. 他有嚴重的頭痛。
	處罰	句型 3	He **got** five years for fraud. 因為詐欺罪被判刑五年。
	去取得	句型 3	You should go and **get** your son from school. 你應該去學校接你的兒子。
		句型 4	Would you **get** him some food, please? 可以請你拿些食物給他嗎？
	購買	句型 3	Where did you **get** this great shirt? 你在哪裡買到這件這麼棒的襯衫？
		句型 4	Didn't you **get** your dad a present? 你沒有買禮物給你父親嗎？
到達	場所	句型 1	We managed to **get** to Los Angeles at 10 o' clock. 我們設法在 10 點鐘抵達洛杉磯。
	狀態	句型 2	He **got** sick after his dog died. 他的狗死了之後，他生病了。

轉折點		句型 2	You will be disappointed once you **get** to know him. 一旦你了解他，你會感到失望的。
理解		句型 3	I could not **get** what he was saying. 我不懂他在說什麼。
做	做	句型 5	When do you think you **get** the work finished? 你認為你什麼時候能完成這項工作？
	說服	句型 5	My teacher **got** Jim to help me with my homework. 我的老師叫吉姆協助我做作業。

give
p.74

給予	物品	句型 1	We are willing to **give** to charity. 我們樂意捐贈給慈善機構。
		句型 3	The organization **gave** safety booklets to the participants. 那個組織發給參加者安全手冊。
		句型 4	I hope he **gives** me another chance. 我希望他再給我一次機會。
	行為	句型 3	He **gave** the speech to the audience. 他對聽眾發表演說。
		句型 4	My baby **gave** me a lovely smile. 我的孩子給我一個可愛的微笑。
	付款	句型 3	How much did he **give** for this second-hand car? 他花多少錢買這輛中古車？
		句型 4	We **gave** him $50 and he kept the change. 我們給他 50 美元，他留著零錢。
	刑量	句型 4	He was found guilty and they **gave** him five years. 他被判有罪，判處五年徒刑。
順應 / 屈服		句型 1	The branch **gave** under the weight of snow. 雪的重量使樹枝彎了。

go
p.117

往前走	人	句型 1	They **went** into the church. 他們走進教堂。
	道路	句型 1	This road **goes** to Seoul. 這條路通往首爾。
	時間	句型 1	We have only a week to **go** before the vacation is over. 一個星期後假期就結束了。
	狀態	句型 2	My hair is **going** grey. 我的頭髮正逐漸變白。

進行	特定狀況	句型 1	How did your interview **go**? 你的面試進行得如何？
	正確方式	句型 1	I am wondering why this watch won't **go**. 我想知道這支手錶為什麼不動了。
	協調狀態	句型 1	This color would **go** well with your shirt. 這種顏色和你的襯衫很配。

grind
p.283

研磨	粉末	句型 3	Do you know how to **grind** coffee beans without a grinder? 你知道不用研磨機怎麼磨咖啡豆嗎？
	磨利	句型 3	Tom has a special sharpening stone for **grinding** knives. 湯姆有個用來磨刀的特殊磨刀石。
	噪音	句型 1	Some parts of the device are **grinding** noisily. 這台設備有些零件發出刺耳的噪音。
		句型 3	He **grinds** his teeth and snores loudly. 他磨牙且大聲地打呼。
	按壓地捻	句型 3	As soon as I looked at him, he **ground** his cigarette into the ashtray. 我一看他，他立刻把手中的香煙按在煙灰缸裡捻熄。

grow
p.70

生長	大小 程度	句型 1	Fears are **growing** as no sign has been found about the missing boys. 由於沒有發現失蹤男孩的跡象，人們越來越擔心。
	動物 / 植物	句型 1	Bears **grow** quickly during the first three months of their birth. 熊在出生後的前三個月成長快速。
		句型 3	Rice has been **grown** in this region since ancient times. 自古以來這個地區都栽種稻米。
	變得	句型 1	He **grew** to understand his father as he had his own children. 當他有了自己的小孩，他逐漸了解他的父親。
		句型 2	They **grew** bored of the story. 他們對這個故事漸漸感到厭煩。

guard
p.210

保護	防止被攻擊	句型 3	He employed armed security officers to **guard** his safe. 他雇用了武裝警衛來保護他的保險箱。
	以防被公開	句型 3	You should have **guarded** the sources of information. 你應該保護消息來源。
監視		句型 3	Twenty prisoners are **guarded** by one prison officer. 一名獄警看守 20 名囚犯。

| 注意 | | 句型 1 | In order to **guard** against accidents, you must follow the instructions.
為了防止事故發生，你必須按照指示去做。 |

hack

p.245

亂劈 亂砍	特定對象	句型 1	We **hacked** at the bushes and ventured into the unknown. 我們劈開草叢，冒險進入未知的世界。
		句型 3	It bothered me a lot to see a butcher **hacking** off a chunk of meat. 看到肉販切下一大塊肉令我感到很困擾。
	駭客	句型 1	Computer **hacking** has become so widespread that each country is seeking cooperation with Interpol. 電腦駭客入侵氾濫，各國都在尋求與國際刑警組織合作。
		句型 3	A man **hacking** the top-secret government data was arrested yesterday. 駭入政府最高機密檔案的男子昨天被捕。
	足球	句型 3	He managed to **hack** the ball away. 他好不容易把球踢了出去。
	狀況	句型 3	Innumerous people have left this job because they couldn't **hack** it. 無數人因為無法勝任這份工作而離職。

happen

p.196

單純發生	句型 1	Nothing **happened** and no one was hurt. 什麼事都沒發生，也沒有人受傷。
偶然發生	句型 3	I **happened** to be the best student in the class. 我碰巧成為班上最好的學生。
偶然發現	句型 1	I **happened** on a street with a line of old buildings. 偶然間，我走進了有一排古老建築的街道。

hatch

p.252

孵化		句型 1	We put the eggs in a warm place and the birds **hatched** the next morning. 我們把蛋放在溫暖的地方，鳥兒們在第二天早上孵化了。
培養	蛋	句型 3	Where do you think the eggs are best **hatched**? 你認為蛋在哪裡最好孵化？
	計畫	句型 3	Is this a little plan that you and your confederates **hatched** up last night? 這是你和你的同夥在昨晚密謀的嗎？

have

生長	擁有	句型 3	I want to **have** a two-story house. 我想要一棟兩層樓的房子。
	經驗	句型 3	We **had** a wonderful time. 我們玩得很開心。
	飲食	句型 3	Can I **have** a cup of coffee? 我可以喝一杯咖啡嗎？
	行動	句型 3	You should **have** a try if it is worthy. 如果值得，你應該試試看。
許可		句型 3	My mom won't **have** any bugs in the house. 我媽不會讓家裡有任何蟲子。
		句型 5	The guard won't **have** these dogs running all over the flowerbeds. 警衛不會讓這些狗在花圃裡到處跑。
使役		句型 5	We are going to **have** the door painted next month. 下個月我們打算請人把門油漆一下。

hear

聽	聲音	句型 1	The old people can't **hear** very well, so we should speak a little louder. 長輩們聽不太清楚，我們應該說大聲一點。
		句型 3	"Can you **hear** me?" he yelled in a distance. 「你能聽見我的聲音嗎？」他從遠處喊道。
		句型 5	I **heard** something crawling out of the room. 我聽到有東西從房間爬出來。
	資訊	句型 1	If you haven't **heard** by 6 p.m., assume the project will go as planned. 如果到下午 6 點還沒聽到消息，就當做專案將照原定計畫進行。
		句型 3	I haven't **heard** what happened to him. 我沒聽說他發生了什麼事。
	傾聽	句型 3	This case should be **heard** by the court. 這個案子需要法院審理。

help

幫助	資源 / 人力	句型 1	These measures will **help** in protecting animals in danger of extinction. 這些處置有助於保護瀕臨絕種危機的動物。
		句型 3	Does he **help** you with the housework? 他幫你做家事嗎？

		句型 5	The program **helps** you stay healthy. 這項計畫幫助你保持健康。
提升		句型 3	Professional competence will **help** your chance of promotion at work. 專業能力會增加你升遷的機會。
使容易		句型 3	This will **help** to reduce the expenses. 這將有助於減少開銷。
飲食		句型 3	Can I **help** myself to some cake? 我可以吃點蛋糕嗎？

hide
p.89

		句型 1	I felt that I could **hide** behind sunglasses, so I loved wearing them. 我覺得我可以隱藏在太陽眼鏡後面，所以喜歡戴太陽眼鏡。
事物		句型 3	Where did you **hide** your diary when you were young? 小時候你把日記藏在哪裡？
情感		句型 3	I tried to **hide** my disappointment, but he noticed something not going well. 我努力掩飾我的失望，但他察覺到有什麼不太順利。

hit
p.264

擊打	強力	句型 3	Fortunately, there was no one inside when the bus **hit** the house. 當公車撞擊房子時，幸好裡面沒有人。
	手/物體	句型 3	The old man **hit** the floor with his cane. 老人用自己的拐杖敲打地板。
	槍/炸彈	句型 3	The building was **hit** by bombs again. 那棟大樓再次被炸彈擊中。
	負面影響	句型 3	Middle-income individuals have been worst **hit** by tax increases. 中等收入階層受增加稅收的打擊最為嚴重。
	水準	句型 3	BTS's new single **hit** the charts today at number 1. 防彈少年團的新單曲位居今日排行榜的第一名。
	地點	句型 3	Take this road, and you will **hit** the beach at the end. 走這條路，到盡頭你就會看到海灘。

hold
p.37

暫時	維持	句型 3	She was **holding** my bag while I opened the cabinet. 在我打開櫥櫃時，她拿著我的背包。
		句型 5	Could you **hold** the door open for me? 你能幫我扶著門讓它開著嗎？

	持有	句型 3	I asked the store to **hold** this item for me. 我要求店家幫我保留這件商品，不要賣給其他人。
		句型 5	The revels **held** him hostage for a week. 叛軍挾持他作為人質一個禮拜。
	堅持	句型 1	We **hope** our good luck will hold. 我們希望我們的好運能持續下去。
		句型 3	The company is **holding** sales at its present level. 公司維持著目前的銷售量。

imagine

p.235

想像	想像	句型 3	Can you **imagine** walking into this haunted house alone? 你能想像自己一個人走進這棟鬼屋嗎？
	認為	句型 3	I **imagined** that the contract was made under threat of violence. 我猜想這份合約是在暴力威脅下簽訂的。
		句型 5	I **imagined** him to be the smartest man in the world. 我想他是這世界上最聰明的男子。
	虛構	句型 3	We have never heard of that story—You must have **imagined** it! 我們從來沒聽過那個故事。一定是你想像出來的。

insist

p.261

堅持	主張	句型 1 + on	She **insisted on** her innocence. 她堅決主張自己是清白的。
		句型 3 + that	My son **insisted that** he did nothing wrong. 我的兒子堅持說他沒有做錯任何事。
	要求	句型 1	He **insisted** on seeing his lawyer. 他堅決要求要見他的律師。
	固執	句型 1	She **insisted** on wearing winter boots. 她執意要穿冬天的靴子。

join

p.74

連接	物品	句型 3	He used strong glue to **join** these two pieces together. 他使用強力膠水將這兩塊黏在一起。
	人	句型 1	It is a nice club. You should **join**. 這個社團不錯，你應該加入。
		句型 3	I would like you to **join** us for dinner tonight. 我希望你今晚能和我們一起共進晚餐。
	道路	句型 3	Keep walking, this path will soon **join** a larger track. 繼續走這條路，很快就會和一條大路交會。

jump

跳	跳動	句型 1	Here are tips for how to keep your kids from **jumping** in apartments. 這裡有些方法防止你的孩子在公寓裡跳動。
	跳躍、跳過	句型 1	I am wondering if you could **jump** over this fence. 我想知道你能不能跳過這道圍籬。
		句型 3	She used to **jump** rope three to five times a week. 她過去每週跳繩三到五次。
	突然移動	句型 1	He **jumped** to his feet and saluted. 他突然站起來舉手敬禮。
	驚嚇	句型 1	A loud crash of thunder made everyone **jump**. 巨大的雷聲使每個人嚇一大跳。
	激增	句型 1	House prices have **jumped** this year by 200 percent. 今年房價上漲了 200%。
	跳過、省略	句型 3	They have **jumped** a few important steps of shipment. 他們跳過了幾個裝運的重要步驟。

keep

保持		句型 2	狀態	He **keeps** silent. 他保持沈默。
			動作	He **keeps** saying that. 他一直這麼說。
		句型 3		They **kept** my belongings. 他們幫我保管我的東西
		句型 5		The party **kept** me awake all night. 派對讓我整晚無法入睡。
遵守	約定 / 信任	句型 3		They **kept** the promise. 他們遵守了承諾。
		句型 3		She worked hard and **kept** her family. 她努力工作養家。
阻攔	制止	句型 3 + from		My parents **kept** me **from** leaving the town. 我的父母不讓我離開這座城鎮。

kick

| 踢 | 腳 | 句型 1 | Can you feel the baby **kicking** inside you?
你能感覺到嬰兒在你肚子裡踢腿嗎？ |
| | | 句型 3 | He teaches kids how to **kick** a soccer ball.
他教孩子們踢足球。 |

		句型 5	You have to **kick** the door open when your hands are full. 當兩手都是東西時，你必須用腳把門踢開。
	擊退壞習慣	句型 3	I've been smoking for a decade and need help to **kick** the habit. 我已經抽煙十年，需要幫助才能戒掉這個習慣。
	自責	句型 3 + oneself	You will **kick yourself** if you sell your shares this time. 這個時候如果你賣掉股票，你會後悔的。

kill p.33

殺死	生命	句型 1	Driving while intoxicated will **kill**. 酒後駕車會導致死亡。
		句型 3	Car crashes **kill** hundreds of people every year. 每年有數百人死於車禍。
	關係	句型 3	Lack of trust can **kill** your relationship with Laura. 缺乏信任會毀掉你與蘿拉的關係。
	痛苦	句型 3	It would **kill** me if I were punished for what I am not guilty of. 如果我因為沒有犯的罪而受罰，我會瘋掉的。
	逗趣	句型 3	I couldn't help laughing—they were **killing** me. 我忍不住地笑了，他們實在太搞笑了。
	生氣	句型 3	My mother would **kill** me if she knew that I cut class. 我媽如果知道我蹺課，她會殺了我。

know p.140

資訊		句型 1	A: What is her name? 她叫什麼名字？ B: I don't **know**. 我不知道。
		句型 3	He doesn't **know** the name of every member in the council. 他不知道委員會裡每個成員的名字。
確信		句型 1	A: Do you think this drawer fit in here? 你覺得這個抽屜放得進去嗎？ B: I don't **know**. Let's measure its length. 我不知道，我們來量一下它的長度。
經驗		句型 1	They do not **know** about computers at all. 他們對電腦一無所知。
		句型 3	I've **known** her since she was five. 從她五歲起我就認識她了。

launch p.148

盛大 開始	句型 3	船	The ships are to be **launched** next month. 船將於下個月下水（首次出航）。
		火箭	The instruction explains how to **launch** a rocket. 說明書上有發射火箭方法的說明。

	計畫		This company is going to **launch** the new advertising campaign for new products. 這家公司將為新產品發起一場新的廣告宣傳活動。
	產品		The new clothing line will be **launched** soon. 新服裝系列即將推出。

lay

p.252

放置	小心	句型 3	I tried to **lay** the baby on the sofa. 我小心翼翼地試著把嬰兒放在沙發上。
	鋪開	句型 3	Seaweeds are being **laid** to dry on the floor. 海草晾在地上曬乾中。
	下方	句型 3	Workers are digging up the road to **lay** cables. 工人正在挖路鋪設電纜。
	下蛋	句型 3	What is the name of a bird that **lays** its eggs in other birds' nests? 在別的鳥巢裡下蛋的鳥叫什麼名字?
	花錢下注	句型 3	I think he will be fired soon, but I would not **lay** money on it. 我想他很快就會被解雇,但我不會花錢打賭。
	準備	句型 3	He began to **lay** his plans for attack. 他開始擬定攻擊計畫。
	指責 / 責任	句型 3	He is always trying to **lay** the blame on his friends. 他總是想把責任推給他的朋友。

leap

p.106

突然	跳躍	句型 1	We tried to **leap** over a stream. 我們試著跳過一條小溪。
	急速移動	句型 1	He **leaped** out of his car and picked up the package. 他跳下車,撿起包裹。
	急速上升	句型 1	He **leaped** to fame after his appearance on a TV show. 他在一齣電視節目演出後,便一舉成名。
	急速增加	句型 1	Sales in the company **leaped** 300 percent. 公司銷售額激增了 300%。

learn

p.133

主題／科目	句型 1	He has **learned** about the history of Korea. 他學習了韓國的歷史。
	句型 3	It is not easy to **learn** how to read at that early age. 在這麼小的年紀學習閱讀並不容易。

不知道的事實		句型 1	I was disappointed to **learn** of my failure. 在知道我失敗後，我很失望。
		句型 3	She later **learned** that he had sent a love letter to her. 她後來得知他寄了一封情書給她。
醒悟		句型 3	You have to **learn** that you can't do whatever you want. 你必須明白你不能為所欲為。

leave p.71

離開	場所		句型 1	I will be **leaving** at Seven o' clock. 我將在 7 點鐘離開。
			句型 3	They **left** the building yesterday. 他們昨天離開了那大樓。
	活動		句型 3	I will **leave** work for personal reasons. 因為個人因素，我將會離職。
留下	放	事物	句型 3	Your **left** a book on the table. 你留下了一本書在桌上。
		象徵	句型 3	He **left** a great mark in history. 他在歷史上留下偉大的足跡。
	死亡		句型 3	He **left** his wife and two children. 他留下他的妻子和兩個孩子離開了。
	放任		句型 5	He **leaves** his kids playing games. 他讓孩子們玩遊戲。

lie p.46

在	躺	句型 1	Could you please **lie** on your side? 可以請你側躺嗎？
		句型 2	He **lay** asleep when the thief broke into the house. 當小偷破門而入時，他正在睡覺。
	場所 / 狀態	句型 1	The school **lies** halfway between my house and the subway station 學校位於我家和地鐵之間。
		句型 2	The flag **lay** flat on the ground. 旗子平躺在地上。
	存在	句型 1	The strength of this company **lies** in its healthy corporate culture. 這家公司的優勢在於其健康的企業文化。
說謊		句型 1	I suspect that he **lies** about his age. 我懷疑他謊報了年齡。

lift

p.183

舉起	移動	句型 1	The balloons have **lifted** high above the sky. 氣球已經升到高空中。
		句型 3	She **lifted** her glass over her head. 她高舉酒杯超過頭頂。
	水準	句型 3	The bank has **lifted** its interest rates. 銀行提高了利率。
	地位	句型 3	This victory **lifted** our team into fourth place. 這次的勝利使我們隊伍升至第四名。
	精神	句型 3	What is the best way to **lift** my spirit? 讓我振作起來的最好方法是什麼？
	法令	句型 3	The ban on mini-skirts was **lifted** at last. 迷你裙禁令終於解除了。

like

p.120

喜歡		句型 3	I **like** your new style. 我喜歡你的新造型。
			I don't **like** making a big deal out of it. 我不喜歡在這件事上面大作文章。
			We **like** to spend mornings with a tea. 我們喜歡喝茶度過早晨的時光。

live

p.169

生活	場所	句型 1	He used to **live** in a shared house with five other men. 他以前住在一間與另外五位男子合租的房子裡。
	方式	句型 1	Soon I got used to **living** alone and enjoyed my independent life. 不久我就習慣獨自生活，享受我的獨立生活。
		句型 3	She always wanted to **live** her life to the full. 她一直想要過著非常充實的生活。
	生計	句型 1	He **lived** off a fortune that his parents had inherited, so he did not need to work. 他靠父母留下的財產過活，所以他不必工作。
	活著	句型 1	She told me that she only had a few months to **live**. 她告訴我她只能活幾個月。
	享受	句型 1	No one would want to be stuck in an office all the life—We have to **live**! 沒有人願意一輩子被困在辦公室裡。我們必須享受生活的樂趣！

	存在	句型 1	The memory of that moment has **lived** with me all my life. 那一刻的記憶一直伴隨著我的一生。

look p.47

看	視線移動	句型 1	He **looked** out of the window and smiled at me. 他看著窗外對我微笑。
	似乎	句型 1	He **looks** like a good person. 他看起來是個好人。
		句型 2	Watch your step!—the path **looks** icy. 小心腳步！路看起來結冰了。
	注意	句型 1	**Look** at the time! It's getting late now. 看一下時間！現在很晚了。
		句型 3	Why don't you **look** where we are going? 你為什麼不看看我們要去哪裡？
尋找		句型 1	He **looked** everywhere but couldn't find his son. 他找遍所有地方，但是沒有找到他的兒子。

make p.110

製造	資源 / 勞動	句型 3	He **made** gooey cookies. 他做了軟而黏的餅乾。
		句型 4	She **made** him a toy. 她給他做了一個玩具。
	金錢	句型 3	He **makes** $ 40,000 a year as a teacher. 他當老師一年賺 4 萬美元。
	行動	句型 3	He had to **make** a phone call. 他必須打個電話。
使、令	強制	句型 5	You cannot **make** your kids study, if they don't want to. 如果孩子不喜歡，你無法強迫他們學習。
	原因	句型 5	The heavy makeup **makes** you look middle-aged. 濃妝艷抹使你看起來像中年人。

march p.238

決意	行走	句型 1	He **marched** up to her and kissed passionately. 他堅定地走向她，熱情地親吻了她。
	示威	句型 1	Millions of people **marched** in protest against the proposed new plan. 數百萬人示威遊行抗議新提出的計劃。

行進		句型 1	The soldiers **marched** 30 miles every day. 士兵們每天行軍 30 英里。
強行帶走		句型 3	My mother gripped my arm and **marched** me off to his office. 我媽媽抓著我的手臂，強行把我拉到他的辦公室。

match
p.278

相同	同等	句型 3	How can we **match** the service this shop provides to its customers? 我們如何趕上這家店提供給顧客的服務水準？
一樣		句型 1	These two fingerprints don't **match**. 這兩個指紋不一樣。
		句型 3	He seems to **match** the description the witness has given. 他似乎與目擊者的陳述一致。
相配		句型 1	I don't think these two colors **match** each other. 這兩個顏色似乎不搭調。
		句型 3	Does this scarf **match** my blouse? 這條圍巾和我的罩衫相配嗎？
	尋找	句型 3	This agency **matches** you with a suitable partner. 這家公司會為你尋找適合的夥伴。

mean
p.116

含義	句型 3	These words **mean** that your claim was wrong. 這些話意味著你的主張是錯誤的。
結果	句型 3	One more drink **means** divorce. 再繼續酗酒就離婚。
意圖	句型 3	She didn't **mean** any harm. 她沒有任何惡意。
價值	句型 1	This book **means** a lot to me. 這本書對我意義重大。

measure
p.149

物理單位	句型 1	The screen of this TV **measures** 55 inches diagonally. 這台電視畫面對角線尺寸是 55 吋。
	句型 3	This machine **measures** the height of this room. 這台機器測量這個房間的高度。
象徵單位	句型 3	It is impossible to **measure** the damage done to our company. 對我們公司所造成的損失是無法衡量的。

melt

p.279

融化	液化	句型 1	The frozen river shows no sign of **melting**. 結冰的河流沒有融化的跡象。
		句型 3	The heat has **melted** the chocolate. 熱度使巧克力融化。
	情感 / 緊張	句型 1	The tension between the two countries has begun to **melt**. 兩國之間的緊張局勢已開始緩和。
		句型 3	The children's beautiful faces **melted** his heart. 孩子們美麗的臉龐軟化了他的心。
	消失 (away)	句型 1	The crowd **melted away** as it started to rain. 開始下雨後，人群逐漸散去。
	融入 (into)	句型 1	The bodyguard **melted into** the background until she gave him a sign. 保鏢躲在不顯眼的地方，直到她向他發出信號。

move

p.275

移動	位置	句型 1	He **moved** to the window. 他剛走到窗邊。
		句型 3	Do you mind **moving** your car? I can't get mine out. 可以請你移動一下你的車子嗎？我的車出不去。
	搬家	句型 1	My family **moved** to Seoul when I was five years old. 在我五歲的時候，我的父母搬到首爾。
狀態	進展	句型 1	Now that we have enough resources, we can **move** forward with our project. 現在我們有足夠的資源，我們可以繼續進行我們的專案。
	打動	句型 3	He felt deeply **moved** by her incredible life story. 他被她不可思議的人生故事深深地打動。
	驅使	句型 5	Her love of ballet **moved** her to take lessons at the age of 50. 她對芭蕾舞的熱愛促使她在 50 歲時去上課。

need

p.51

需要	句型 3	I **need** you here. 我需要你在這裡。
	句型 5	We **need** you to help him move these heavy boxes. 我們需要你幫他搬這些重箱子。
必須	句型 3	The house **needs** cleaning. 房子必須打掃。

		句型 5	He **needs** his shirt washed. 他必須洗他的襯衫。

observe

p.136

觀察	查看	句型 3	They were **observing** what was happening on the street. 他們正留意觀察著街上發生的事情。
	察覺	句型 3	She **observed** a look of worry in Annie's face. 她注意到安妮的臉上流露出不安。
	立場	句型 3	He once **observed** that Jack lives in hell. 有一次，他觀察後下了傑克過著地獄般生活的評論。
遵守	規定 / 法規	句型 3	Participants must **observe** the rules of the race. 參加者必須遵守比賽規則。
	風俗	句型 3	Participants must **observe** the rules of the race. 這個鎮上的人們依舊遵守著傳統習俗。

pay

p.124

支付	句型 1		I prefer to **pay** by credit card. 我喜歡用信用卡付費。
	句型 3	人	How much did you **pay** the taxi driver? 你付給計程車司機多少錢？
		對象	Did you **pay** the bill at the restaurant? 你在餐廳結帳了嗎？
	句型 4		You have to **pay** him $1,000 dollars if you sign the contract. 如果你簽了合約，就必須付給他 1000 美元。
	句型 5		We need to **pay** a plumber to repair the burst pipe. 我們必須付錢請水管工人來修理破掉的管子。
好處	句型 1		Lying really doesn't **pay**! 說謊真的沒有好處！
	句型 3		It would **pay** you to be cautious when driving. 開車時小心對你有好處。
痛苦	句型 1		I am certain he will **pay** for that remark. 我敢肯定他會為那句話付出代價。
特定 行為	句型 3		Could you **pay** attention a second? 可以請你注意一下嗎？
	句型 4		I will **pay** you a visit when I am in your town. 我到你們鎮上時會去拜訪你們。

perform

p.218

表現	工作	句型 3	I had him **perform** several simple tasks to test his aptitude. 我讓他做幾樣簡單的工作，測試他的資質。
	性能	句型 1	This car **performs** well on unpaved roads. 這部車在未鋪設柏油的道路上性能表現良好。
	表演	句型 1	The band always **performs** live. 這個樂團總是現場演出。
		句型 3	The play has been **performed** hundreds of times. 這齣戲已經演出幾百次了。

pick

p.186

手指	移動	句型 3	She **picked** a card out of the box. 她從盒子裡拿出一張卡片。
	去除	句型 3	Could you please **pick** that piece of fluff off her black dress? 可以請你把她黑裙子上的絨毛取下來嗎？
	摘採	句型 3	They are **picking** some roses for Julia's house. 他們正在為茱莉亞的家摘一些玫瑰。
	鼻子	句型 3	I don't know how to stop him **picking** his nose. 我不知道該如何阻止他挖鼻孔。
	樂器	句型 3	You are singing and I am **picking** my guitar. 你在唱歌，我在彈吉他。
	選擇	句型 3	He was asked to **pick** a criminal from a series of photos. 他被要求從一連串的照片中選出罪犯。
		句型 5	One of my friends has been **picked** to play for the national team. 我的一個朋友入選國家代表隊選手。

play

p.200

玩得開心	玩樂	句型 1	Leave your children **playing** with the other kids. 讓你的孩子和其他孩子一起玩。
	遊戲 / 比賽	句型 1	She is going to **play** in the tennis match on Sunday. 她打算參加星期天的網球比賽。
		句型 3	He won't be able to **play** cards with us. 他不能和我們一起玩牌了。
	表演	句型 1	Have you heard that Hamlet is going to **play** at the festival? 你聽說「哈姆雷特」要在慶典中演出的消息了嗎？
		句型 3	She is **playing** a satanic serial killer in a new movie. 她在一部新電影中扮演一個邪惡至極的連環殺手。

	演奏	句型 1	The band **played** at the park and I watched from a distance. 樂團在公園裡演出，我從遠處觀看。
		句型 3	She learned how to **play** the guitar at the age of eleven. 她在 11 歲時學會彈吉他。
		句型 4	You should **play** us the song right now! 你現在就該演奏那首歌讓我們聽！
	光線	句型 1	Many colorful beams of light were **playing** above us. 許多五彩繽紛的光束在我們頭頂上閃爍著。

pop p.219

突然	出現	句型 1	She **popped** into my office without notice. 她沒事先通知就出現在我的辦公室。
	移動	句型 1	When I opened the box, something **popped** out. 當我打開盒子，有東西彈了出來。
		句型 3	Jack **popped** his head into the room and winked at me. 傑克突然把頭探進來對我眨眼睛。
	聲音	句型 1	The overblown balloon finally **popped**. 吹得太大的氣球終於砰地爆開了。
		句型 3	I **popped** the cork and let the wine run. 我打開瓶塞，讓酒流了出來。

practice p.103

規律的 行動	練習	句型 1	I used to tune my guitar before I **practiced**. 我過去在練習前會幫吉他調音。
		句型 3	He paired his students up when they **practiced** conversational skills. 當學生在練習對話時，他把學生分成兩人一組。
	職業	句型 1	She has been **practicing** as a dentist for more than a decade. 她當牙醫已經超過十年了。
		句型 3	He was banned from **practicing** law after he was found to be guilty. 他被判有罪後，被禁止從事律師工作。
	日常	句型 3	About a million Muslims **practice** their religion every day in this area. 每天約有一百萬名穆斯林在此地區從事他們的宗教活動。

pull p.64

位置		句型 1	We can move this case. You **pull** and I'll push. 我們能移動這個箱子。你拉，我就推。
		句型 3	He kept **pulling** her hair. 他一直拉她的頭髮。

		句型 5	He **pulled** the window closed. 他把窗戶拉上。
除去		句型 3	They are busy **pulling** up the weeds. 他們正忙著拔除雜草。
吸引		句型 3	The street concert has certainly **pulled** in passersby. 街頭音樂會確實吸引了行人。
方向		句型 1	The train was **pulling** out of the station. 火車正駛出車站。

push p.265

力量	推	句型 1	The car is stuck in the mud. We have to **push** hard to move it. 汽車陷進泥裡了。我們要用力推才能移動它。
		句型 3	No matter how hard you **push** the gate, it won't budge. 不管你怎麼用力推這道門，它就是動也不動。
		句型 5	We **pushed** the door open to find nothing. 我們把門推開，卻什麼也沒發現。
	擠過	句型 1	He **pushed** past the waiting fans and entered the concert hall. 他擠過等待的粉絲，進入了音樂廳。
		句型 3	She **pushed** her way through the crowds to get to the front. 她擠過人群到最前面。
	狀態	句型 3	Population growth will **push** food prices up. 人口增加促使食物價格上漲。
	說服	句型 3	His parents **pushed** him into creating his own family before he reached his 30s. 他的父母催逼他在 30 歲以前建立自己的家庭。
		句型 5	They should have **pushed** him to accept the offer. 他們應該迫使他接受這個提案才對。

quit p.156

停止	行為	句型 3	You had better **quit** teasing your friends. 你最好別再戲弄你的朋友。
	職場	句型 1	I am certain that he will **quit** if he doesn't get a promotion. 我敢肯定如果他沒有獲得升遷，他就會離職。
		句型 3	They are wondering why she has **quit** her job. 他們想知道她為什麼辭職了。
	場所	句型 3	He **quit** school and started his own business. 他退學並開始他自己的事業。

reach

p.84

到達	場所	句型 3	This place can be only **reached** by airplane. 這個地方只能搭飛機去。
	水準	句型 3	He resigned before he **reached** retirement age. 他還沒到退休年齡就辭職了。
	結論／協議	句型 3	We **reached** the conclusion that there was no way to go. 我們得出再也沒有解決辦法的結論。
	伸出手	句型 1	He **reached** inside his bag for a receipt. 他伸手進背包裡拿收據。
		句型 3	She **reached** the switch and turn the light off. 她手伸向開關，把燈關掉。
	聯絡	句型 3	We have tried to **reach** Mr. Park all day but there was no response. 我們一整天試著聯絡朴先生，但是沒有回應。

read

p.169

意義／象徵	句型 1	I **read** about his turbulent life in this article. 我在這篇報導中讀到他跌宕起伏的人生。
		This book **reads** well. 這本書讀起來引人入勝。
	句型 3	It was so dark that we couldn't **read** the map. 光線太暗了，我們看不清楚地圖。
狀況	句型 3	You should **read** the situation correctly, or you will get in trouble. 你必須正確判斷情況，不然你會有麻煩的。
聲音	句型 1	He **read** quickly and loudly. 他讀地又快又大聲。
	句型 3	She stood by the table and **read** the letter aloud. 她站在桌子旁，大聲讀著那封信。
	句型 4	My mom used to **read** me a book until I fell asleep. 我媽媽以前總是讀書給我聽，直到我睡著為止。

receive

p.125

收到	接受	句型 3	He has **received** an avalanche of letters from his fans. 他收到粉絲寄來的大量來信。
	接待	句型 3	We **received** a cordial reception as soon as we arrived at the hotel. 我們一到旅館就受到熱情的接待。
	印象	句型 3	They **received** an impression that he looked down on them. 他們得到的印象是他看不起他們。

	評價	句型 3	His new novel has been well **received** by the critics.
			他的新小說受到評論家的好評。
	加入團體	句型 3	Three new hires have been **received** into the company's golf club.
			三名新員工已經加入公司的高爾夫社團。
	接收信號	句型 3	TV stations must have a device for sending and **receiving** signals.
			電視台必須有收發訊號的裝置。

recognize

p.278

認識	認出	句型 3	You might not **recognize** her because she has changed a lot.
			她改變了很多,你可能認不出她了。
	存在	句型 3	He has **recognized** the increasing demand of eco-friendly devices.
			他認知到對環保設備的需求日益增加。
認定	正式	句型 3	The government has refused to **recognize** this organization as a trade union.
			政府拒絕正式承認這個組織為工會。
	傑出	句型 3	This book is **recognized** as an excellent learning resource.
			這本書被認定為傑出的學習資料。
	成就	句型 3	His contribution has been **recognized** with Best Employee Award.
			他的貢獻受到最優秀員工獎的表彰。

return

p.248

返回	人	句型 1	How long have you waited for your son to **return**?
			你等你兒子回來等多久了?
	狀態 / 情感	句型 1	This pain can be managed but not cured, so it can **return** anytime.
			這種疼痛可以控制,但是無法治癒,隨時都可能復發。
	事物	句型 1	I **returned** the book that I had borrowed last month to the library.
			我把上個月借來的書還給圖書館了。
	行動	句型 1	Do you think you can **return** her love?
			你覺得你能回報她的愛嗎?
	請求	句型 1	He never **returns** my request.
			他從不退回我的請求。

ride

p.200

騎乘	動物	句型 1	I had never **ridden** again after the accident.
			那次事故之後,我再也沒有騎過馬。
		句型 3	Mike is **riding** his pony in the garden.
			麥克在花園裡騎他的小馬。
	交通工具	句型 1	I don't have a car so I **ride** to work on the train.
			我沒有車子,所以就坐火車去上班。

		句型 3	There was no available public transportation, so she had to **ride** a bike. 由於沒有可以搭乘的公共交通工具，她只好騎腳踏車。
海浪		句型 1	Young surfers are flocking to the beach to learn how to **ride** on storm waves. 年輕的衝浪者蜂擁到海邊學習如何駕馭風浪。

risk
p.141

危險	承受	句型 3	He had a good enough reason to **risk** losing his house. 他有充分的理由冒失去自己房子的風險。
	危急	句型 3	People are willing to **risk** their own lives to keep the independence of their country. 人們願意冒著生命危險來維護國家獨立。

run
p.37

跑		句型 1	This bus **runs** every hour. 這輛公車每小時一班。
		句型 2	The gap between the two **runs** deep. 兩者之間的差距很深。
經營		句型 1	I had to have the new computer **running** before noon. 我必須在中午以前讓新電腦運作。
		句型 3	He has **run** this restaurant since last year. 他從去年開始經營這家餐廳。
流動		句型 1	My tears were **running** down my cheek. 我的眼淚順著臉頰流下。
		句型 3	I turned the tap on and **ran** the water on my hand. 我打開水龍頭，水順著手流下來。

save
p.249

救助		句型 3	He **saved** his son from drowning. 他救了溺水的兒子。
珍惜	保管 / 珍視	句型 1	He is **saving** up for a new house. 他正在存錢買新房子。
		句型 3	She **saved** all her letters so that she could remember her fun days. 她把所有的信都保存下來，這麼一來她就能記得快樂的日子。
		句型 4	Could you please **save** me a seat? 能請你幫我保留個座位嗎？
	節省	句型 3	I think we will **save** time if we take the train. 我想如果我們搭火車，將能夠節省時間。

| | | 句型 4 | Your help has **saved** me a lot of work.
你的幫忙讓我省了很多事。 |

search
p.92

搜尋	物品	句型 1	While **searching** among some old boxes, I found your diary. 在一些舊箱子裡翻找的時候，我發現你的日記。
		句型 3	He desperately **searched** his pocket for some money. 他拼命地在他的口袋裡找錢。
	電腦	句型 3	We **searched** the Internet for the best artworks of contemporary artists. 我們在網路上搜尋當代藝術家的最佳作品。
	身體	句型 3	Visitors are regularly **searched** for any prohibited items. 會定期對遊客搜查是否有違禁品。
	解決方法	句型 1	Scientists are **searching** for ways to defeat COVID-19. 科學家們正在尋找戰勝 COVID-19 的方法。

see
p.56

看見	看見	句型 1	I can **see** now that you turned on the light. 你開了燈，我現在可以看見了。
		句型 3	He looked out of the window and **saw** her in the crowd. 他向窗外望，看見她在人群中。
		句型 5	Did you **see** a man playing golf in the yard? 你看到有個人在院子裡打高爾夫球嗎？
	拜訪	句型 3	My mother has to **see** a doctor every week. 我媽媽每個禮拜都要去看醫生。
	交往	句型 3	How long have you been **seeing** Mike? 你和麥克交往多久了？
	發生	句型 3	This year has **seen** unprecedented development of medical science. 今年醫學界有前所未有的發展。
知道	理解	句型 3	I don't think you can **see** my point of view. 我不認為你能理解我的觀點。
	認為	句型 3	Do you **see** this car as a kind of bribe? 你認為這輛車是一種賄賂嗎？

separate
p.197

| 分離 | 事物 | 物體 | 句型 3 | The east and west of this village are **separated** by a stream.
這個村子的東邊和西邊被一條小溪隔開。 |
| | | 概念 | 句型 3 | It is sometimes hard to **separate** our thinking from our activity.
有時很難將我們的想法和行為分開。 |

	人	句型 1	Why don't we **separate** now and meet up later? 我們何不現在先分開，晚一點再見面？
		句型 3	I got **separated** from my wife in the rush to get out of the store that caught fire. 在匆忙逃離起火的商店時，我和我的妻子走散了。
	關係	句型 1	His parent **separated** and ended up with a divorce last year. 他的父母分居，最後在去年離婚。

set p.121

放	場所	句型 3	My father has **set** a chair by his bed. 我父親在他的床邊放了一張椅子。
	狀態	句型 5	The hostages were finally **set** free after years of ordeal. 經過多年的折磨，人質終於被釋放。
設定 / 建立	原則	句型 3	The council has **set** new standards. 委員會設立了新的標準。
	日期	句型 3	Haven't you **set** a date for the meeting yet? 你還沒決定好會議的日期嗎？
	設定	句型 5	The heating is **set** to come on at 9 a.m. isn't it? 暖氣開啟的時間設定在早上 9 點，不是嗎？

settle p.157

穩定 下來	意見		句型 1	We have decided to **settle** out of court. 我們決定庭外和解。
			句型 3	They haven't yet **settled** how to start their new project. 他們尚未協議好如何開始他們的新計劃。
	位置	事物	句型 1	Dust has **settled** on all the surface of this empty room. 這個空房間的地板上都積滿了灰塵。
		人	句型 1	He has **settled** in New York to continue his studies. 他定居在紐約繼續他的學業。
	休息		句型 1	He always **settles** in front of the TV after dinner. 晚飯後，他總是舒服地坐在電視機前休息。
			句型 3	He **settled** himself down with a glass of wine and fell asleep. 他喝一杯紅酒讓自己平靜下來後，就睡著了。
	支付		句型 1	Your payment is overdue. Make sure to **settle** immediately. 你應付的款項已經逾期，請立即結算。
			句型 3	Please **settle** your bill right now. 現在請立即結帳。

shade

p.244

陰影	光	句型 3	Old city streets were completely **shaded** by newly-built skyscrapers. 舊的城市街道完全被新建的摩天大樓遮蔽了。
	陰影	句型 3	Why is this part of the painting **shaded**? 為什麼畫作的這個部分有陰影？
變化	變化	句型 1	His dislike of woman has **shaded** into misogyny. 他對女性的反感逐漸變成厭女症。
	漸層	句型 1	The leaf is bright red at its base, **shading** into dark brown at its tip. 葉子底部是亮紅色，葉尖逐漸變成深褐色。

shine

p.85

發光	散發	句型 3	The sun was **shining** brightly in a clear blue sky. 太陽在晴朗的藍天中燦爛地照耀著。
	光澤	句型 3	Why are you **shining** your shoes and ironing your shirt? 你為什麼在擦皮鞋、燙襯衫？
	照亮	句型 3	He walked along the hallway and **shone** a flashlight into every room. 他沿著走廊走，用手電筒照了照每個房間。
	才華	句型 1	He is terrible at science but **shines** in arts. 他在科學方面遭透了，但藝術領域卻表現出眾。

sit

p.47

坐	位置	句型 1	He glanced around as he **sat** at his desk. 他坐在自己的書桌前環顧四周。
		句型 3	The child's father lifted her and **sat** her on the top bunk. 小孩的父親把她抱起來，讓她坐在上舖。
	狀態	句型 1	The village **sits** at the end of the valley. 這座村子坐落在山谷的盡頭。
		句型 2	The letter **sat** unopened on the table. 這封信沒有拆開，擺放在桌上。
	地位	句型 1	Do you think she is going to **sit** on the committee next year? 你認為明年她會成為委員會委員嗎？

sleep

p.210

| 睡 | 睡覺 | 句型 1 | We don't have an extra bed. Do you mind **sleeping** on the floor?
我們沒有多餘的床，你介意睡地板上嗎？ |
| | | 句型 3 | How many guests does this hotel **sleep**?
這家飯店可容納多少旅客住宿？ |

深思熟慮		句型 1 +on	Let me **sleep on** it and tell you my idea tomorrow morning. 讓我仔細考慮一下，明天早上再告訴你我的想法。
性關係		句型 1 +with	Did you **sleep with** him last night? 你昨晚和他發生關係了嗎？

slide

滑動	表面	句型 1	A car **slid** off the road and hit a barricade. 一台車滑出車道，撞上了路障。
		句型 2	The door was **sliding** open of itself. 門自己滑開了。
		句型 3	Don't **slide** your hand along the rail—it may hurt you. 不要在欄杆上滑動你的手，你可能會受傷。
		句型 5	He noticed his boss coming and quietly **slid** the drawer shut. 他看到老闆走過來，便悄悄地關上抽屜。
	快速 移動	句型 1	They **slid** into bed and fell asleep at once. 他們迅速溜進被窩，馬上就睡著了。
		句型 3	He was **sliding** the envelop into his pocket. 他把信封快速地塞進口袋。
	下降	句型 1	The birth rate has **slid** to the lowest level. 出生率已降至最低。
	不好的狀況	句型 1	The world economy is **sliding** into recession. 全世界的經濟陷入衰退。

soak

p.88

吸收 水份	濕透	句型 3	The wind may blow the rain in and **soak** the curtain. 風可能把雨吹進來把窗簾淋濕。
	滲透	句型 3	I bandaged the cut but the blood **soaked** through it. 我用繃帶包紮了割傷的地方，但是血還是滲了出來。
	浸泡	句型 1	Leave the rice to **soak**. 讓米在水裡浸泡一下。
		句型 3	**Soak** the clothes for a few hours and the stain should come out. 衣服浸泡幾小時後，污漬就會掉。

spread

p.88

鋪開		句型 3	She **spread** a towel on the ground and sat down. 她在地上鋪一條毛巾，然後坐下來。
擴散		句型 1	The fire **spread** so rapidly that it was very difficult to put it out. 火勢蔓延如此快速，以致於難以撲滅。

移動		句型 1	The students **spread** out across the ground. 學生們分散在操場上。
塗抹		句型 3	I **spread** a thick layer of cream cheese on my bagel. 我在貝果上塗了一層厚奶油起司。
張開		句型 5	He **spread** his arms wide. 他張開雙臂。
散布		句型 3	I have found who **spread** lies about him. 我已經查出是誰散布了有關他的謊言。

stamp
p.234

印上	印記	句型 3	Please check a sell-by date **stamped** on a carton of milk. 請先確認牛奶盒上的保存期限。
	腳	句型 1	Should I **stamp** on that insect? 我應該踩那隻昆蟲嗎？
		句型 3	My daughter is **stamping** her foot and refusing to take a bath. 我女兒正在踩著腳，拒絕去洗澡。
	影響	句型 3	He tried to **stamp** his personality on the whole place. 他試著在四處留下自己的個性。
	情感	句型 3	Hostility was **stamped** across his face. 他的臉上明顯表現出敵意。

stay
p.43

停留	場所	守著 位置	句型 1	You **stay** here—I promise I will be back. 你留在這裡，我保證我會回來。
		臨時 停留	句型 1	I used to **stay** at grandmother's home during vacation. 以前放假期間我常待在奶奶家。
	狀態		句型 1	Please **stay** away from the broken window. 請遠離破碎的窗戶。
			句型 2	They **stayed** calm despite his constant interruption 儘管他不斷打斷他們，他們仍然保持鎮定。

stick
p.248

黏貼著	黏住	句型 1	The sauce **stuck** to the pan. You should have stirred it. 醬汁黏在平底鍋了，你應該攪拌一下醬汁的。
		句型 3	His car was **stuck** in the mud. 他的車子陷進泥裡了。
	忍耐	句型 3	She can't **stick** with this job any longer. 她再也無法忍受這份工作。

長尖物	刺入	句型 1	A rose thorn **stuck** in my hand. 一根玫瑰刺扎進了我的手。
		句型 3	Could you **stick** the needle into my left arm? 你能把針打在我的左手臂嗎？
	凸出	句型 1	The letter was **sticking** out of her handbag. 信從她的手提包裡露出來
		句型 3	Don't **stick** out your tongue—it is rude. 不要伸出你的舌頭，這樣很不禮貌。
	隨意放置	句型 3	Why don't you **stick** your coat there and come up to the fire? 請把你的外套隨意擺放在那裡，並到火爐這邊來。

stop

p.85

停止	進行	句型 1	Once the phone starts ringing, it never **stops**. 只要電話開始響，就永遠不會停。
		句型 3	Can you **stop** crying and tell me what is going on? 你可以不要哭，並告訴我發生了什麼事嗎？
	移動	句型 1	She suddenly **stopped** in front of this building. 她突然在這棟大樓前停下來。
		句型 3	The police **stopped** me for speeding. 警察因為我超速而攔下我。
	啟動	句型 1	The engine has **stopped**, so we have to get it repaired. 引擎不動了，我們必須請人修理。
		句型 3	Can you **stop** the machine? It sounds like something is wrong. 你可以把機器停下來嗎？聽起來好像出了什麼問題。
	暫時	句型 1	I **stopped** to pick up the handkerchief he had dropped. 我停下來撿起他掉在地上的手帕。
	阻止	句型 3	Nothing can **stop** him from saying what he thinks. 沒有人能阻止他說出自己的想法。

strike

p.136

罷工		句型 1	The workers have decided to **strike** because their demands were not met. 工人們決定罷工，因為他們的要求沒有被接受。
打擊	疾病 / 災難	句型 1	If disaster **strikes**, it will help you take care of your family. 災難發生時，它會幫助你照顧你的家人。
		句型 3	The disease has **struck** the whole country. 這種疾病襲擊了全國。
	衝突	句型 1	The report warned that the troops could **strike** again. 那份報告警告說軍隊可能會再次發動攻擊。

330 ｜ 由核心動詞形成的基本句型

			句型 3	My car ran out of control and **struck** the rear wall.
				我的車子失控撞到後牆。
	想起		句型 3	Does it **strike** you as odd that he has not showed up all day?
				他一整天都沒出現，你不覺得有點奇怪嗎？

surround p.64

			句型	例句
場所	圍繞		句型 3	The village is **surrounded** by beautiful mountains.
				這個村莊被美麗的群山環繞著。
	封鎖		句型 3	The police **surrounded** the building.
				警察包圍了大樓。
事件			句型 3	The scandal is **surrounded** by suspicions.
				這件醜聞疑點重重。
人			句型 3	It is good to **surround** yourself with family and friends.
				自己身邊圍繞著家人和朋友是很好的事。

take p.111

積極 取得	否定	奪取	句型 3	He **took** my bag without permission.
				他沒有經過允許就拿走我的背包。
		減	句型 3	If you **take** 3 from 9, you get 6.
				9 減 3 得 6。
	肯定	人／ 事物	句型 3	They are going to **take** their kids to the zoo this weekend.
				這個週末他們打算帶小孩去動物園。
			句型 4	My mom **took** me a letter.
				我媽媽帶給我一封信。
		手段 （移動）	句型 3	If you **take** this road, you will find the beach soon.
				沿著這條路走，你很快就會找到海灘。
		句型 3 （支付）		Do you **take** credit cards?
				可以用信用卡結帳嗎？
		時間	句型 3	Finishing this task **takes** many hours.
				完成這項任務要花好幾個小時。
			句型 4	It **took** us half a day to cook this soup.
				煮這個湯花了我們半天的時間。
		測量	句型 3	Nurses **took** his temperature.
				護理師測量了他的體溫。
		藥品	句型 3	He **takes** this medicine two times a day.
				他一天吃這種藥兩次。
		立場	句型 3	Can I **take** it as a complement?
				我可以把它當作稱讚嗎？

tell

p.152

告訴	句型 1		Can you **tell** about your experience of working abroad? 你能説説關於在海外工作的經驗嗎？
	句型 3	人	He **told** me about his long journey. 他告訴我有關他漫長旅程的事。
		事物	I don't think he stops **telling** lies. 我不認為他會停止説謊。
	句型 4		They **told** me how to get to the station. 他們告訴我怎麼去車站。
	句型 5		She **told** me to move on. 她叫我繼續進行。
辨別	句型 3		I found it difficult to **tell** the difference between the two. 我發現要區分這兩者的差異很難。
顯露	句型 1		My mother has been under a lot of stress—I think it will soon **tell**. 媽媽最近壓力很大，我想很快就會出現跡象。

think

p.132

想法 / 意見		句型 1	He is **thinking** for a moment. 他正在沉思中。
		句型 3	I don't **think** that my sister will pass the job interview. 我不認為我妹妹會通過工作面試。
視為		句型 1	People use to **think** of a watch as a luxury. 人們過去常把手錶當做奢侈品。
		句型 5	He was **thought** to have left Seoul yesterday. 大家以為他昨天已經離開首爾了。
考慮	決定	句型 1	I am **thinking** about moving to a new place. 我在考慮搬去新地方。
	理解	句型 1	You should **think** first before acting. 你應該三思而後行。

throw

p.260

扔	手臂 / 手	句型 3	They were arrested for **throwing** stones at passersby. 他們因為對路人丟石頭而被逮捕。
		句型 4	Don't **throw** the ducks any food. They will follow you. 不要扔任何食物給鴨子，牠們會跟著你。
	位置 / 場所	句型 3	He was found guilty and **thrown** in jail. 他被判有罪，被關進監獄。

		句型 5	The door was **thrown** open, and armed soldiers stormed into the house. 門突然打開，武裝士兵衝進了房子。
狀態		句型 3	The news of his death **threw** many people into a state of despair. 他過世的消息讓很多人陷入絕望。
特定 對象	光	句型 3	The street lamps were **throwing** their bright light. 路燈發出明亮的光芒。
	視線	句型 3	He **threw** a suspicious glance at her. 他用可疑的眼神掃她一眼。
	聚會	句型 3	They **threw** a welcoming party for me. 他們為我舉辦了歡迎派對。

tip

p.93

傾斜	傾斜	句型 1	She screamed as the boat **tipped** to one side. 船向一邊傾斜時，她尖叫起來。
		句型 3	We had to **tip** the bed up to get it through the veranda window. 我們必須把床向上傾斜才能使它穿過陽台的窗戶。
	傾倒	句型 3	He asked me to **tip** the contents of my bag out onto the table. 他要求我把背包裡的東西倒在桌上。
小費		句型 1	Waiters always welcome visitors who **tip** heavily. 服務生總是歡迎小費多的客人。
		句型 3	The porter was so rude that we didn't **tip** him. 搬運工很粗魯，所以我們沒有給他小費。
		句型 4	He **tipped** the taxi driver a dollar. 他給計程車司機一美元小費。
尖端		句型 3	A spear that was **tipped** with poison was used to hunt animals. 長矛尖上的毒藥是用來獵捕動物的。

touch

p.57

接觸	身體部位	句型 3	Don't **touch** them—You are only allowed to look at them. 不要觸摸，你只能用眼睛看著它們。
	物品	句型 1	What if these two ropes **touch**? 如果這兩條繩子碰在一起會如何？
		句型 3	Your coat is **touching** the floor. 你的外套碰到地板了。
	程度	句型 3	Please slow down—your speedometer is **touching** 80. 請減速，你的速度計快指到 80 了。
	情感	句型 3	We all were deeply **touched** by her story. 我們都被她的故事深深感動。

介入		句型 3	Do you know everything he **touches** turns to a mess? 你知道他碰到的每樣東西都會變成一團亂嗎？
實力		句型 3	When it comes to methodology, no one will **touch** you. 說到方法論，沒有人比得上你。

trade
p.124

交換	交易 / 買賣	物品	句型 1	This firm has **traded** in arms with the Middle East for many years. 這家公司多年來一直與中東國家進行軍火交易。
			句型 3	The textiles of this company are being **traded** worldwide now. 目前這家公司的紡織品銷往全世界。
		股票	句型 1	The shares that I bought last month are **trading** actively. 我上個月買的股票現在交易活躍。
			句型 3	The volume of stocks **traded** today hit a record high. 今天證券交易所股票成交量創歷史新高。
	交換		句型 3	Can you believe that your son **traded** his computer for a gameplayer? 你相信你兒子用他的電腦換了一台遊戲機嗎？
			句型 4	I want to **trade** you some of my chips for some of your cookies. 我想用我的一些洋芋片換你的一些餅乾。

travel
p.211

移動	地點	句型 1	I don't like **traveling** by plane. 我不喜歡搭飛機旅行。
		句型 3	**Travelling** long distances had exhausted most of the passengers. 長途旅行讓大部分的乘客筋疲力盡。
	速度	句型 1	Can you measure the speed at which light **travels**? 你能測量光移動的速度嗎？
	方向	句型 1	The soldiers are **traveling** north under the direction of their commander. 士兵們在指揮官的指示下向北行進。
	飛快	句型 1	This brand-new car really **travels**. 這輛全新汽車跑得真快。

try
p.253

嘗試	努力	句型 1	If I can't make it this time, I will **try** again. 如果這次沒有做到，我會再試一次。
		句型 3	He kept **trying** to prove his innocence but it didn't work. 他持續證明自己的清白，但是沒有成功。
	試驗	句型 3	**Try** using a different color. 試著用其他顏色看看。

| 審理 | | 句型 3 | The case is going to be **tried** by the end of the week.
這個案子將在這個週末開庭審理。 |

turn

p.28

轉動		句型 1	The wheel **turns** on its axis. 輪子繞著軸轉動。
		句型 3	He **turned** the doorknob and opened the door. 他轉動門把，打開了門。
方向轉換		句型 1	Plants **turn** toward the sun. 植物朝著太陽轉動方向。
		句型 3	The police **turned** the water canon toward the crowd. 警察把水砲轉向群眾。
對象轉換		句型 1	The water bottle **turns** into an instrument. 水壺變成樂器。
		句型 2	His father **turned** 75 last year. 他父親去年 75 歲了。
		句型 3	The company **turns** waste into resource. 那家公司把垃圾變成資源。
		句型 5	Her rejection **turned** me down. 她的拒絕讓我情緒低落。

understand

p.156

意思		句型 1	My teacher tried to explain the main idea, but I still don't **understand**. 我的老師試著說明主旨，但是我還是不懂。
		句型 3	Can you **understand** the words he is saying? 你懂他說的嗎？
狀況		句型 3	He still doesn't fully **understand** what is going on around him. 他仍然不能完全理解自己周邊發生的事。
人		句型 3	My mother couldn't **understand** me. 我媽媽不能理解我。

use

p.50

使用	工具 / 技術	句型 3	You can **use** scissors to cut them out. 你可以用剪刀把它們剪下來。
	物品 / 用品	句型 3	You can **use** the detergent up—we have more in storage. 你可以用掉全部的洗衣劑，我們倉庫裡還有。
	情況 / 人	句型 3	Don't **use** his mistake to get what you want. 不要利用他的錯誤來得到你想要的。

wash
p.274

水	清洗	身體	句型 1	It looks like you should **wash** before dinner. 看來你好像應該在晚飯前清洗一下。
			句型 3	Did you **wash** your hair today? 你今天洗頭了嗎？
		物品	句型 1	This T-shirt needs **washing**. 這件 T 恤衫需要清洗。
			句型 3	He always **washes** used yogurt tubs and use them again. 他總是把用過的優格容器清洗後再使用。
	移動		句型 1	They strolled along the beach and let the water **wash** over their feet. 他們沿著海灘散步，讓水流過他們的雙腳。
			句型 3	Dead turtles have been **washed** ashore since the oil spill spread. 自從漏油擴散開來後，烏龜的屍體被沖到海岸邊。

watch
p.148

動作		句型 1	Jack **watched** helplessly as I was leaving him behind. 傑克無助地看著我離開他。
		句型 3	He has been **watching** TV all day. 他一整天都在看電視。
		句型 5	He **watched** her walking along the road. 他看著她沿著街道走。
安全		句型 3	He **watched** my kids while I went to a toilet. 當我上廁所時，他幫我看著小孩。
注意		句型 3	Please **watch** your words. 請注意你的言辭。

wear
p.176

穿戴	衣服	句型 3	He is **wearing** a nice black suit. 他穿著一套不錯的黑色西裝。
	飾品	句型 3	She doesn't **wear** a ring when she is playing the guitar. 她彈吉他時不戴戒指。
	表情	句型 3	Mike always **wears** a lovely smile on his face. 麥克臉上總是帶著可愛的微笑。
	髮型	句型 3	She is **wearing** her hair in a ponytail. 她把頭髮梳成一個馬尾。
磨損		句型 1	The carpet I bought last year is starting to **wear**. 我去年買的地毯已經有些磨破了。

		句型 3	The strong wind in this area has been **wearing** down the mountain's edges. 這地區的強風已經磨平了這座山的稜角。

win
p.215

正面的 結果	戰爭		句型 3	What is the point of **winning** the war?—it cost us millions of lives. 贏得戰爭的意義是什麼？它奪去了我們數百萬人的生命。
	競爭		句型 3	He believes the current government will **win** the next election. 他相信現任政府將贏得下次選舉。
	獎		句型 3	She wants to **win** the award for best teacher. 她想贏得最佳教師獎。
			句型 4	His brilliant play **won** him a FIFA Best Player Awards. 他出色表現為他贏得國際足球總會最佳球員獎。
	努力 / 結果		句型 3	He will do anything to **win** her love. 為了贏得她的愛，他願意做任何事。

work
p.153

工作	人	職場	句型 1	He has **worked** as a nurse in this hospital. 他在這家醫院當護理師。
			句型 3	My boss is **working** me too hard. 我的老闆讓我太辛苦了。
		努力	句型 1	We have been **working** on a design for this building. 我們一直在為這棟大樓進行設計。
			句型 3	I don't know how he **worked** it, but he made it. 我不知道他怎麼做的，但是他辦到了。
	機械		句型 1	My phone is not **working** now. 我的電話現在壞了。
			句型 3	He told me how to **work** a machine this size. 他告訴我如何操作這麼大台的機器。
	計畫		句型 1	His idea for a new system never **works** in practice. 他對於新系統的構想實際上從未行得通。

worry
p.173

擔心	句型 1		Don't **worry.** Everything will be all right. 別擔心，一切都會沒事的。
	句型 3	事實	They **worry** that they might lose their opportunity. 他們擔心自己可能會失去機會。
		人	He **worried** his parents by not responding to their call. 他不接父母的電話，讓他們很擔心。

註釋

1　Lynda Dewitt, *What Will the Weather Be?*, Harper Collins Publishers, 1991, pp. 24~25

2　Emily Little, *The Trojan Horse: How the Greeks Won the War*, Random House, 1988, pp. 30~31

3　Lynda Madison, *The Feelings Book: The Care & Keeping of Your Emotions*, American Girl, 2002, pp. 17~19

4　Andrew Charman, *I Wonder Why Trees Have Leaves and Other Questions about Plants*, KINGFISHER, 1997, pp. 4~6

5　Barbara Moore, *The House on Jacob Street*, Pearson Education Australia, 2000, pp7~8

6　Paul Dowswell, *First Encyclopedia of Animals*, Scholastic, 2002, pp. 4~6

7　Johanna Hurwitz, *Helen Keller: Courage in the Dark*, Random House, 1997, p.5

8　Paul Dowswell, *First Encyclopedia of Animals*, Scholastic, 2002, p. 52

9　Sue Becklake, *100 Facts Space, Miles Kelly*, 2002, pp.10~12

10　*Your Five Senses*, Oxford University Press, 2010, p. 4

11　Kate Boehm Jerome, *Who was Amelia Earhart?*, Gross & Dunlap, 2002, pp. 69~71

12　Lynda Dewitt, *What Will the Weather Be?*, Harper Collins Publishers, 1991, p. 12

13　Judy Donnelly, *Moonwalk: The First Trip to the Moon*, Random House, 1999, pp. 27

14　Rachel Tonkin, *Spark!, Pearson Education Australia*, 2000, pp. 13~14

15　Cathy Hapka and Ellen Titlebaum, *How Not to Babysit Your Brother*, Random House, 2005, pp. 16~18

16 Lynda Madison, *The Feelings Book: The Care & Keeping of Your Emotions*, American Girl, 2002, p. 43

17 Paul Dowswell, *First Encyclopedia of Animals*, Scholastic, 2002, p. 14

18 Marc Brown, *Arthur's Halloween*, Little, Brown And Company, 1983, pp.1~3

19 Joseph Bruchac, *The Trail of Tears*, Random House, 1999, pp.17~18

20 Kate Boehm Jerome, *Who Was Amelia Earhart?*, Grosset & Dunlap, 2002 pp. 1~2

21 Margot Kinberg, *180 Days of Reading for Fourth Grade*, Shell Education, 2013, p.42

22 Lynda Madison, *The Feelings Book: The Care & Keeping of Your Emotions*, American Girl, 2002, p.56

23 Margot Kinberg, *180 Days of Reading for Fourth Grade*, Shell Education, 2013, p.198

24 S. A. Kramer, *To the Top: Climbing the World's Highest Mountain*, Random House, 1993, p.10

25 Sue Becklake, *100 Facts Space*, Miles Kelly, 2002, p.42

26 Kate McMullan, *Dinosaur Hunters*, Random House, 1989, pp. 10~11

27 Kate Boehm Jerome, *Who was Amelia Earhart?*, Grosset & Dunlap, 2002, pp. 26~28

28 Kate McMullan, *Dinosaur Hunters*, Random House, 1989, pp. 12~13

29 Lynda Madison, *The Feelings Book: The Care & Keeping of Your Emotions*, American Girl, 2002, pp. 56~57

30 Sue Becklake, *100 Facts Seashore*, Miles Kelly, 2002, p. 12

31 Barbara Moore, *The House on Jacob Street*, Pearson Education Australia , 2000, pp.19-20

32 Andrew Charman, *I Wonder Why Trees Have Leaves and Other Questions about Plants*, KINGFISHER, 1997, p.14

33 Lynda Madison, *The Feelings Book: The Care & Keeping of Your Emotions*, American Girl, 2002, p. 24

34 Betsy Maestro, *Why Do Leaves Change Color?*, Harper Collins Publishers, 1994, p. 9

35 Johanna Hurwitz, *Helen Keller: Courage in the Dark*, Random House, 1997, pp. 44~46

36 Steve Parker, *100 Facts Seashore*, Miles Kelly, 2010, p. 6

37 Laura Ingalls Wilder, *Prairie Day*, HarperCollins Publishers, 1997, pp.8-9

38 Emily Little, *The Trojan Horse: How the Greeks Won the War*, Random House, 1988, p. 24

39 Danny Katz, *Charlie Chicky and the Eggs*, Pearson Education Australia, 2000, p. 17

40 Sue Becklake, *100 Facts Space*, Miles Kelly, 2002, p. 36

41 Rachel Tonkin, *Sparks!*, Pearson Education Australia, 2000, pp. 9~11

42 S. A. Kramer, *To the Top! Climbing the World's Highest Mountain*, Random House, 1993, p. 17

43 Hans Christian Andersen, *The Snow Queen*, Roehampton University, 2004, pp. 10~11

44 Steve Parker, *100 Facts Seashore*, Miles Kelly, 2010, p. 46

45 Paul Dowswell, *First Encyclopedia of Animals*, Scholastic, 2002, p. 42

46 Johanna Hurwitz, *Helen Keller: Courage in the Dark*, Random House, 1997, pp. 6~7

47 Cathy Hapkan and Ellen Titlebaum, *How Not to Start Third Grade*, Random House, 2007, pp. 40~41

48 S. A. Kramer, *To the Top! Climbing the World's Highest Mountain*, Random House, 1993, p. 26

49 Steve Parker, *100 Facts Seashore*, Miles Kelly, 2010, p. 20

50 Paul Dowswell, *First Encyclopedia of Animals*, Scholastic, 2002, pp. 24~5

51 Andrew Charman, *I Wonder Why Trees Have Leaves and Other Questions about Plants*, KINGFISHER, 1997, pp. 28~29

EZ TALK

大考英文寫作與中翻英高分攻略：
51回練習+教學、153個核心動詞用法解説

作　　者：崔正淑
譯　　者：謝宜倫
執行編輯：潘亭軒
封面設計：李盈儒
版型設計：初雨有限公司
內頁排版：初雨有限公司
行銷企劃：張爾芸

發 行 人：洪祺祥
副總經理：洪偉傑
副總編輯：曹仲堯
法律顧問：建大法律事務所
財務顧問：高威會計師事務所

出　　版：日月文化出版股份有限公司
製　　作：EZ叢書館
地　　址：臺北市信義路三段151號8樓
電　　話：(02)2708-5509
傳　　真：(02)2708-6157
網　　址：www.heliopolis.com.tw
郵撥帳號：19716071日月文化出版股份有限公司

總 經 銷：聯合發行股份有限公司
電　　話：(02)2917-8022
傳　　真：(02)2915-7212
印　　刷：中原造像股份有限公司
初　　版：2024年5月
定　　價：380元
I S B N：978-626-7405-49-9

大考英文寫作與中翻英高分攻略：
51回練習+教學、153個核心動詞用法解説/
崔正淑著；謝宜倫譯.
-- 初版. -- 臺北市：日月文化出版股份有限公司,
2024.05
　面；　公分. -- (EZ Talk)
ISBN 978-626-7405-49-9(平裝)
1.CST: 英語教學 2.CST: 句法 3.CST: 中等教育

524.38　　　113002333